W0418005

HANS-JÜRGEN RUSCH

Die Erben der Wende

HANS-JÜRGEN RUSCH

Die Erben der Wende

Kriminalroman

GMEINER SPANNUNG

Bisherige Veröffentlichungen im Gmeiner-Verlag:
Erbenscharade (2015), Gekapert (2013) Bremen und umzu (2012),
Neptunopfer (2011), Gegenwende (2010)

Personen und Handlung sind frei erfunden.
Ähnlichkeiten mit lebenden oder toten Personen
sind rein zufällig und nicht beabsichtigt.

Besuchen Sie uns im Internet:
www.gmeiner-verlag.de

© 2017 – Gmeiner-Verlag GmbH
Im Ehnried 5, 88605 Meßkirch
Telefon 07575/2095-0
info@gmeiner-verlag.de
Alle Rechte vorbehalten
1. Auflage 2017

Lektorat: Claudia Senghaas, Kirchardt
Herstellung: Mirjam Hecht
Umschlaggestaltung: U.O.R.G. Lutz Eberle, Stuttgart
unter Verwendung eines Fotos von: © ullstein bild – HM Sewcz
Druck: CPI books GmbH, Leck
Printed in Germany
ISBN 978-3-8392-2045-0

INHALT

Charaktere 7
Abkürzungen/Synonyme 8
Einige Worte vorab 10

1 – Nachts auf dem Friedhof 13
2 – Potemkinsche Dörfer 21
3 – In verschiedenen Welten 27
4 – Der Musterknabe aus Stralsund 44
5 – Ausgestoßen 50
6 – »Sie reden von einem Putsch?« 67
7 – Bürgerforum 76
8 – Warum um Poschmann einen Bogen machen? 97
9 – Der dienstbare Geist 112
10 – Kann die Volkssolidarität helfen? 119
11 – Die Mutigen vom Rügendamm 140
12 – Was plant der Krisenstab? 155
13 – Existiert doch ein Testament? 174
14 – Lebendes Schutzschild 196
15 – Der Verräter verachtet die Verräter 213
16 – Verfolgungsjagd 216
17 – Das Operationsgebiet in Augenschein nehmen 227

Eine Woche später 240
18 – Keine Hängematte 241

19 – Wo wohnt Tauber? 251
20 – Der Einschreibebrief 261
21 – Eine Schnapsidee 270

Fünf Wochen später 292
22 – »Wie viel verlangen Sie?« 293

»Wer zu spät kommt, ...« 299

CHARAKTERE

Aufgeführt sind die wichtigsten Charaktere mit ihrem Alter.

Brandstätter, Erich (58)	Minister in der DDR-Regierung
Bräsig, Holger (34)	Lokalreporter bei der Ostseezeitung
Freese, Arthur (61)	ehemaliger Fischer, im Ruhestand
Kessler, Katja-Marie (30)	Protagonistin; arbeitslos, Hobby-Erbenforscherin
Kessler, Michael (35)	Ehemann von Katja; Abteilungsleiter
Moltner, Frieder (34)	Oberleutnant der Kriminalpolizei in Stralsund
Olbert, Franz († 87)	Rentner, ehemaliger Opern-/Operettensänger
Poschmann, Bernd (42)	Rechtsanwalt/Notar beim Nachlassgericht
Schwarz, Peter (42)	Landschaftsgärtner auf dem städtischen Friedhof
Schürle, Alexander (30)	Sekretär des Rates des Kreises
Viktor (45)	Abteilungsleiter einer Sondereinheit im Sicherheitsdienst

ABKÜRZUNGEN/SYNONYME

Abkürzungen und Synonyme aus der DDR, die im täglichen Sprachgebrauch benutzt wurden.

ABV	Abschnittsbevollmächtigter; Polizeioffizier in Wohngebieten
Adlershof	Synonym des DDR-Fernsehens, das in dem Berliner Stadtteil gleichen Namens lag
Alu-Chips	abwertend für DDR-Mark; abgeleitet von den Aluminium-Münzen
Bundis	landläufig gebrauchte Kurzform für Bundesbürger
DEFA	(Deutsche Film AG), staatliche Filmgesellschaft der DDR
Freunde	umgangssprachliche Bezeichnung für alle Sowjetbürger
Glasnost	die beiden Schlagworte Glasnost und Perestroika kennzeichnen die Reformpolitik von Gorbatschow nach mehr Offenheit/Transparenz der Regierungspolitik und zur Umgestaltung
Grenzer	Angehöriger der Grenztruppen, der an der Mauer Dienst tut

Hohenschönhausen	Untersuchungsgefängnis im gleichnamigen Berliner Stadtteil
Interhotel	Hotel gehobener Klasse; vorrangig für ausländische Gäste, für überteuerte Preise aber auch DDR-Bürgern zugänglich
Joint Venture	ein von zwei Parteien geführtes Unternehmen; geplante Rechtsform für Gemeinschaftsunternehmen zwischen Ost und West
viertel/dreiviertel	Uhrzeitangabe für viertel nach bzw. viertel vor
Volksmarine	Seestreitkräfte der DDR
VPKA	Volkpolizeikreisamt – Behörde, die die polizeiliche Arbeit in einem Landkreis koordinierte

EINIGE WORTE VORAB

Liebe Leser, mit diesem Buch halten Sie einen Kriminalroman in Händen, dessen Handlung auf einem kontrafaktischen Szenario beruht.

Kontrafaktisches Szenario? Was ist das?

Sicherlich kennen Sie Was-wäre-wenn-Romane!

Solche Bücher, die in einer *Ungeschehenen Vergangenheit* spielen, haben seit jeher Autoren und Leser gereizt. Und so bin ich mit dieser meiner Kriminalgeschichte auch der unwiderstehlichen Versuchung erlegen.

Mit dem 07. Oktober 1989 – die DDR feierte ihren letzten Jahrestag – entfernt sich mein Plot von der realen Vergangenheit, nimmt einen Umweg, und kehrt am 09. November 1989 – am Tag des Mauerfalls – in die tatsächliche Historie zurück. Die kleine Skizze verdeutlicht die Abweichung, die ich mir als Grundlage der Romanhandlung ausgedacht habe:

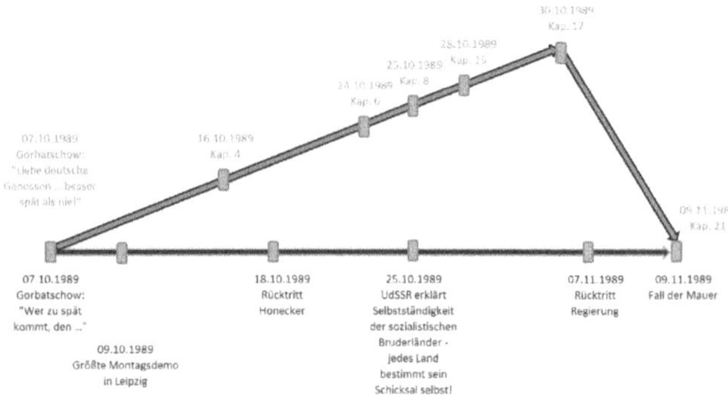

Nun aber Schluss den Vorbemerkungen! Ich wünsche Ihnen viel Spaß beim Entdecken einer unbekannten Vergangenheit und beim Rätseln um die Lösung des spannenden Kriminalfalls.

Ihr Hans-Jürgen Rusch

1 – NACHTS AUF DEM FRIEDHOF

Sonntag, der 08.10.1989

»Blödes Sauwetter!«

Nervtötender Nieselregen und grässlicher Wind verleideten mir die Wartezeit. Ich schüttelte mich, kreiste mit den Armen, aber die Gänsehaut ließ sich nicht vertreiben. Ich schlug den Kragen meines Anoraks hoch und zog dessen Kapuze tiefer in die Stirn. Das lichte Laubwerk der Kastanie über mir schützte schon lange nicht mehr vor der Nässe. Ich steckte die Hände bis zum Anschlag in die Taschen und stapfte missmutig hin und her.

Für diesen Sonntagabend hatte ich mir den unwirtlichsten Platz ausgesucht, der sich denken ließ. Eigentlich müsste ich zu Hause Rundfunk und Fernsehen verfolgen, weil in Berlin die Republik auf den Kopf gestellt wurde. Gestern die Rede von Gorbi und heute Honeckers Rücktritt erschütterten das Land in seinen Grundfesten; selbst wenn ich nur in der Lokalredaktion der Ostseezeitung hier in Stralsund meine Brötchen verdiente, wollte ich am Ball bleiben – eine Superstory war noch immer der beste Wegbereiter nach oben.

Und genau deswegen schlug ich mir jetzt an diesem unwirtlichen Ort, direkt vor dem Haupteingang des Zentralfriedhofs, die Zeit um die Ohren. Wäre mir doch bloß dieser vermaledeite Telefonanruf erspart geblieben. Inge, unsere Redaktionssekretärin, hatte mich gerade eben vor Feierabend erwischt: eine »besorgte Bürgerin« wolle mich sprechen, nur mich. Am liebsten wäre ich abgehauen, in meine telefonlose Wohnung geflüchtet, um dem ewigen Klingeln zu entkommen, das mich den ganzen Tag über genervt hatte. Unsere Redaktion war bereits am frühen Morgen des Sonntags vollständig besetzt gewesen, nachdem Gorbatschow am Vortag eine sensationelle Rede während der Feierlichkeiten zum 40. Jahrestag gehalten und seinen Sieben-Punkte-Plan verkündet hatte. Eigentlich hatten wir die politische Sensation diskutieren und gemeinsam die Neuigkeiten aus Berlin verfolgen wollen, aber wir waren nicht dazu gekommen – unentwegt hatte das Telefon geklingelt, hatten uns die Bürger mit Fragen bombardiert: Wann können wir in den Westen reisen? Welche Veränderungen wird es in der Staatsführung geben? Wann ersetzt die D-Mark unsere Alu-Chips? Und als schließlich gegen Mittag die Rücktritte von Honecker als Partei- und Stoph als Regierungschef bekannt wurden, waren wir in der Flut nerviger Anfragen untergegangen.

Und am Ende erreichte mich auch noch der Anruf dieser »besorgten Bürgerin«: Ein populärer Politiker der Kreisverwaltung werde sich zu nachtschlafender Zeit am Zentralfriedhof mit einem Helfershelfer treffen, lautete die Botschaft der Frau. Die Verachtung ob derartiger Zeitgenossen war aus ihrer Stimme deutlich herauszuhören. Solchen *Leuten*, forderte sie, müsse die Presse auf die Spur kommen; ganz besonders jetzt, wo auch bei uns Glasnost und Perestroika einziehen würden. Wer denn wen treffe?, hatte ich wissen wollen. Das sehe ich, wenn ich hinfahre. Nein, ihren Namen verrate die »besorgte Bürgerin« ebenso wenig – solcherart Wachsamkeit koste einen heutzutage schnell mal Arbeitsplatz und Gesundheit. Mir hatte die Frage nach den konkreten Erwartungen der Frau auf der Zunge gelegen, da hatte sie schon aufgelegt. Ich verachtete anonyme Hinweise, ignorierte sie meistens, doch die Aussicht auf eine Enthüllungsstory hatte mich dennoch bei diesem saumäßigen Wetter hierherfahren lassen.

So langsam könnte jemand kommen; die Uhr ging bereits auf elf. Eine Viertelstunde wartete ich noch, aber dann war Schluss. Ich lief in Richtung der nächstgelegenen Straßenlaterne und holte mein Notizbuch heraus. Die Ereignisse der vergangenen 30 Stunden dürften bei uns in der Redaktion einiges an Arbeit verursachen – mal sehen, wie der Chef die Aufgaben verteilte; mir blieben bestimmt nur unbedeutende Brosamen. Wäre schon hilfreich für mich, wenn diese nächtliche Spähaktion einen lohnenswerten Ansatz für eine Story böte. Ich schaute erneut auf die Uhr: zehn nach elf! Die »besorgte Bürgerin« hatte sich wohl geirrt oder den Mund zu voll genommen. Anstatt hier draußen herumzuhängen und mir eine ordentliche Erkältung an den Hals zu holen, könnte ich daheim zwei Stunden Nachtschicht dranhängen. Meine Aufzeichnungen lieferten genug Material für einen schönen Kommentar. Lag der Text morgen auf dem Schreibtisch des Chefs, musste der handfeste Gründe aufbieten, um meine Arbeit abzulehnen.

Ich steckte das Notizbuch ein und lief zur Straße, wo mein Trabi stand. Beim Einsteigen entdeckte ich einen Lada Niva, der aus Richtung Innenstadt kam. Den Wagen kannte ich doch. Der Fahrer hielt einige Meter vor dem Eingang des Zentralfriedhofs auf der anderen Straßenseite. Ich hastete um meinen Trabi herum und duckte mich. Die schummrige Straßenbeleuchtung spendete genügend Licht, sodass ich den Mann erkennen konnte, der aus seinem Lada ausstieg: Alexander Schürle. Der smarte 30-Jährige zählte zu den beliebtesten Politikern in Stralsund und im gesamten Umland bis hinauf nach Rügen. Als Sekretär des Rates des Kreises, und damit als rechte Hand des Landrats, machte er sich praktisch sämtliche Bürgersorgen zu Eigen. Es gab keinen Brennpunkt in der Stadt und im Landkreis, bei dem Schürle nicht auftauchte. Und folglich berichtete die Ostseezeitung jede Woche mehrfach über den Strahlemann. Was die Ankündigung der »besorgten Bürgerin« bezüglich des populären Politikers betraf, hatte sie recht behalten.

Schürle spannte einen Regenschirm auf, überquerte die Straße und lief auf das Eingangstor zu. Ich fragte mich, ob er bei diesem nächtlichen Besuch auf dem Friedhof einen seiner teuren Maßanzüge trug. Seine dunklen Schuhe, die im Licht der Straßenbeleuchtung blitzten, würden wohl dreckig werden. Die Popularität des Sekretärs beruhte auch auf der erlesenen Kleidung, die er stets zur Schau stellte. Selbst wenn man ihn am Sonntagnachmittag auf dem Sportplatz als Zuschauer eines Ligaspiels von Vorwärts Stralsund traf, trug er einen modernen Anzug, mit dem er anschließend getrost ins Theater hätte gehen können. Jetzt verbarg ein dunkler Regenmantel Schürles Garderobe. Gerade öffnete er das schwere Eisentor und verschwand auf dem Gelände des Zentralfriedhofs. Besaß eigentlich jeder Politiker einen Schlüssel?, fragte ich mich, während ich dem späten Besucher folgte.

Der Hauptweg lag in völligem Dunkel. Deutlich hörte ich das Klacken von Schritten auf dem Straßenpflaster vor mir. Ich bewegte mich mehr am Rand, wo Moos und Gras meine Tritte dämpften. Schürle lief sehr schnell, als fürchtete er einen Überfall und wollte schnellstmöglich den unwirtlichen Ort verlassen. Bereits nach kurzer Zeit trat mir ob der Rennerei Schweiß auf die Stirn. Irgendwann musste doch die Halle für die Trauerfeiern auftauchen, die in der Mitte des Friedhofs lag. Kurz darauf schimmerten tatsächlich zwei gelblichrote Lichter durch den Regenschleier, die den Gebäudekomplex ankündigen dürften. Ich beschleunigte meine

Schritte, um zu Schürle aufzuschließen, bestimmt traf er seinen Partner irgendwo da vorn. Besser konnte man sich kaum verstecken, mitten in einer verregneten Nacht, auf einem Friedhof, in einer dunklen Mauernische.

Plötzlich verstummten die Geräusche vor mir – kein Tappen von Schuhen auf dem Pflaster und auch kein Rascheln. Ich lief zu der Wand, die mir am nächsten lag, und tastete mich dort entlang bis zur Mauerecke, wo ich zu meiner Erleichterung unverständliches Gemurmel vernahm. Ich drückte den Rücken an den rauen Putz und neigte den Kopf in die Richtung, wo gesprochen wurde:

»Einen blöderen Zeitpunkt für das Treffen konntest du wohl nicht wählen!«, schimpfte Schürle.

»Du hetzt doch tagsüber von Termin zu Termin und bist nie zu sprechen«, entgegnete eine männliche Stimme, die mir unbekannt vorkam.

»In stürmischen Zeiten habe ich als Politiker eben alle Hände voll zu tun. Ich muss auch gleich wieder ins Büro zurück«, erklärte Schürle mit dem Unterton eines gehetzten Promis. »Was willst du?«

»Mir wurde zugetragen, du setzt dich ab? In Richtung Berlin?«, entgegnete der andere.

Verzweifelt überlegte ich, ob mir dessen Stimme vielleicht doch irgendwo schon begegnet war. Aber ich hatte keine Idee, wo ich Schürles Gesprächspartner hinstecken sollte. Und um die Ecke der Gebäudemauer zu spähen, war mir zu gefährlich. Wenn die mich erwischten, reichte ein Anruf des Kreissekretärs beim Chefredakteur der Ostseezeitung und ich war meinen Job los; der Alte hatte mich sowieso schon auf dem Kieker.

»Ich? Nach Berlin? Wer behauptet das?« Schürle klang genervt, wie ein Ehemann, den die teure Gattin der Untreue bezichtigte.

»Also stimmt es doch.«

»Ja und?« Schürle schien bemüht, in dem Gespräch Oberwasser zu gewinnen. »In der Hauptstadt brauchen die gegenwärtig neue und fähige Köpfe.«

»Na toll! Und was wird aus mir? Was wird aus der Karriere, die du mir versprochen hast?« In der Stimme des Unbekannten lag zunehmende Verzweiflung. »Nimm mich mit!«

»Spinnst du? Wie soll das gehen? Meinst du, ich kann in Berlin in Begleitung einer Horde von Leuten auftauchen?«

»Aber hier in der Provinz war ich dir gut genug.«

Ich befürchtete, der Fremde fing jeden Moment an zu heulen. »Für dich habe ich mir stets ein Bein ausgerissen. Das ging nur, weil ich meinen eigentlichen Job auf die leichte Schulter nahm.«

»Ich habe dich nie gezwungen, deine Arbeit zu vernachlässigen«, erwiderte Schürle schnoddrig. »Außerdem habe ich dich gut bezahlt.«

Mir lief förmlich das Wasser im Mund zusammen; entspann sich hier eine Seite-eins-Story, mit unserem Polit-Promi in der Hauptrolle? Hoffentlich konnte ich mir den Inhalt der »Plauderei« merken.

»Das Geld gebe ich zurück.«

Schürle gluckste vor Vergnügen. »Wovon? Von den paar Piepen, die du jeden Monat einstreichst?« Es trat eine kurze Pause ein – er schien zu überlegen. »Pass auf: Ich zahle dir vorerst die vereinbarten Raten weiter, und wenn ich mich in Berlin eingelebt habe, kommst du hinterher.«

Jetzt lachte der andere mit höhnischer Stimme. »Du holst mich nach? Du willst mich abhängen. Ich schlage Folgendes vor: Du gibst mir meine Berichte zurück, legst 5.000 Märker obendrauf und wir vergessen alles.«

»Vergiss es!«, prustete Schürle los. »Und anschließend lieferst du mich ans Messer. Nein, nein! Die Belege für deine ›Unterstützung‹ bleiben bei mir unter Verschluss. Dann kommst du wenigstens nicht auf dumme Gedanken.«

»Du Schweinehund!«

Hektisches Getrappel und die unverkennbaren Geräusche von Handgreiflichkeiten bestimmten plötzlich das Geschehen hinter der Hausecke.

»Spinnst du?«, fluchte Schürle. »Lass mich gefälligst los!«

»Ich will meine Unterlagen zurück!«, schnaufte der andere.

Das unsichtbare Gerangel ergänzte jetzt leises Stöhnen.

»Mir reicht's!«, wetterte Schürle. Seinen Worten folgte lautes Poltern und ein kurzer Schmerzensschrei. Dann tauchte der Rücken des Sekretärs auf.

Erschrocken flüchtete ich hinter die nächste Ecke.

»Wenn du wieder bei klarem Verstand bist, können wir weiterreden«, fertigte Schürle den Unbekannten ab. »Bis dahin, hab dich wohl. Und solltest du eine unüberlegte Aktion starten, vielleicht irgendwo meine Wechselabsichten verlauten lassen, springst du über die Klinge – deine Dienstgeheimnisse hast du mir schließlich regelrecht aufgedrängt.«

»Ach ja? Da kann ich nur lachen.« Die heisere Stimme des Fremden kam von unten, er musste am Boden liegen. »Dein Geld habe ich ordentlich auf mein Konto eingezahlt, jeden Monat. Was meinst du, wie ich den Nebenverdienst erkläre?«

»Du Schwachkopf!«, höhnte Schürle. »Das wäre dein Untergang. Ich habe einflussreiche Freunde, die mich aus der Schusslinie nehmen, jetzt, wo ich gebraucht werde. Überleg dir gut, welche Dummheiten du anstellst. Also, hab dich wohl.«

Unvermittelt entfernten sich Schritte vom Gebäude. Im Schutz der Dunkelheit riskierte ich einen flüchtigen Blick um die Ecke: Schürle lief den Weg zurück, den er vorhin gekommen war.

Ihm zu folgen, konnte gefährlich werden, der Fremde steckte noch irgendwo. Wenn der auf Vergeltung sann, seinem »Geschäftspartner« folgte und mich dabei erwischte, geriet ich womöglich zwischen die Fronten. Ich wagte mich neuerlich kurz vor, lugte zum Schauplatz der Auseinandersetzung, entdeckte aber niemanden. Und jetzt? Während ich mein weiteres Vorgehen bedachte, knirschten Schritte. Wenig später sah ich einen dunklen Schatten in Richtung Hauptweg davonschleichen. Erkennen konnte ich nur seine stattliche und bullige Figur. Wie Schürle den bestimmt einen Kopf größeren und 30 Kilogramm schwereren Gegner von den Füßen geholt hatte, hätte ich gern gesehen.

Gerade schickte ich mich an, dem Fremden zu folgen, da verfiel der in einen scharfen Laufschritt und verschwand unter den Bäumen. Knöpfte der sich Kumpel Schürle doch noch vor? Den Kampfhähnen wollte ich keineswegs über den Weg laufen – ich bekam schon heraus, welcher Freund Schürle Dienstgeheimnisse verraten hatte.

Ich verließ mein Versteck und lief zu der Stelle, an der die Männer miteinander gesprochen hatten. Im funzligen Schein einer der beiden Lampen, die ich vorhin gesehen hatte, leuchtete etwas Helles auf der Erde. Ich bückte mich und hielt einen viereckigen Taschenspiegel in der Hand. Das Fundstück zierten nur wenige Regentropfen und es war kaum verschmutzt; eben so, als läge es erst Minuten da. Den Spiegel musste der Fremde verloren haben, als Schürle ihn unsanft auf den Boden befördert hatte. Mit Sicherheit hafteten dem Ding Fingerabdrücke des Eigentümers an. Mal sehen, ob mir die eines Tages weiterhelfen konnten. Ich holte ein Papiertaschentuch hervor und wickelte meine Beute vorsichtig ein.

2 – POTEMKINSCHE DÖRFER

Montag, der 09.10.1989

»Also, Viktor, der Heini von der Westpresse gibt keine Ruhe.« Der Ärger des Ministers stand ihm deutlich ins Gesicht geschrieben. »Wir gehen da jetzt raus, und ich erzähle dem einige Allgemeinplätze zum Sieben-Punkte-Plan des Genossen Gorbatschow.«

Viktor nickte.

»Sie halten sich abseits, sehen aber zu, dass Ihr Körpermikrofon das Interview aufzeichnet. Wir müssen hinterher feststellen können, was ich wirklich gesagt habe. Zupfe ich mir am Ohr, holen Sie mich da weg – irgendeine dringende Angelegenheit.« Minister Brandstätter lief zur Tür, die nach draußen in das Foyer führte. »Alles klar?«

»Selbstverständlich.« Viktor nickte und folgte dem schwergewichtigen Politiker, der seit Jahrzehnten eine entscheidende Rolle in der SED-Elite spielte.

Der Heini von der Westpresse entpuppte sich als ein vielleicht 30-jähriger Bursche, den ein Kameramann und eine junge Frau begleiteten. Brandstätter wandte sich der Gruppe zu, bewahrte aber eine augenfällige Distanz und übersah beflissentlich die Hand, die der Reporter ihm zur Begrüßung entgegenstreckte.

»Ich stehe zu Ihrer Verfügung«, strahlte der Minister in Kamera und Mikrofon. »Obwohl schon alles über den Sieben-Punkte-Plan vom Generalsekretär der KPdSU geschrieben wurde, will ich Ihnen gern noch einmal die Schwerpunkte erläutern.«

Viktor stand schräg hinter dem Presseteam und behielt Brandstätter im Auge. Der lächelte zwar unablässig, fühlte sich aber offensichtlich unwohl in seiner Haut. Viktor fragte in der Überwachungszentrale nach, ob die das Gespräch aufzeichneten, was die Genossen bejahten.

Im Wechsel von Frage und Antwort erläuterte der Minister den vorgestern verkündeten Sieben-Punkte-Plan: Dass alle neuen Parteien und Gruppen zugelassen werden, wie es der erste Schwerpunkt vorsehe, sei eine Selbstverständlichkeit, schließlich müsse die Opposition eine stärkere Rolle im Land spielen. Die Änderung der Verfassung, um das Machtmonopol der SED aufzuheben, sei ebenfalls ein Gebot der Stunde.

Viktor kannte Erich Brandstätter seit vielen Jahren und merkte sehr wohl, dass dem strammen Parteikader gerade das zweite Element des Gorbatschow-Plans wenig behagte. Würden die angekündigten Konsequenzen wirklich umgesetzt, dürfte der Mann in Kürze den Job und somit Macht und Einfluss verlieren.

Das Abhalten von freien, gleichen und geheimen Wahlen zur Volkskammer im kommenden Mai folge zwangsläufig aus den ersten beiden Punkten, so Brandstätter weiter in seinen Erläuterungen. Bereits in den nächsten Wochen werde die Regierung unter Hochdruck ein Reisegesetz ausarbeiten, entsprechend Gorbatschows vierter Forderung. Garantiere die Staatsführung den Menschen uneingeschränkte Reisen in alle Welt, sei die gegenwärtige Hauptforderung des Volkes erfüllt.

Wenn Viktor das Interview so verfolgte, gewann er mehr und mehr den Eindruck, Brandstätter müsse ein Aktionsprogramm von Bundeskanzler Kohl verteidigen. Die theaterreife Vorstellung seines Chefs weckte Viktors Verdacht, die SED-Spitze stehe in keiner Weise hinter der verkündeten Politik einer Wende hin zu Glasnost und Perestroika. Jetzt musste der Minister aber tapfer durchhalten und wenigstens die drei noch fehlenden Schwerpunkte abhandeln:

Uneingeschränkte Pressefreiheit und die Zulassung neuer Medien, so Brandstätter, sei ihm schon immer eine Herzensangelegenheit gewesen. Darüber hinaus messe die Staatsführung der Gründung privatwirtschaftlicher Unternehmen eine große Bedeutung zu. Dieser Schritt trage wesentlich zur Überwindung der Mangelwirtschaft bei. Auf dieser Basis werde eine konvertierbare DDR-Mark erreicht, wie sie der siebente Schwerpunkt des Gorbatschow-Programms vorsehe. Damit stehe einem dynamisch wachsenden Export der Produkte aus einer prosperierenden DDR-Wirtschaft nichts mehr im Wege.

War da ein heimlicher Seufzer beim Minister zu erkennen, überlegte Viktor, den Sieben-Punkte-Plan endlich abgehandelt zu haben?

»Vielen Dank für die Zusammenfassung«, erklärte der Reporter. »Das Umschwenken Ihrer Regierung auf die Politik des Kreml-Chefs kam sehr überraschend?«

Aua!, schoss es Viktor durch den Kopf, als habe ihn ein Insekt gestochen. Das böse Wort, das mit Kreml… anfing und mit …chef aufhörte, galt in den Fluren der SED-Mächtigen als Ausdruck westlicher Dekadenz. Benutzte ein Fußsoldat den Begriff, konnte das schnell zu einer fristlosen Kündigung führen. Erstaunlicherweise verzog Brandstätter hier und jetzt keine Miene.

»Für die Öffentlichkeit kam unsere Einigung vielleicht überraschend, aber wir …«

»Wurden Sie unter Druck gesetzt?«, unterbrach der Reporter den Interviewgast.

Damit war der Mann wohl zu weit gegangen, das Gesicht des Ministers verriet seinen Ärger. »Behauptet das jemand?«, fragte er kühl, als hätte der Heini mit dem Mikrofon die Kompetenz des Regierungsmitglieds angezweifelt. »Wenn ja, sollten Sie den fragen.«

»Die Leute hecheln halt den Gerüchten hinterher. Ich biete Ihnen die Gelegenheit, möglichen Intriganten das Handwerk zu legen.«

Brandstätter zupfte sich am Ohr. Viktor reagierte augenblicklich und trat seitlich an die Gruppe heran. »Entschuldigen Sie, Genosse Minister, in Ihrem Büro erwartet Sie ein Anruf aus Moskau.«

Brandstätter lächelte. »Bitte entschuldigen Sie mich. Gerade in diesen Tagen gilt es, alle möglichen Themen zwischen den sowjetischen Genossen und uns zu besprechen, aber gewiss keine ›Erpressungen‹.« Er nickte dem Fernsehteam kurz zu und lief dann in Richtung der Tür, durch die sie vorhin das Foyer betreten hatten. Viktor folgte ihm. Als sie sich weit genug entfernt hatten und der Reporter unmöglich noch etwas hören konnte, blubberte der gewichtige SED-Mächtige: »Die Medienheinis aus dem Westen machen einen guten Job, weil sie munter drauflosfragen können. Hält diese Masche auch bei uns Einzug, müsste für unsereiner aber ebenso die Kandare der Partei wegfallen.« Der Minister machte eine Geste, als spucke er auf den Boden. »Na ja, vergessen Sie's, Viktor. Vielen Dank so weit, ich brauche Sie nicht mehr. Bis morgen.«

Viktor blieb zurück. Die Episode eben würde er mit seinen Leuten am Abend besprechen.

Die sechs Kameraden saßen in der hintersten Ecke einer Kneipe im Zentrum von Berlin. In der Vorwoche hatten sie den Tisch als Kegelfreunde aus Rostock reservieren lassen. Aber die Kegelbrüder waren keine Kegelbrüder – es handelte sich um den Kommandeur Viktor und seine fünf Gruppenleiter. Insgesamt dienten 21 Männer und 9 Frauen in der Sondereinheit, die dem Ministerrat zugeordnet war und für Spezialaufgaben der Aufklärung, der gedeckten Absicherung hochrangiger Tagungen und für den Personenschutz eingesetzt wurde. Viktor und die ihm direkt unterstellten Gruppenleiter trugen Tarnnamen, die aus Buchstabieralphabeten entlehnt waren: Demzufolge leitete Anton die erste, Bruno die zweite, Charlie die dritte, Daniel die vierte und Emil die fünfte Gruppe, während Viktor für die gesamte Mannschaft verantwortlich zeichnete. Deren Mitglieder arbeiteten verdeckt, saßen in verschiedenen Polizei- und Armeedienststellen oder dienten in den Reihen des Geheimdienstes. Öffentlich traten sie niemals als Angehörige von Viktors Einheit in Erscheinung, die für Außenstehende und Dienstvorgesetzte eben lediglich sechs Mitglieder zählte. Viktor kannte als Einziger die Klarnamen seiner ihm direkt unterstellten Männer.

Jetzt saßen sie abseits des sonstigen Besucherverkehrs in dieser Kneipe, die ausschließlich Bus-Reisegruppen frequentierten, und besprachen die wichtigsten Details ihrer Arbeit. Viktor hielt es für die beste Tarnung, wenn man in aller Öffentlichkeit tagte.

Nachdem sie die Routine-Schwerpunkte der nächsten zwei Wochen in der gebotenen Kürze mit eingeübter Geheimsprache besprochen hatten, erwähnte Viktor sein Erlebnis vom Nachmittag. Er schilderte in wenigen Worten das Interview und folgerte dann: »Bei Glasnost und Perestroika deutscher Prägung handelt es sich um Potemkinsche Dörfer.«

»Wie? Weißt du etwas oder vermutest du das nur?«, wollte Charlie wissen.

»Die müssen doch mit den Freunden gemeinsame Sache machen! Honecker verzichtet doch niemals aus Spaß auf seinen Posten«, gab Emil zu bedenken.

»Wer weiß, womit Moskau unsere Häuptlinge ›überzeugt‹ hat«, schwenkte Anton auf Viktors Linie ein.

Die Männer begannen, untereinander zu diskutieren.

Viktor hob beschwichtigend die Hände. »Schluss jetzt! Spekulationen helfen niemandem weiter.« Er grinste, trank einen Schluck Bier und zwinkerte den Männern am Tisch zu: »Wir klären den Fall; und sollte irgendetwas stinken, bekommen wir das heraus.«

3 – IN VERSCHIEDENEN WELTEN

Montag, der 09.10.1989

Der Zug fuhr pünktlich 16.44 Uhr auf dem Leipziger Hauptbahnhof ein. Ihre Nervosität hatte den gesamten Körper erfasst und der Magen rebellierte, als hätte sie verdorbenen Fisch gegessen. Bereits am Vormittag bei ihrer Abfahrt in Stralsund hatte es Gerüchte gegeben, die große Montagsdemo in der Messestadt werde ausfallen. Dennoch war Katja abgereist, um sich in die Bürgerproteste einzureihen, selbst falls nur kleine punktuelle Aktionen stattfanden. Der Propaganda der SED-Presse glaubte sie schon seit dem Sommer kein Wort mehr. Die Tausenden von Botschaftsflüchtlingen als Verführte des Westens zu verunglimpfen, hatte mit der Realität des anwachsenden Widerstands nichts zu tun – die Menschen waren sogar bereit, ihre Heimat aufzugeben.

Am Wochenende schienen Partei- und Staatsführung ja den Ernst der Lage begriffen zu haben; aber würde der Sieben-Punkte-Plan tatsächlich Wirklichkeit werden? Katja bewegten arge Zweifel. Und so war sie unbeirrt ihrem ursprünglichen Vorhaben gefolgt und nach Leipzig gereist. Michael, ihr Ehemann, hatte Katja dringend abgeraten und regelrecht gebettelt, sie möge daheimbleiben. Glücklicherweise hatte er am Morgen pünktlich die Wohnung verlassen, um in den Betrieb zu fahren, sodass Katja ein unerquicklicher Streit erspart geblieben war.

Während des Zwischenaufenthalts in Berlin waren die Gerüchte des Vormittags zur Gewissheit geworden. Ein Mitreisender hatte sein Radio auf dem Bahnsteig so laut gestellt, dass alle Umstehenden die Neuigkeiten gut hatten mithören können: Die Opposition habe sich mit den Sicherheitskräften dahingehend geeinigt, die größte Montagsdemo des Landes in Leipzig abzusagen. Die Regierung habe vorerst ausreichende Garantien gegeben, die den eingeleiteten Erneuerungsprozess glaubhaft erscheinen lasse, hatte der Sprecher des Berliner Rundfunks vermeldet. In der Nachrichtensendung wurde die Bevölkerung aufgerufen, von Reisen in die Messestadt abzusehen, um die dortige Sicherheit aufrechterhalten zu können. Die Volkspolizei werde alle unberechtigt Reisenden umgehend nach Hause zurückschicken.

Der letzte Hinweis hatte Katjas Unwohlsein ausgelöst. Erst vor einigen Tagen war sie nach Reichenbach ins Vogtland gefahren. Die Botschaftsflüchtlinge aus Prag waren über DDR-Gebiet geleitet worden und hatten vor der Ausreise in den Westen an diesem Bahnhof die Grenzkontrolle über sich ergehen lassen müssen. Katja war hingefahren, um den Menschen in ihren Zügen zuzujubeln, und war dabei mit der Staatsmacht aneinandergeraten. Ein diensteifriger Polizeioffizier hatte ihre Personalien aufgenommen und ihr für den Bahnhof und dessen Umfeld einen Platzverweis erteilt. Aber das war Katja egal gewesen, sie hatte ein wenig abseits eine andere Stelle gefunden und den Flüchtlingen ihre Bewunderung ob der mutigen Flucht und beste Grüße zugerufen. Zu einer neuerlichen Konfrontation mit der Polizei war es dabei nicht gekommen.

In Leipzig würde heute ebenso wenig passieren, kämpfte Katja ihre Beklemmung und die immer wieder aufkeimenden Bedenken nieder. Sie reiste eben als Touristin in die Stadt, was wohl kaum verboten sein dürfte. Und außerdem, woher sollte sie die aktuellen Nachrichten kennen? Immerhin war sie bereits am Vormittag in Stralsund losgefahren, und von dem freundlichen Mann mit seiner Beschallung des Bahnsteigs in Berlin wusste schließlich niemand.

Die Bremsen quietschten, der Wagen ruckelte zwei Mal und schließlich stand der Waggon. Katja nahm ihre Handtasche und stieg aus. Bewusst hatte sie auf Reisegepäck verzichtet, um in Leipzig möglichst flexibel und unbehindert je nach Sachlage reagieren zu können. Übernachten wollte sie ohnehin nicht – um 23.25 Uhr ging ihr Zug zurück an die Ostsee.

Der Strom der Ankommenden trieb Katja mit in Richtung der Haupthalle. So unter all den Reisenden fühlte sie sich geborgen wie ein Hering inmitten eines großen Schwarms. Die Menschenmassen konnte die Polizei niemals kontrollieren. Vor wenigen Tagen in Reichenbach, da war das anders gewesen; dort hatten lediglich eine Handvoll Sympathisanten den Weg auf den Bahnhof gefunden, mitten in der Nacht.

Beim Gehen reckte Katja ihren Kopf und äugte zwischen den Mitreisenden hindurch zum Ende der Halle. Soweit sie das beurteilen konnte, stand keine Polizei auf dem Querbahnsteig an den Ausgängen. Das beruhigte sie ein wenig. Sie beschleunigte ihre Schritte, wollte jetzt schnellstens raus auf die Straße.

In der Vorhalle verteilten sich die Reisenden und Katja kam schneller voran. Ihre Angst verflog vollends, da auch hier nirgendwo Uniformen der Gesetzeshüter auftauchten. Sie verließ das Bahnhofsgebäude. Auf dem Vorplatz empfing Katja eine frische Brise; die Sonne verdeckte eine dicke

Wolke; aber wenigstens fiel kein Regen. Die Straßenbahnhaltestelle lag nur wenige Meter vom Ausgang des Bahnhofs entfernt, wo auch gerade ein Zug wartete. Katja sprang hinein und die Bahn fuhr los, blieb jedoch nach kaum mehr als einer Minute wieder stehen. Am vorderen und hinteren Ende des Wagens standen je zwei Männer auf und hielten Ausweise in die Luft.

»Deutsche Volkspolizei! Halten Sie bitte Ihre Personalausweise zur Kontrolle bereit«, erklärten sie laut und deutlich, mit einer Stimme, als hätten sie die wenigen Worte in der Art eines Quartetts tagelang einstudiert.

Katja erschrak. Verzweifelt schaute sie umher, aber der Straßenbahnwagen bot keine Möglichkeit zum Entrinnen. Jetzt losstürmen und eine der Türen gewaltsam aufdrücken, nutzte wohl kaum etwas – die jungen Polizisten in Zivil hatten solche Fluchtversuche garantiert bedacht und dürften sie bereits nach wenigen Metern schnappen. Also würde Katja die Rolle der ahnungslosen Touristin bemühen müssen.

»Ihren Ausweis bitte!« Den Gesetzeshüter, der zu ihr herangetreten war, schätzte sie auf Mitte 20. Sein Gesicht wirkte freundlich, aber bestimmend. Die braunen Augen schienen Katja hypnotisieren zu wollen.

»Gibt's einen Grund für die Kontrolle?«, fragte sie so unverfänglich wie möglich und legte den Ausweis in die ihr entgegengestreckte Hand.

Ohne auf ihre Frage einzugehen, blätterte der Beamte in dem blauen Büchlein. »Sie wohnen in Stralsund?«

»Ja.«

»Wann sind Sie angekommen?«

»Eben gerade. Ich habe zwei Tage Urlaub und will mir die Stadt ansehen.« Das entsprach sogar der Wahrheit.

»Wo werden Sie übernachten?«

Verdammt, daran hatte sie nicht gedacht. »Bei einer Freundin«, fiel ihr nur ein. Noch im selben Moment bereute sie ihre Ausrede, die sich umgehend als Lüge herausstellen dürfte, da Katja niemanden in Leipzig kannte.

»Und Ihr Reisegepäck? Wo haben Sie Ihr Reisegepäck?« Die dunklen Augen des Polizisten schienen sie bereits zu fesseln.

Damit hatte der Mann einen weiteren Schwachpunkt ihrer Legende aufgedeckt. Welche Notlüge konnte nun helfen? »Ich … ich meine …«

»Wir sollten uns in Ruhe unterhalten«, schlug der Gesetzeshüter vor und steckte ihren Ausweis in sein Jackett. »Bitte kommen Sie mit.«

»Was soll das?«, protestierte Katja. »Darf man nicht mal mehr nach Leipzig fahren?«

»Wir klären das auf der Dienststelle«, verfügte der Polizist und fasste Katja am Handgelenk. Mit festem Griff, als hätte der Kerl ihr eine Handschelle angelegt, zog er sie in Richtung der nächstgelegenen Tür.

Um sie herum erhob sich Gemurmel. Die Worte der Umstehenden beklagten nicht etwa die Polizei-Willkür, nein, den Bürgern missfiel die Verzögerung, die Katjas Widerstand verursachte. Lauter werdend forderten sie, die Bahn möge endlich weiterfahren. Also gab Katja ihre Gegenwehr auf, folgte anstandslos dem Gesetzeshüter und stieg mit ihm aus. Offensichtlich waren noch mehr »ungebetene Gäste« mitgefahren, die Polizisten hatten außer Katja fünf andere Jugendliche zum Aussteigen gezwungen. Die Straßenbahn fuhr weiter. Kurz darauf hielt ein Lastwagen neben ihnen, auf dessen Ladefläche alle hinaufklettern mussten.

Geschlagene drei Stunden saß Katja jetzt schon in diesem Raum, der einem großen Wartezimmer in einer Arztpraxis ähnelte – an den Wänden ringsherum standen Stühle, ergänzt durch fünf Tische in der Mitte. Im Gegensatz zum Besuch beim Arzt bewachten hier zwei Polizisten die Wartenden und sorgten gleichzeitig für Ruhe; begann irgendjemand mit seinem Nachbarn zu sprechen, trat einer der Aufpasser an den Störenfried heran und ermahnte ihn zum Schweigen.

Der fensterlose Raum, das kalte blaue Licht der Leuchtstofflampen an der Decke und die fehlende Türklinke – das »Wartezimmer« konnte man nur verlassen, wenn jemand von draußen hereinkam – vermittelten Katja das beklemmende Gefühl, bereits als Gefangene nur noch auf ein Urteil zu warten.

Während sie auf ihrem Stuhl ausharrte, waren immer wieder Leute aufgerufen und hinausgeführt worden, die anschließend nicht wiederkamen. Anfangs hatte die Polizei noch kleine Gruppen von neuen Ankömmlingen hereingeführt, wodurch stets alle Plätze besetzt waren. Seit 90 Minuten war aber niemand mehr gekommen, und so saßen jetzt nur noch neun Leidensgenossen zusammen mit Katja hier.

Gerade eben ging die Tür wieder auf: »Frau Kessler bitte.« Der ältere Polizist musste wissen, wen er holte – er hatte sofort beim Eintreten zielgerichtet in ihre Richtung geschaut.

Katja stand auf und folgte dem Mann über einen langen Korridor zu einem kleinen Büro, das lediglich ein Tisch samt zwei Stühlen möblierte.

»Bitte setzen Sie sich.« Der Beamte, der sie am Nachmittag in der Straßenbahn abgeführt hatte, deutete auf den freien Platz ihm gegenüber. Er machte keinerlei Anstalten, aufzustehen oder Katja irgendwie zu begrüßen.

»Warum werde ich hier so lange festgehalten?«, protestierte sie.

»Weil Sie unberechtigt nach Leipzig gekommen sind«, entgegnete der Mann in aller Ruhe.

»Ist für die Stadt eine Sperrzone festgelegt worden?« Katja wollte zunächst die Initiative in diesem Verhör behalten.

»Das klären wir sofort. Aber lassen Sie uns Schritt für Schritt vorgehen.« Wie am Nachmittag versuchten die dunklen Augen ihres Gegenübers, sie zu fixieren.

»Ich sage nichts.« Katja plumpste auf den ihr zugewiesenen Platz und verschränkte die Arme vor der Brust.

»Bitte seien Sie vernünftig. Oder soll der Zug um 23.25 Uhr ohne Sie fahren?«

»Und wenn ich den verpasse?«

»Dann bleiben Sie unser Gast.«

Eine blöde Perspektive. »Was wollen Sie wissen?«

»Na, sehen Sie. Zuerst brauche ich die Personalien: Ihr vollständiger Name und das Geburtsdatum?«

»Katja-Marie Kessler, das Marie wird aber stets weggelassen. Geboren wurde ich am 28.06.59 in Berlin, Geburtsname Albrecht.«

»Verheiratet? Mit wem und seit wann?«

»Welche Rolle spielt das?«, protestierte Katja.

»Bitte, Frau Kessler, beantworten Sie einfach meine Fragen.«

»Mein Mann heißt Michael, Michael Kessler, und geheiratet haben wir vor fünf Jahren, am 09.06.84.«

Der Polizist nickte, notierte die Angaben und schaute in den Ausweis. »Sie sind 1,72 Meter groß, haben grüne Augen und mittelblonde Haare.« Er musterte Katja durch einen prüfenden Blick. »Schulterlange Haare, zum Pferdeschwanz gebunden.«

Sie überfiel das Gefühl, als müsse sie sich hier ausziehen.

»Ihr Gewicht?«

»Jetzt reicht mir das aber wirklich!« Katja sprang auf. »Sie glauben wohl, Sie können alles mit mir machen.«

Der Mann nickte kurz in eine Richtung schräg hinter Katja. Umgehend fasste sie jemand am Arm – es war der Uniformierte, der sie vorhin hierhergebracht hatte. Offensichtlich war er die ganze Zeit im Raum geblieben.

»Abführen!«, befahl der Beamte am Tisch. »Ich setze die Vernehmung morgen am Vormittag fort.« Er lehnte sich auf seinem Stuhl zurück und sah Katja an. »Und dann könnte es länger dauern. Ihr Verhalten beweist mir, dass Sie keinerlei Lehren aus den Vorfällen in Reichenbach gezogen haben.«

Katja fuhr der Schreck in die Glieder; eine Nacht oder gar mehrere Tage im Gefängnis sitzen zu müssen, würde sie völlig demoralisieren. Und wenn sie übermorgen nicht am Arbeitsplatz erschien, stände zusätzlicher Ärger ins Haus. »Ich beantworte Ihre Fragen.«

»Ohne Protest, ohne Widerspruch?«

»Ja.«

Der Vernehmer nickte neuerlich, der Uniformierte gab ihren Arm frei, und Katja setzte sich wieder.

»Ihr Gewicht?«

»64 Kilogramm.«

»Sie und Ihr Ehemann gehören zur Belegschaft des VEB Ostseetrans in Stralsund?«

Die Polizeibehörde kannte längst alle Details ihres Lebens, wurde Katja klar. Diese Befragung diente lediglich der Einschüchterung. Jetzt wollte sie nur noch schnellstmöglich hier raus und den Albtraum vergessen. »Ja. Michael ist Leiter Instandhaltung und ich arbeite als Dispatcher.«

»Gut. Abschließend schildern Sie mir bitte die wichtigsten Stationen Ihres Lebenslaufs.«

»1966 Einschulung, 1974 Umzug nach Stralsund.«

»Warum?«

»Mein Vater wechselte von der Weißen Flotte in Berlin zum Betriebsteil Stralsund, um eines dieser modernen Tragflügelboote als Kapitän zu übernehmen.«

»Gut. Weiter.«

»Durch den Wohnungswechsel verpasste ich die EOS, konnte kein Abitur machen. Stattdessen lernte ich zwischen '76 und '78 Technische Zeichnerin auf der Volkswerft. 1982 ging ich in die Einsatzleitung des Kraftverkehrs.«

»Sie wechselten den Beruf?«

»Ja. Die Arbeit am Zeichenbrett war mir zu eintönig, ich brauche Leben um mich herum, will Probleme lösen.«

»Verstehe.« Der Beamte machte einige Notizen und schaute Katja dann aufmerksam an. »Was ich aber nicht verstehe, warum zeigen Sie immer wieder offenen Widerstand gegen den Staat?«

Ihr innerer Protest wandelte sich in Unwohlsein, und die Angst überfiel sie wie ein unheilvoller Geist, der in einer dunklen Ecke lauerte. »Ich wollte doch nur Leipzig besuchen«, brachte sie schüchtern hervor.

»In derselben Art, in der Sie am 30.09. spätabends in Reichenbach vorbeigeschaut hatten? Dort hatten Sie den Republikflüchtlingen für ihr verbrecherisches Tun zugejubelt. Und hier wollten Sie Unfrieden stiften, und eine abgesagte Demonstration sollte Ihnen als Anlass dienen.«

»Ich wusste nichts von der Absage.«

»Ach nein? Spätestens bei der Ankunft am Hauptbahnhof hätten Sie davon erfahren können, über die Lautsprecherdurchsagen.«

Die hatte Katja wirklich überhört; offensichtlich war sie zu sehr darauf konzentriert gewesen, nach irgendwelchen Polizisten Ausschau zu halten.

»Wenn ich mir Ihren Lebenslauf ansehe, Frau Kessler, findet sich lediglich *eine* Erklärung für Ihr renitentes Verhalten.« Der Beamte bemühte einen versöhnlichen Ton. »Sie sind zielgerichtet Ihren Weg gegangen und arbeiten im öffentlichen Nahverkehr in einem wichtigen Bereich.« Er machte eine kurze Pause. »Dennoch machen Sie offensichtlich den Staat für Ihre verpasste Möglichkeit des Studiums verantwortlich und rebellieren jetzt.«

Katja erschrak ob der Schlussfolgerung des Polizisten. So hatte sie ihre Reaktionen in den letzten Wochen und Monaten noch nie eingeschätzt. Der Umzug damals nach Stralsund hatte sie schwer getroffen und ihr Leben, ihre Zukunftspläne zerstört. Hatte die Familie ausgerechnet in dem Jahr umziehen müssen, als für Katja die Weichen in Richtung Abitur gestellt worden waren? Der Vater hatte ihre damaligen Proteste beiseitegeschoben, hatte von Parteiauftrag, von staatsbürgerlicher Pflicht und von Ehrensache gesprochen und die Zukunftsaussichten seiner Tochter geopfert. Lastete sie die damalige Rücksichtslosigkeit des Vaters jetzt dem Staat an? Rebellierte sie deshalb? Womöglich unbewusst? Nein! Sie hatte in den zurückliegenden Wochen lediglich den Veränderungswillen des Volkes gespürt, hatte daran teilhaben und helfen wollen, die Probleme im Land anzupacken.

»Also gut, Frau Kessler«, riss der Beamte Katja aus ihren Gedanken. »Wir können hier Schluss machen. Sie fahren auf schnellstem Weg zum Bahnhof und nehmen den Zug um 23.25 Uhr in Ihre Heimatstadt zurück.«

»Einfach so?« So richtig spürte sie keine Erleichterung.

»Innerhalb einer Stunde nach der Ankunft in Stralsund melden Sie sich bei der zuständigen Polizeidienststelle.«

»Muss das sein?«

»Ja, das muss sein. Wir wollen uns von Ihrer sicheren Rückkehr überzeugen.«

Überwachen wollt ihr mich, korrigierte Katja in Gedanken den Polizeibeamten. Schweigend nahm sie ihren Ausweis entgegen und verließ das Büro.

Nanu, die Wohnungstür ist gar nicht abgeschlossen?, stellte Katja verblüfft fest, als sie am folgenden Morgen nach Hause kam. Michael müsste doch längst zur Arbeit gegangen sein, jetzt um halb zehn am Vormittag. Er vergaß nie, die Haustür zuzuschließen, erinnerte Katja vielmehr des Öfteren mit erhobenem Zeigefinger daran, wenn sie es einmal unterlassen und die Tür nur zugezogen hatte.

Der Zug aus Leipzig war mehr als eine Stunde zu spät in Stralsund angekommen. Zum Glück hatte Katja sich eine Bestätigung von der Reichsbahn geben lassen; auf dem Polizeirevier war sie bereits erwartet worden. Dennoch hatten die Ordnungshüter geschlagene 55 Minuten benötigt, um ihre Angaben zu überprüfen – in Katjas Augen eine glatte Schikane. Als sie die Wache verlassen durfte, hatte es sie nur noch nach Hause gezogen.

Katja hängte im Flur ihre Jacke an die Garderobe. Aus dem Wohnzimmer klang leise Radiomusik, saß dort Michael? Ja, er hockte auf dem Sofa, in sich zusammengesunken. In dieser Körperhaltung sah man ihm seine 1,80 Meter Körpergröße nicht an. Wartete er auf sie, um gleich nach ihrer Rückkehr in den Betrieb zu fahren? Die kurzen welligen dunklen Haare waren ordentlich gekämmt, sein Kinn glattrasiert, und er trug einen von den Anzügen samt blauem Hemd, die er immer zur Arbeit anzog. Er sann wohl seinen Gedanken nach und bemerkte Katja nicht sofort.

»Guten Morgen«, begrüßte sie ihn.

Michael stand auf, schaltete das Radio ab, kam auf Katja zu und schenkte ihr einen Kuss auf die Wange. »Du kommst spät.« Sein Gesicht besaß jenen ernsten und unnahbaren Ausdruck, der seine innere Anspannung verriet.

»Der Zug hatte Verspätung«, erklärte Katja möglichst gleichgültig. »Du bist zu Hause? Fehlt dir etwas?«

»Wie war's in Leipzig?« Die abweisende Distanziertheit passte überhaupt nicht zu Michaels Naturell; seinen schmalen Mund umspielte sonst stets ein Lächeln und die braunen Augen hielten jederzeit ein Zwinkern bereit.

Von der ersten Begegnung an hatten Katja das freundliche Wesen dieses Mannes und sein attraktives Äußeres angezogen. Kurz nach ihrem Wechsel zum VEB Ostseetrans waren sie sich im Betrieb begegnet. Er war damals Meister in der Instandsetzung gewesen und sie hatte in der Abteilung Operativer Einsatz begonnen. Jede mögliche und unmögliche Gelegenheit hatte Katja genutzt, um *ihm* zu begegnen. Michael hatte anscheinend ebenso Freude daran gefunden, mit ihr zu plaudern und auch ein wenig zu flirten. Mehrmals hatte Katja versucht, sich mit ihm nach Feierabend zu verabreden – aber er hatte stets abgelehnt, mit einem Lächeln um den Mund und seinem charmanten Augenzwinkern. Michael galt im Betrieb als Schwarm vieler Frauen, und so hatte Katja befürchtet, er sei in festen Händen. Eines Tages hatte sie jedoch erfahren, dass er in der Freizeit ein Fernstudium zum Diplom-Betriebswirt absolvierte und wegen bevorstehender Prüfungen auf jegliche Ablenkung verzichtete. Nach dem erfolgreichen Abschluss war er auf sie zugekommen und hatte sich vielmals ob seiner Distanziertheit entschuldigt. In der Folgezeit hatten sie viel miteinander unternommen. Katjas Glück um ihre Liebe hatte in jenen Wochen und Monaten auf Wolke sieben geschwebt. Durch Michaels Heiratsantrag zu Ostern 1984 waren für Katja alle Blütenträume gereift. Kein Vierteljahr später waren sie Mann und Frau geworden.

Diese glückliche Zeit schien heute, da sie sich hier in ihrer Wohnung gegenüberstanden, eine Ewigkeit zurückzuliegen. Michaels Ernst bereitete Katja Angst.

»Schade, dass du dich in der Art einer Diebin aus dem Haus gestohlen hast.«

Dieser Satz traf Katja wie eine Ohrfeige ins Gesicht. Ihre »Flucht« gestern Morgen hatte ihn zutiefst verletzt. Jetzt durfte sie ihn nicht erneut enttäuschen, musste die Wahrheit sagen. »Ich bin in Leipzig verhört worden.«

Michael nickte. »Ich würde gern die ganze Geschichte hören.«

»Natürlich.«

Gemeinsam gingen sie zur Sitzgruppe, Michael setzte sich wieder auf das Sofa und Katja nahm ihm gegenüber auf einem der Sessel Platz. Sie berichtete in aller Ausführlichkeit. Michael hörte aufmerksam zu.

»Danke, dass du mir die Wahrheit gesagt hast«, erklärte er, als sie geendet hatte. »Mich hatte gestern Abend der Parteisekretär unseres Betriebes angerufen und mich über dein ›Missgeschick‹ informiert. Deswegen bin ich heute Morgen hier geblieben – ich wollte deine Version der Geschehnisse hören. Mich freut wirklich, dass du mir irgendwelche Märchen erspart hast.«

Die vorausgeeilte Nachricht von ihrer Verhaftung verblüffte und ärgerte Katja gleichermaßen. »Was kümmert den obersten Parteinik des Betriebs meine Privatreise nach Leipzig? Und woher wusste der Kerl davon?«

»Sind das wirklich deine Sorgen?« Michael blieb völlig ruhig, sein Gesicht hatte sich ein wenig aufgehellt. »Wie soll es jetzt weitergehen? Mit dir?«

Sie habe im Zug lange darüber nachgedacht. Ihre Verhaftung und das Verhör verletzten eindeutig die Verfassung der DDR. Und dagegen müsse sie aufbegehren.

Michael nickte. »Verstehe. Und was bedeutet das konkret?«

Das wisse sie noch nicht. Aber sie werde für ihre Rechte einstehen. Die Leute müssten erfahren, wie der Staat seine Bürger behandelt.

»Du rennst gegen eine Wand an. Selbst die gerade eingeleiteten politischen Veränderungen sind dir egal.«

»Glaubst du wirklich an den Quatsch von Gorbis Sieben-Punkte-Plan? Damit streuen die dem Volk doch nur Balsam auf die Seele, lullen die Bevölkerung ein. Die Menschen werden dennoch wegrennen, zu Tausenden, und nichts wird sich ändern.«

»Da dürftest du dich aber irren. Die heutigen Neuigkeiten sprechen eine deutliche Sprache.«

Katja verspürte wenig Lust, mit Michael jetzt zu politisieren. »Ich hatte noch keine Gelegenheit, die sensationellen Nachrichten zu vernehmen«, entgegnete sie ketzerisch.

Den Sarkasmus seiner Ehefrau quittierte Michael regungslos, mit beinahe maskenhaften Zügen: Am Morgen habe die Regierung der BRD verkündet, vom heutigen Tag an die Staatsbürgerschaft der DDR anzuerkennen. Diese Maßnahme sei vorerst bis zum 31.12.89 befristet. Sie sei ergriffen worden, um den Verantwortlichen in Ostberlin die Möglichkeit zu bieten, den Sieben-Punkte-Plan von Generalsekretär Gorbatschow mit Leben zu erfüllen. »Damit dürfte der Strom der Flüchtlinge abrupt abebben«, schlussfolgerte Michael kühl. »Zumal Ungarn die Grenze zu Österreich auch geschlossen hat.«

Katja hätte solche Schritte niemals für möglich gehalten. »Wenn diese Meldungen den Tatsachen entsprechen.«

»Zeitungsenten dieser Tragweite verbreitet nicht einmal unser volkseigener Rundfunk.«

»Dann wird sich die Wut der Leute eben im Inneren austoben!«, erwiderte Katja trotzig.

Michael schüttelte den Kopf. »In den letzten Tagen wurden Maßnahmen ergriffen, um die Krise zu bewältigen, da sollte jeder an seinem Platz mit anpacken, zumindest …«

»Meinst *du*!«, rief Katja dazwischen, warf wütend den Rücken zurück an die Sessellehne und verschränkte die Arme vor der Brust. »Wir alle spielen heile Welt und jubeln den Genossen zu; so, als wäre nichts geschehen.«

»Du hast keinen Deut verstanden.« Michael stand auf. »Ich möchte endlich wieder in Ruhe meiner Arbeit nachgehen und denen in Berlin die Zeit geben, ihren Versprechen Taten folgen zu lassen. Aber gut, wenn du dich von den Protestierenden angezogen fühlst und deinen Frust in der Öffentlichkeit kundtun musst, dann will ich dir keinesfalls im Wege stehen.« Ohne eine Antwort abzuwarten, verließ er das Zimmer.

Katja glaubte, ihren Mann nicht wiederzuerkennen. Er war zu keiner Zeit ein Freund der Proteste und der Massenfluchten über Ungarn und die bundesdeutschen Botschaften in Prag und Warschau gewesen, hatte die Argumentation in den staatlichen Medien mit aller Vorsicht verteidigt. Aber er hatte nie Katjas Engagement für die Protestierenden kritisiert, hatte kein Wort des Widerspruchs gefunden, als sie vergangene Woche ihren Beitritt zu einer der Bürgerbewegungen angekündigt hatte.

Plötzlich stand Michael wieder im Zimmer, seinen Anorak angezogen und einen Koffer in der Hand.

»Gehst du auf Dienstreise?«, wollte Katja wissen. Es kam ab und zu vor, dass ihr Ehemann für ein paar Tage nach Berlin oder Rostock fuhr.

»Nein, ich ziehe für einige Zeit zu meiner Schwester.«

Der Schreck ließ Katjas Herz rasen. »Wir trennen uns? Für … einige Zeit?«

»Ja. Offensichtlich leben wir in verschiedenen Welten.«

»Du lebst in einer Scheinwelt, glaubst die Märchen der Parteibonzen.«

»Hast du den Fackelzug am Freitag gesehen, hast du die Gorbi-Rufe Zehntausender Enthusiasten gehört? Und dann die Massen an den Straßenrändern, als Gorbatschow vorgestern zum Flughafen fuhr?«

»Ist doch alles inszeniert.«

»Ach so? Und aus reiner Inszenierung hat Honecker seinen Posten hergegeben, hat die Bonner Regierung den heutigen Beschluss gefasst? Nein, Katja, *du* lebst in einer Scheinwelt.«

»Ich muss mich einfach wehren«, flehte Katja, »ich muss mir treu bleiben.«

»Aber alles hat eine Grenze, und die hast du überschritten, als du mich für deine Zwecke benutzt hast.«

Der K.-o.-Schlag. Katja hatte diese Vorhaltung immer gefürchtet, hatte inständig gebetet, Michael möge nie davon reden: In den letzten Septembertagen hatte er eines Abends erzählt, er solle einen Kleinbus vorbereiten, der absolut störungsfrei ins Vogtland fahren könne, um vier Zöllner nach Reichenbach zu bringen. In der Nacht vom 30.09. zum 01.10.

verfrachte ein Zug Botschaftsflüchtlinge aus Prag via DDR in den Freistaat Bayern. In Reichenbach werde die Grenzabfertigung erfolgen. Man setze dafür Beamte aus dem Norden der Republik ein, weil diese zu den Flüchtlingen mit Wohnsitz in den südlichen Bezirken eine ausreichende Distanz besäßen. Da Katja durch diese Information gewusst hatte, wann und wo der Flüchtlingszug Station machen würde, war sie hingefahren, nur um den mutigen Menschen zuzujubeln; selbst in den Zug hineinzugelangen, war ihr niemals in den Kopf gekommen. Als sie dann in jener Nacht festgenommen und verhört worden war, hatte sie verschwiegen, aufgrund von Angaben ihres Ehemanns nach Reichenbach gefahren zu sein. Aber offensichtlich hatte jemand bei der Staatssicherheit diesen Zusammenhang hergestellt und Michael wohl Vorwürfe gemacht.

Er nahm seinen Koffer auf.

Katja besaß keine Kraft mehr. Nur noch mit allergrößter Anstrengung konnte sie die Tränen zurückhalten.

»Mein Entschluss ist mir schwergefallen, doch wollen wir uns überhaupt eine Chance für eine gemeinsame Zukunft bewahren, brauchen wir eine Auszeit voneinander.«

»Du gehst nicht für immer?«, presste Katja mit gebrochener Stimme hervor.

»Ich möchte irgendwann wiederkommen, aber wann das sein wird …« Michael zuckte die Schultern und verließ die Wohnung.

4 – DER MUSTERKNABE AUS STRALSUND

Montag, der 16.10.1989

Die Bilder, die über die Mattscheibe flimmerten, belustigten Viktor wie eine gute Klamotte im Kintopp. Zuerst hatten die Medien verbreitet, eine Berichterstattung aus Leipzig scheitere an dem zu geringen Vorlauf. Die mittlerweile zugelassenen Oppositionsparteien und -gruppierungen hatten am vergangenen Sonnabend neuerlich zu weiteren Montagsdemos in der Messestadt aufgerufen. Als neue gesellschaftliche Kräfte vertraue man der Regierung zwar, wolle aber den Druck der Straße aufrechterhalten, bis die Reformen im Land unumkehrbare Realität geworden seien.

Daraufhin hatte sich das politische Berlin in ein Hornissennest verwandelt, in das ein übermütiger Knabe einen Knüppel gestoßen hatte. Der alte Ministerrat war am 12.10. zurückgetreten und ein neuer noch nicht im Amt. Keiner wusste, was zu tun sei, zumal mittlerweile die Volkskammer den Führungsanspruch der SED aus der Verfassung gestrichen hatte. Am 13.10. waren zwar Hans Modrow als Generalsekretär der SED eingesetzt und Günther Maleuda als Ministerpräsident gewählt worden, aber ihnen fehlten die dienstbaren Geister, die den Alltag regelten.

Die bisherigen Lenker organisierten stattdessen ihre eigene Realität – so, wie der vormalige Minister Brandstätter, der vor einer Woche noch der Westpresse ein Interview gegeben hatte. Der verspürte überhaupt keine Lust, sich nach dem erzwungenen Rücktritt in den Ruhestand zu verabschieden. Er hatte sein gut erhaltenes Netzwerk aktiviert und war am selben Tag mit einer Berufungsurkunde als »Regierungsberater« aufgetaucht. Dermaßen legitimiert, behielt Brandstätter die Schalthebel der Macht weiter fest in Händen.

Ob dieser Kaltschnäuzigkeit konnte Viktor nur ungläubig den Kopf schütteln. Natürlich garantierte er dem alten und neuen Dienstherrn absolute Loyalität und wusste hierin seine Einheit hundertprozentig hinter sich. Andernfalls hätte sie der Alte bestimmt an einen der kruden Querköpfe von der Opposition übergeben, für den ihre Truppe als entbehrlich betrachtet und folglich aufgelöst worden wäre. In der aktuellen Situation galt es für Viktor, den richtigen Zeitpunkt zu erkennen, wann er samt Anhang zu den zukünftigen Machthabern überlaufen musste. Bis dahin würden aber Wochen vergehen. Brandstätter saß noch immer fest im Sattel, wie ein mittelalterlicher Fürst, der die Kaiser gehen und kommen sah und weitermachte, als sei nichts geschehen.

In der neuen Funktion als Regierungsberater hatte Viktors Chef in Adlershof durchgesetzt, jegliche Übertragung von der heutigen Montagsdemo zu unterlassen. Als am Nachmittag allerdings nur vereinzelt Demonstranten den Innenstadtring der Messestadt bevölkerten, hatte Brandstätter in den Fernsehstudios seine wahre Begabung unter Beweis gestellt; wie ein Brummkreisel war er durch die Chefetage getourt und hatte ein halbes Dutzend Kamerateams nach Leipzig gejagt. Viktors Truppe war alarmiert worden und hatte alle Hände voll zu tun gehabt, um die Blitzaktion abzusichern.

Und jetzt berichtete das DDR-Fernsehen im ersten und zweiten Programm in Sondersendungen vom Geschehen in der Messestadt. Die Reporter taten ihr Bestes und überschütteten die gerade mal 1.000 Demonstranten, die sich auf dem Innenstadtring verloren, genüsslich mit ihrem Hohn. Aber auch die Kameraleute leisteten ihren Beitrag zu einer *gelungenen* Übertragung: Immer wieder erschienen Männer und Frauen im Großformat, denen man ihr Unbehagen und die Verlassenheit ansah; die Kämpfer für Freiheit und Demokratie zogen als ein Tross müder Schafe über den Bildschirm.

Viktor genoss die Fernsehbilder wie einen rundum sehenswerten Fernsehfilm – besser konnte es kaum laufen, damit seine Einheit in Lohn und Brot blieb. Dennoch trübten einige dunkle Wolken Viktors Selbstgefälligkeit. Hoffentlich erlebte er hier nicht die Ruhe vor dem Sturm. Die Flut von Menschen, die noch eine Woche zuvor in den Westen geströmt war, hatten die Maßnahmen der BRD binnen drei Tagen ausgetrocknet wie einen Bach bei 40 Grad Sommerhitze. Westfernsehen und Westpresse hatten den Leuten im Osten immer wieder die neue Lage verdeutlicht: ein Status als Flüchtling und die Unterkunft in einem bundesdeutschen Aufnahmelager brächten wenig Freude, und eine Anerkennung als politisch Verfolgter sei praktisch ausgeschlossen. Viele Insider rechneten jetzt mit einem Anstieg von Protesten im Inneren des Landes. Brandstätter wollte vorbereitet sein und hatte Viktor angewiesen, seine Einheit ständig in Bereitschaft zu halten. Und so hatte Viktor hier in diesem öden Zimmer Quartier nehmen müssen, das direkt an den Dienstsitz des Regierungsberaters grenzte. Heute konnte sich Viktor in Ruhe die Fernsehübertragung ansehen, weil sein Chef in Leipzig weilte, um vor Ort nach dem Rechten zu sehen.

Das Telefon klingelte.

Hätte ich das Schicksal nur nicht herausgefordert, stöhnte Viktor in Gedanken – die Nummer kannte ausschließlich der Alte.

Viktor meldete sich.

»Ach, wären Sie mit hier«, schwärmte Brandstätter, »diese blöde Demo ist so hervorragend, als sei sie von mir inszeniert worden.«

»Herzlichen Glückwunsch«, schmeichelte Viktor seinem Chef.

»Schon gut. Heute liegt für Sie nichts mehr an. Schlafen Sie mal richtig aus. Morgen brauche ich Sie und Ihre Gruppenleiter bei der Konferenz topfit. Um acht erwarte ich Sie alle am verabredeten Treffpunkt.«

»Verstanden.«

Brandstätter beendete das Telefonat.

Diese Tagung gehörte auch zu jenen Maßnahmen seines Chefs, die dem Machterhalt diente. Er hatte 70 Leute der dritten Reihe aus den Bezirken eingeladen, um über geeignete Schritte zur Beruhigung der Bevölkerung zu beraten. Gleichzeitig benutzte der Regierungsberater die Konferenz als Casting, um befähigte Kader für Berlin zu rekrutieren – überall in den Machtzentralen standen verwaiste Schreibtische, die mit loyalem Nachwuchs besetzt werden sollten.

Die Teilnehmer der Tagung nahmen nach dem Mittagessen langsam wieder ihre Plätze ein. Viktor und seine Gruppenleiter hatten sich weisungsgemäß unter die Anwesenden gemischt und besonders in den Pausen all die Diskussionen aufmerksam verfolgt. Die Vorträge hier im Plenum hatten eher Viktors Langeweile hervorgerufen. Der Reigen von Rednern war ihm wie eine Modenschau der Eitelkeiten vorgekommen – jeder stellte seine Person in den Mittelpunkt, jeder wollte die unsichtbare Jury am tiefsten beeindrucken.

»Na, Viktor?« Brandstätter stand neben ihm. »Gefällt Ihnen unsere Ideenkonferenz?«

»Na ja«, gab Viktor vorsichtig zurück, »ein wenig zu viel Selbstbeweihräucherung.«

»Mensch, nun gehen Sie mit den jungen Leuten nicht so hart ins Gericht. Die ungeschliffenen Diamanten suchen eben ihre Chancen. Ein paar interessante Splitter habe ich herausgehört. Und die wichtigen Informationen hole ich mir sowieso in kleiner Runde, von den richtigen Kandidaten. Der folgende Redner gehört dazu, ich betrachte ihn gewissermaßen als meinen Musterschüler – Alexander Schürle aus Stralsund.«

»Schürle?«, hakte Viktor nach. »Ist Ihr Spannemann verwandt mit dem …«

»Genau! Bei Alexander handelt es sich um den Sohn meines alten Freundes Norbert, bis vor Kurzem Staatssekretär im Außenhandelsministerium.«

»Und dessen Nachwuchs wohnt in der Provinz am Ostseestrand?«

»Ein kleines *Praktikum*. Hat ihm bereits richtig gutgetan.« Brandstätter deutete zur Bühne. »Da kommt er. Hören Sie aufmerksam zu, wir können von dem Jungen noch viel erwarten.« Der Exminister tätschelte Viktor die Schulter. »Ich muss jetzt aber weiter. Passen Sie auf.«

»Selbstverständlich.«

Dieser Schürle stellte sich hinter das Rednerpult und redete in einer lockeren Art draufzu. Bereits nach wenigen Sätzen war zu merken, der Mann hatte wohl schon öfter vor einer größeren Zuhörerschaft geredet. Je länger Viktor den Worten folgte, umso mehr verstand er, warum Brandstätter an dem Kerl einen Narren gefressen hatte. Dieser Schürle war nicht bloß der Sohn seines Vaters, der schien ein fundiertes Fachwissen mit politischem Geschick zu vereinen.

»Ja, meine Damen und Herren«, erklärte er gerade, »wir leben in einer aufregenden Zeit, die jedem verdammt viel abverlangt. Wir in Stralsund gehen von der Überzeugung aus, für die nächsten Wochen gut gerüstet zu sein. In erster Linie müssen wir die öffentliche Ordnung aufrechterhalten und in den wichtigsten Unternehmen jegliches Risiko vermeiden.«

»Na, wie gefällt er Ihnen?« Brandstätter stand wieder neben Viktor.

»Ja, das Format des jungen Mannes hört man aus seinen Sätzen heraus. Er kann die Menschen für sich einnehmen.«

»Das will ich meinen. Und er greift hart durch.«

»Ach so?«, staunte Viktor. »Er hat nichts davon berichtet.«

In dem Moment brandete Beifall auf – Schürle blickte in der Art eines Schlagerstars auf die Zuhörer herab, verbeugte den Oberkörper und stieg schließlich im Zeitlupentempo von der Bühne.

»Wie ich schon sagte, die wirklich bedeutenden Details werden im kleinen Kreis besprochen; hier in aller Öffentlichkeit gibt's nur einen Überblick.«

»Und, was zeichnet Freund Schürle aus?«

»Er sorgt in Stralsund für Ordnung. Unter seiner Führung haben die ein System entwickelt, um Querulanten zu identifizieren. Wenn die an wichtigen Stellen sitzen, wo sie Sand ins Getriebe des öffentlichen Lebens streuen können, müssen sie gehen.«

5 – AUSGESTOSSEN

Freitag, der 20.10.1989

Das Telefon klingelte. Sie nahm das Gespräch entgegen, ohne von dem Papier aufzusehen, das den gesamten Schreibtisch bedeckte. »Ja?«

»Komm bitte gleich mal zu mir, Katja.«

»Gleich mal? In einer Stunde, in Ordnung?«

»Ich brauche dich umgehend hier bei mir im Büro.«

»Chef! Ich sitze gerade über dem Dispositionsplan für die kommende Woche. Wenn du mich da rausreißt, fange ich nachher völlig neu an.«

»Komm einfach her, jetzt, sofort.« Der Vorgesetzte legte auf.

Ungläubig betrachtete Katja den Hörer – so dringend hatte es ihr Abteilungsleiter schon lange nicht mehr gemacht. Aber was blieb ihr übrig; sie warf noch einen letzten Blick auf das Ungetüm von Planungspapier und machte sich auf den Weg zum Büro ihres Chefs, das am Ende des Flurs lag. Dort klopfte sie kurz und trat ein. Jochen saß am Schreibtisch und schien auf sie gewartet zu haben.

»Komm, setz dich.« Er deutete auf den Stuhl vor dem Schreibtisch. Die Unterredung würde also nur wenige Minuten in Anspruch nehmen – andernfalls bot der Chef den Mitarbeitern immer einen Platz am Besprechungstisch in der anderen Ecke des Zimmers an. Jochen führte seine Abteilung in der Art eines gütigen Kumpels, der jedem ein

Höchstmaß an selbstständigem Denken und maximalem Engagement abverlangte. Bei der Koordinierung des städtischen Busverkehrs und des Einsatzes aller Lastkraftwagen sowie Taxis, die zum VEB Ostseetrans in Stralsund gehörten, sei preußischer Kasernenhofgehorsam völlig unpassend, so Jochens Credo.

Katja nahm Platz. »Kannst du's kurz machen?«

»Na klar.« Der Chef richtete den Oberkörper auf, als müsse er seinen Worten durch eine aufrechte Haltung eine größere Geltung verschaffen. »Du weißt, ich war mit deiner Arbeit immer zufrieden gewesen – sehr zufrieden.«

Was ging hier vor?, wunderte sich Katja. »Aber? Habe ich etwas ausgefressen?«

»Scheint so. Nicht im Betrieb.«

Als blase ihr ein Fön warme Luft ins Gesicht, glühten Katja augenblicklich Wangen und Stirn. »Worauf willst du hinaus?«

»Die Volkspolizei hat einen Bericht geschickt, über deinen Ausflug nach Reichenbach und deine Festnahme in Leipzig.«

Daher wehte der Wind. Die Beklommenheit der letzten Sekunden fiel von Katja ab. Sie spürte den Drang, Jochen Widerstand zu leisten, egal, was er ihr jetzt eröffnete. Aber zuerst musste er sich einmal erklären. »Und?«

»Unser Direktor und die Leitung der gesellschaftlichen Organisationen …«

»Du meinst die Parteileitung … die der SED? Ja? Hat's dir noch niemand erklärt, die Genossen haben zukünftig das Maul zu halten.«

»Katja, bitte. Unsere Betriebsführung und die Gewerkschaft meinen, wir sollten in der gegenwärtigen Situation …«

»… solche Elemente wie mich hart an die Kandare nehmen«, platzte Katja dazwischen.

»Wir tragen eine hohe Verantwortung für die öffentliche Ordnung in Stralsund«, setzte Jochen mit sichtlichem Unbehagen fort. »Unsere Betriebsleitung und die Gewerkschaft wollen Vorsicht walten lassen. Wenn wir in die Schusslinie geraten, stehen zahlreiche Arbeitsplätze auf dem Spiel.«

Der Gedanke, der Katja bei den Worten durch den Kopf schoss, schien ihr so abstrus, als seien ihr gerade Details eines Militärputsches in Berlin offenbart worden. »Nur dass ich das richtig verstehe: Meine Reisen nach Reichenbach und Leipzig gefährden hier in der Firma Jobs? Soll ich ab sofort den Hof fegen?«

Der von ihr erwartete Widerspruch blieb aus; stattdessen schien Jochen zunehmendes Unbehagen zu plagen. Sie müsse die Maßnahmen einsehen. Jetzt, wo mit dem Sieben-Punkte-Plan und dem Wechsel in der Staatsführung eine Erneuerung eingeleitet wurde, komme es besonders auf die kommunalen Betriebe an. Und da erwarte die Leitung des VEB Ostseetrans an jedem Arbeitsplatz absolute Zuverlässigkeit.

»Du zweifelst an meiner Zuverlässigkeit?« Langsam stiegen Katja Tränen in die Augen.

»Betriebsführung und Gewerkschaft bewerten halt die gesamte Persönlichkeit der Mitarbeiter.«

»Ach so. Ich bin an meinem Schreibtisch nicht mehr tragbar? Werde zum Hofdienst verdonnert? Oder darf ich in der Werkstatt Kaffee kochen? Vielleicht Material ranschaffen? Oh nein, da könnt ihr bestimmt auch nur zuverlässige Kollegen gebrauchen. Was soll ich machen?«

»Katja, so leid es mir tut, ich muss dich entlassen.« Verlegen deutete Jochen auf einen Umschlag, der vor Katja auf der Tischplatte lag, dem sie bisher keine Bedeutung beigemessen hatte.

»Meine Kündigung?«, fragte sie, kaum noch fähig, ein Wort herauszubringen.

»Ja.«

»Zu wann?«

»Sofort. Ich soll dich auffordern, deine Sachen zu packen, damit du spätestens in einer halben Stunde das Betriebsgelände verlassen kannst. Deine Papiere werden dir nachgeschickt.«

Genau 20 Minuten hatte Katja benötigt, um die wenigen persönlichen Habseligkeiten einzupacken und ihren Schreibtisch aufzuräumen. Sie nahm ihre Handtasche und den prall gefüllten Dederon-Beutel und wandte sich dem Ausgang zu. Während sie das Großraumbüro durchquerte, folgten ihr die fragenden Blicke der Kollegen. Jetzt hier wortlos zu verschwinden, brachte sie nicht übers Herz, und ihnen mit der Wahrheit Angst einzujagen, half auch niemandem. Über viele Jahre waren sie gemeinsam durch dick und dünn gegangen.

Katja zwang sich ein Lächeln ab. »Es passieren noch Zeichen und Wunder, Leute – Jochen hat mir eine Kur besorgt. Ich muss für vier Wochen in den Harz.«

Offensichtlich sah sie wirklich kränklich aus, alle wünschten ihr eine gute Besserung. Glücklicherweise nahm niemand daran Anstoß, dass sie erst nach dem Gespräch beim Chef so schlecht aussah.

Zu Katjas Überraschung wartete Jochen draußen auf dem Korridor.

»Es hilft dir zwar nichts«, erklärte er mit belegter Stimme, »aber ich habe um dich gekämpft.«

Unvermittelt schossen ihr die Tränen in die Augen. Ein leichtes Schwindelgefühl ließ Katja kurz taumeln. Sie schaute Jochen offen an, er hielt ihrem Blick stand – Jochen sagte die Wahrheit.

»Solltest du mich hassen, dann bitte für meine Feigheit, dem Druck nachgegeben zu haben.« Er nickte. »Ich hätte mich vor meine beste Mitarbeiterin stellen müssen. Am Ende des zweistündigen Gesprächs hätte ich denen drohen müssen: Wenn du gehen musst, gehe auch ich. Die Bonzen vom Kreis hätten mich niemals ziehen lassen. Leider hatte mir der Mumm in den Knochen gefehlt. Ist nicht leicht, wenn die dich zu dritt in die Zange nehmen.«

Katja hatte sich wieder im Griff. Aber dennoch musste sie schnellstens hier weg. »Lass mal, Jochen, deine drei Rotznasen brauchen deine Knete, die du nach Hause bringst.« Sie stellte den Dederon-Beutel kurz ab und reichte ihrem Chef die Hand. »Halt die Ohren steif. Ich muss los, bin auf die Busse angewiesen.«

Jochen nickte. »Wird zwar schwer ohne dich, doch irgendwie geht's immer weiter.« Er umarmte Katja herzlich. »Ich glaube an dich, bestimmt gehst du deinen Weg.«

Sie nahm ihre Sachen auf und verließ das Gebäude. Als abschließende Amtshandlung blieb ihr jetzt nur noch, den Betriebsausweis beim Pförtner abzugeben. Offensichtlich hatte man ihn informiert, er stellte keine Fragen, wünschte Katja alles Gute und wandte sich dem Besucher zu, der gerade die Anmeldung betrat.

Auch wenn Jochens anständige Verabschiedung Katja über die letzten Schritte auf dem Betriebsgelände hinweggeholfen hatte, empfand sie nun eine dumpfe Leere im Kopf. Wie ging es weiter? Noch bevor sie darüber nachdenken konnte, blieb Katja erstaunt stehen. Da vorn stand doch Carolin? Katja mochte das aufgeweckte und lustige Mädchen. Die zwölfjährige Tochter von Michaels älterer Schwester war oft bei ihnen zu Besuch gewesen. Offensichtlich wartete sie hier auf ihren Onkel. Aber jetzt, um diese Zeit am Vormittag? Katja lief zu ihr hinüber.

»Hallo, Carolin. Wartest du auf Michael? Hast du keine Schule?« Sie streckte der jungen Dame die Hand entgegen.

Carolin zögerte ein wenig, erwiderte den Gruß schließlich mit einem flüchtigen Händedruck. »Herbstferien. Wir wollen nach Rostock in den Zoo. Onkel Michael hat heute einen Tag Urlaub, musste aber kurz noch einmal auf Arbeit.«

Damit sie ihm brühwarm von meiner Entlassung berichten können, schoss es Katja durch den Kopf. Doch das war kein Thema für Carolin. »Wie geht's dir? Wann haben wir uns das letzte Mal getroffen?«

Das Mädchen zuckte die Schultern, sah nach unten und kratzte verlegen mit der linken Schuhspitze auf dem Boden. »Onkel Michael hat gesagt, er musste aus eurer Wohnung ausziehen, weil er dich nicht mehr versteht.« Sie blickte auf. »Hast du ihn rausgeworfen?«

Katja erschrak. »Nein! Wie kommst du darauf?«

»Er sitzt nur in seinem Zimmer bei uns, redet kaum und ist immer so traurig. Und Mama sagt, er soll dich vergessen. Heute hat sie ihn mit mir in den Zoo geschickt.«

Die Worte des Mädchens schmerzten Katja. »Und du? Was denkst du?«

»Ich weiß nicht. Aber warum wohnt er denn in unserer Wohnung?« Carolin zog die Augenbrauen zusammen und wich einen Schritt zurück. »Gehst du jetzt? Wenn Onkel Michael mich hier mit dir sieht, macht ihn das bestimmt wütend. Oder er zieht bei uns aus.«

Eine nie gekannte Eifersucht schlich sich in Katjas Seele; dieses Mädchen schickte sie weg, um keinen Schatten auf die Liebe ihres Onkels zu ihr fallen zu lassen. Sie kämpfte gegen die Tränen an. »Dann mach's gut.« Die Stimme kratzte wie Schmirgelleinen. Katja tätschelte Carolin kurz die Schulter und lief in Richtung Bushaltestelle.

Montag, der 23.10.1989

Ein außerordentlich bemerkenswertes Wochenende lag hinter Katja.

Den Rest des Freitags und am Sonnabendvormittag hatte sie zu Hause auf ihrem Bett gelegen und sich ihrem Schmerz hingegeben, hatte geheult, gegrübelt, geheult, gegrübelt, geheult … Die kurze Begegnung mit Carolin hatte ihr größere Wunden zugefügt als die Kündigung durch Jochen. Die beiden unglückseligen Vorfälle hatten Michaels Auszug beinahe völlig in den Hintergrund gedrängt. Erst gegen Sonnabendmittag war sie halbwegs in der Lage gewesen, klare Gedanken zu fassen, die die Frage bestimmten: Wie weiter?

Wenn sie aufgrund eines Berichts der Volkspolizei entlassen worden war, dürfte eine Arbeitssuche bei anderen Betrieben in Stralsund ebenso wenig erfolgreich verlaufen – ihre »Verbrechen« würden ihr vorauseilen oder auf dem Fuße folgen, so, als prange ihr Konterfei von Fahndungsplakaten überall in der Stadt.

Was also tun? Mit diesem Gedanken war sie am Sonnabend nach Rügen gefahren und hatte sich in einem beinahe leer stehenden Ferienheim eingemietet. Während langer Strandspaziergänge hatte sie zwar keine Lösung gegen ihre Arbeitslosigkeit gefunden, hatte aber einen klaren Kopf gewonnen und war mit drei Gedanken im Kopf nach Hause gefahren. Erstens: Sie würde Carolin zurückgewinnen können, doch sie musste Geduld aufbringen. Bestimmt dauerte es Wochen oder gar Monate, bis das Mädchen mit der für alle unangenehmen Situation klarkam. Zweitens: Michael und sie fanden hoffentlich noch einmal zueinander, setzten ihre Ehe fort und erlebten wieder glückliche Zeiten wie zu Beginn ihrer Liebe. Und drittens: Was ihre berufliche Zukunft betraf, konnte ihr nur Peter Schwarz helfen. Der Landschaftsgestalter arbeitete auf dem Zentralfriedhof und hatte stets ein offenes Ohr für Katja. Und so fuhr sie gleich heute Morgen zu ihrem väterlichen Freund.

Kennengelernt hatten sie sich vor sechs Jahren. Angestachelt durch Michaels sportlichen Ehrgeiz, Katja und er waren damals ein frisch verliebtes Paar gewesen, hatte sie am Sundschwimmen teilnehmen wollen. Jedes Jahr am ersten Sonnabend im Juli stiegen rund 200 Wagemutige in Altefähr auf Rügen in die oftmals kalten Fluten des Strelasunds und schwammen über die knapp zweieinhalb Kilometer breite Meerenge. Ein Heer von Rettungsschwimmern sicherte die Sportler ab. Die Woche vor dem Sundschwimmen hatte ein Tiefdruckgebiet für kühles und windiges Wetter gesorgt, sodass die Wassertemperatur am Tag des Wettkampfes nur bei 17 Grad Celsius gelegen hatte. Michael war sichtlich um sie besorgt gewesen und hatte ihr die Teilnahme ausreden wollen. Aber einen Rückzieher hatte Katja als völlig inakzeptabel abgelehnt. Und so hatte sie das Rennen aufgenommen. Bereits ab der Hälfte der Distanz hatte sie sich ihren Fehler eingestehen müssen – ihre zierliche Gestalt hatte den kalten Wassertemperaturen tatsächlich nicht widerstehen können. Mutig hatte sie Schwimmzug für Schwimmzug gegen das Kältegefühl angekämpft, schließlich dennoch keine andere Möglichkeit gesehen, als aufzugeben. Einer der Rettungsschwimmer hatte sie gerade noch rechtzeitig aus dem Wasser gezogen, schnellstmöglich an Land und ins Krankenhaus gebracht. Auf dem Weg dorthin hatte ihr der Mann, der sich als Peter Schwarz vorgestellt hatte, die Hölle heißgemacht: Wie ein junges Mädchen nur so unvernünftig sein könne, kaum ein Gramm Fett auf den Rippen und dann bei 17 Grad über den Sund schwimmen wollen. Das müsse ja im Krankenhaus enden. Zur Strafe gönne er ihr zwei Wochen verschärfte Bettruhe.

Zum Glück hatte das himmlische Schicksal diesen Wunsch ignoriert und Katja war bereits nach drei Tagen entlassen worden. Kurz darauf hatte sie ihren Lebensretter zu einem fürstlichen Abendessen eingeladen, um ihm noch einmal in aller Form zu danken. Damals hatte sie Peters ruhiges Wesen schätzen gelernt und betrachtete ihn seither als väterlichen Freund, obwohl er nur zwölf Jahre älter war als sie.

Der Bus hielt und Katja stieg aus – die Haltestelle lag gleich gegenüber dem Eingang zum Friedhofsgelände. Der Sonnenschein und die frühlingshaften Temperaturen von 15 Grad passten so richtig zu einem Besuch auf dem parkähnlichen Areal; lediglich der ruppige Wind, der die Blätter durch die Luft wirbelte, erinnerte an einen Herbsttag. Auch wenn sie kein eifriger Friedhofgänger war, kam Katja gern hier heraus, um zwischen den vielen alten Bäumen spazieren zu gehen und die Seele baumeln zu lassen oder mit dem Freund zu plaudern, soweit es seine Arbeit zuließ. Heute musste er sich Zeit für sie nehmen.

Katja fand ihn schnell – Peter beschnitt eine Hecke unweit des Hauptweges. Wie so oft schien er ihr ihren Gemütszustand sofort anzusehen; er legte die Schere beiseite, begrüßte sie wortlos, aber mit einer innerlichen Umarmung, schob sie zu einer nahen Bank, nahm schweigend Platz und schaute sie aus großen Augen an. Komm, setz dich und erzähl, bedeutete die Geste. Katja folgte der Aufforderung und berichtete in aller Ausführlichkeit.

»Ja, ja, die neue Zeit ist wohl doch nicht so neu, wie sie verheißt«, philosophierte Peter in der Art eines Weisen, als Katja mit ihrem Bericht geendet hatte. »In den Amtsstuben und bei den Herren Leitern regiert noch der sozialistische Geist von 40 Jahren Parteigehorsam, selbst nach Gorbis Verheißungen einer besseren Welt.«

»Lästere nur«, beschwerte sich Katja, »deine Geistesblitze helfen mir wenig. Weißt du keinen Rat, muss ich wohl auswandern. Hier bekomme ich so bald keinen Fuß mehr auf den Boden.«

»Da mag was dran sein, wenn du mit Auswandern einen Umzug in den Süden der Republik meinst.«

»Quatsch! Die Volkspolizei ist bestimmt gut vernetzt, ich stehe garantiert auf einer landesweiten schwarzen Liste, zumal ich meine ›Missetaten‹ in den Südbezirken verübt habe.« Katja sah Peter an. »Vielleicht hilft mir die Verfassung weiter? Am Wochenende fiel mir ein, wir unterliegen doch der Pflicht zur Arbeit? Also müssen sie mir einen Job geben.«

»Die werden dich irgendwo hinstecken. In ein Krankenhaus oder Feierabendheim, wo du dann Nachttöpfe ausleeren kannst. Möglich wäre auch ein Einsatz in der Landwirtschaft, Kuhställe ausmisten. Die könnten dich ebenso in die Braunkohle stecken.«

»Hör auf!«, protestierte Katja. »Deine Vorschläge deprimieren mich vollends. Da wandere ich doch lieber aus.«

»Wohin? In die Sowjetunion? An die Erdgastrasse? Da lassen die solche subversiven Subjekte wie dich niemals hin.«

Das kleine Geplänkel gefiel Katja, Peter traf immer wieder den richtigen Ton.

»Nun aber mal Spaß beiseite, was soll ich machen?«, fragte sie ernst.

Peter grinste verschmitzt, in der Art eines Schuljungen, der einen genialen Streich plante. »Mir schwebt da so eine Idee vor. Ich müsste kurz telefonieren. Entschuldige mich ein paar Minuten.«

»Wenn's mir hilft, gern.« Katja lehnte sich auf der Bank zurück, streckte das Gesicht der Sonne entgegen und schloss die Augen.

Bestimmt rief er einen seiner vielen Bekannten an, um sie irgendwo unterzubringen. Sosehr Katja ihren väterlichen Freund auch schätzte, seine halblegalen Geschäfte und Schachereien hasste sie. Die Arbeit hier auf dem Friedhof, der er seit nunmehr fast zehn Jahren nachging, verschaffte ihm Kontakte zu zahlreichen Menschen – meistens Leute, die nach dem Verlust eines Angehörigen Trost und Zuspruch suchten. Und so nahm sich Peter immer wieder Zeit für die Hinterbliebenen. Besonders seine Segnung, zuhören zu können, baute Brücken und bahnte so Beziehungen an, die halbe Ewigkeiten hielten. Wie ein Händler im mittelalterlichen Kontor verscherbelte er hier vom Friedhof aus begehrte Waren. Sogar in Verkaufsstellen schon lange nicht mehr gesehene Güter brachte er unter die Leute. Persönlich besaß Peter kein Stück, was einen Verkauf lohnte; aber benötigte ein Insider seines Netzwerks Ersatzteile fürs Auto oder bei einem anderen ging der Bau des Eigenheims zu langsam voran, weil Material fehlte, selbst wenn ein Dritter Unterhaltungselektronik aus dem Westen kaufen wollte, sie alle brauchten nur Peters Nummer zu wählen und er vermittelte binnen zwei, drei Tagen die Transaktionen. Sicherlich blieb so manches Mal eine ordentliche Provision hängen. Seitdem sie von Peters häufigen und überdurchschnittlichen Spenden an das Deutsche Rote Kreuz wusste, sah sie ihm seine Schachereien nach.

Einem solchen Geschäft, das Katja eigentlich ablehnte, würde sie wohl eine neue Anstellung verdanken. Dass sie so schnell ihre Moralvorstellungen aufgab, bereitete Katja Kummer.

»Du brauchst nicht auszuwandern.« Peter war zurückgekehrt. Er nahm wieder neben ihr Platz.

»Na, wer setzt sich eine Laus wie mich in den Pelz?« Katja öffnete die Augen und schaute ihn neugierig an.

»Ich!«

»Du? Da musst du schon deutlicher werden.«

»Wenn du willst, kannst du für mich arbeiten.« Peter bereitete es augenscheinlich Freude, sie ein wenig zappeln zu lassen.

Katjas Blick wanderte über die Grünflächen, Sträucher, Bäume und Gräber um sie herum. »Ich soll hier mit dir gärtnern? Du weißt, mein grüner Daumen ist verkümmert. Am Ende werfen sie dich noch raus. Nein, nein, da gehe ich lieber in einen Kuhstall oder in die Braunkohle.«

»Ich schaffe meine Arbeit schon allein. Für dich habe ich eine andere Aufgabe.«

»Die da wäre?«

»Komm einfach mal mit.«

Die beiden standen auf und gingen zu einem Areal mehrerer Urnengräber. Peter schlängelte sich zur zweiten Reihe durch. Die drei Ruhestätten zierten Grabsteine, die waagerecht auf der Erde lagen und alle gleich aussahen – jede Platte besaß eine ausgeprägte Holzstruktur, die ihr das Aussehen von polierten Planken gab. In schwarzer Schrift waren Name sowie Geburts- und Sterbejahr eingraviert.

»Einer deiner Bekannten?«, fragte Katja und deutete auf das erste Grab, das die Aufschrift »Franz Olbert« trug.

Peter schüttelte den Kopf. »Nein. Ein Operettensänger am Theater Stralsund und Greifswald. Seinem Ableben hatte die Ostseezeitung einen kleinen Artikel gewidmet.« Olbert sei am Rosenmontag kurz vor seinem Auftritt im Hotel Schweriner Hof durch einen Elektrounfall gestorben. Er habe sich mit einem Elektrorasierer in die Badewanne gesetzt und das Ding sei ihm ins Wasser gefallen.

»Blöder geht's auch kaum«, kommentierte Katja. »Und die anderen beiden?«

»Professor Doktor Paul Wastler starb durch Selbstmord, so jedenfalls das Ergebnis der polizeilichen Ermittlungen.«

»Die du anzweifelst?«

»Nein, nein, dafür gibt es keinerlei Hinweise! Professor Wastler hatte bis 1982 eine Herzklinik geleitet, draußen auf dem Gelände des Krankenhauses West. Aus Anlass seines Todes war ein zweispaltiger Artikel in der Ostseezeitung erschienen, der das Leben und Wirken des Verdienten Arztes des Volkes eingehend gewürdigt und für dessen Selbstmord vollstes Verständnis aufgebracht hatte. Wastler war an Lungenkrebs im Endstadium erkrankt und musste unter starken Schmerzen gelitten haben.«

»Bleibt noch …«, Katja schaute auf die dritte Grabplatte, »Otto Zacharias.«

»Ein ehemaliger Brauereidirektor, der eines natürlichen Todes gestorben war – Kreislaufversagen.«

»Warum zeigst du mir die Gräber? Wegen der identischen Grabsteine?«

»Die stimmen nur auf den ersten Blick überein«, korrigierte Peter. »Die angedeutete Holzmaserung weist feine Variationen auf, wenn man genauer hinschaut.«

»Durchaus verständlich – kein Brett ähnelt im Verlauf der Jahresringe einem anderen.«

»Darauf will ich auch nicht hinaus. So, wie sich die Grabsteine ähneln, sind die Gräber völlig identisch angelegt.«

Das stimmte. »Gewissermaßen als Standard?«, vermutete Katja. Die winzigen Buchsbaumsträucher standen genau an denselben Stellen, besaßen allerdings eine abweichende Größe. Das mochte wohl an der Zeit liegen, die sie auf den Grabstätten gewachsen waren: die Bäumchen auf Zacharias' Grabstelle, der im September 1988 gestorben war, überragten ihre Artgenossen auf Olberts Ruhestätte um zehn Zentimeter, der Operettensänger lag erst seit Februar diesen Jahres hier. Die Sträucher von Wastler, den der Tod im Juni ereilt hatte, waren am niedrigsten, aber beinahe gleichgroß zu denen bei Olbert. Den Boden bedeckte grobkörniger Kies. Die säuberlich geharkten Steinchen vermittelten den Eindruck, als wären die drei Gräber vergangene Woche angelegt worden, kein Blatt oder anderweitiger Unrat verschmutzten den hellen Kieselsaum.

»Das Wort ›Standard‹ beschreibt die Art der Beerdigungen ziemlich genau. Die Toten besaßen keine Angehörigen, und da musste sich das Nachlassgericht um die Beisetzungen kümmern.«

»Aber nach Armengräbern sieht das hier keineswegs aus.«

»Gut beobachtet. Die drei Senioren hinterließen wohl sechsstellige Erbschaften, die an Vater Staat gegangen waren. Deshalb standen die Behörden auch in der Pflicht, für eine ordentliche Beerdigung zu sorgen – wobei allerdings nur das Nötigste an Ausgaben getätigt worden war.«

»Dann scheint ja alles in Ordnung. Was könnte ich da tun?«

»Mir wurde zugetragen, der Olbert habe ein Testament und so mindestens einen rechtmäßigen Erben hinterlassen.«

»Das Nachlassgericht hält sich wohl an die Gesetze?«

»Das möchte man meinen«, erklärte Peter in der Art eines überschlauen Detektivs. »Aber vielleicht legen sie die Vorschriften zu ihren Gunsten aus?« Das Zivilgesetzbuch regele die gesetzliche Erbfolge: Besitze ein Verstorbener keine Verwandten bis zum dritten Grad und fehle ein Testament, falle das Erbe an das Volkseigentum. Das Nachlassgericht, das den Vorgang bearbeite, müsse keine Hinterbliebenen suchen – man munkele, die Rechtsanwälte seien gehalten, möglichst schnell zugunsten der Verstaatlichung des Vermögens zu entscheiden.

»Und das soll bei Olbert passiert sein?«

Peter zuckte die Schultern. »Behauptet zumindest mein Informant.« Er zupfte sich an der Nase. »Wie wär's, wenn du dich als Erbenforscherin betätigst und nach etwaigen Erben suchst, damit die zu ihrem Recht und an ihr Geld kommen.«

»Erbenforscherin«, den Begriff hatte Katja noch nie gehört. »Ist nett gedacht von dir«, wandte sie ein. »Ich stöbere ein bisschen hier und da herum und erspare mir die Langeweile zu Hause. Aber irgendwie muss ich meine Brötchen bezahlen.«

»Kein Problem. Findest du auch nur einen Erben, bekommst du ein Honorar, das circa 15 Prozent der Erbschaftssumme betragen kann.«

Peter sagte vorhin etwas von sechsstelliger Summe, was mindestens 15.000 Mark ausmachen würde; für diesen fürstlichen Lohn hätte sie an ihrem alten Arbeitsplatz eineinhalb Jahre arbeiten müssen. Ein verlockendes Angebot, das Peter ihr da unterbreitete, wäre da nicht das alles entscheidende ABER. »Und wenn es keine Erben gibt, keine Erben geben kann, weil das Nachlassgericht seine Hausaufgaben ordentlich erledigt hat?« Katja trat einen Schritt auf Peter zu. »Oder weißt du mehr?«

»Nein, was denkst du von mir? Ich kenne nur eben das Gerücht, das mein Informant für wahr hält.«

»Falls eurer Verdächtigung jedoch jegliche Grundlage fehlt, gehe ich leer aus. Unschöne Aussichten.«

»Deshalb habe ich vorhin telefoniert. Findest du keine Erben, zahlt dir mein Bekannter 45 Mark pro Tag, für die nächsten zwei Monate.«

»Für jeden Kalendertag? Einschließlich Sonnabend und Sonntag?«

»Auch für die Wochenenden.«

»Das wären rund 60 mal 50, also knappe 3.000 Mark, und ich hätte einen Job bis Weihnachten. Nicht schlecht!«

»Genau wären das 2.745 Mark. Du übernimmst den Auftrag?« Wie ein durchtriebener Versicherungsvertreter schien Peter ihre Zustimmung erheischen zu wollen. Er streckte ihr die Hand entgegen. »Komm, schlag ein.«

Katja überlegte, was da auf sie zukam, und plötzlich plagten sie Selbstzweifel. »Aber ich bin keine Schnüfflerin, habe noch nie als Einzelkämpferin gearbeitet. Und Türklinkenputzen liegt mir ebenso wenig, schon gar nicht, um Leute auszuhorchen.«

»Ach so? Habe ich dich da immer falsch verstanden? Oder hast du den Einsatzplan für die Busse tatsächlich allein entworfen, ohne fremde Hilfe? War's wirklich eine knifflige Angelegenheit, die Improvisation und Kombinationsgeschick erforderte? Und die Kollegen, die einspringen mussten oder Wechselschichten abzureißen hatten? Wer hat die angebettelt, bekniet und letztendlich überzeugt?«

Dieser Teufel, schimpfte Katja im Stillen, jedes Mal packte er sie mit den richtigen Worten und ließ kein Entrinnen zu. »Du willst mir unbedingt die Schnüffelei aufbürden?«

»Auswandern wäre dir lieber? Nach Polen oder in die Tschechei? Der Weg gen Westen ist zumindest vorläufig versperrt.« Peter zwinkerte Katja zu und streckte ihr neuerlich die Hand entgegen. »Gib deinem Herzen einen Stoß und sag ja.«

»Na gut, ich kann's wenigstens versuchen.«

6 – »SIE REDEN VON EINEM PUTSCH?«

Dienstag, der 24.10.1989

Vor Katja lag eine Karteikarte auf dem Tisch, die ihr Wissen zum Sterbefall in wesentlichen Zügen enthielt. Peter hatte ihr ja bereits gestern bei der Auftragserteilung einige Details erzählt. Heute Vormittag war sie noch einmal auf den Friedhof gefahren, hatte Peter um die genauen Geburts- und Sterbedaten ihres Klienten und seiner beiden »Nachbarn« gebeten und die Gräber samt Grabsteinen fotografiert. Den Film hatte sie auf dem Heimweg zum Entwickeln gegeben, damit ihr schnellstmöglich die Bilder zur Verfügung standen.

Während ihres Ortstermins hatte Katja die Grabplatten genauer angesehen; sie ähnelten einander wie ein Mauerstein dem anderen und variierten tatsächlich nur in wenigen Nuancen, was den Eindruck verstärkte, sie seien Standardausführungen, die von der Stange verkauft worden waren. Verband die drei Toten noch mehr?, fragte sich Katja seit dem Vormittag immer wieder. Insbesondere auch, weil Peter heute noch einmal ausdrücklich betont hatte, sein Auftrag beschränke sich auf Franz Olbert. Dennoch wollte Katja am Beginn ihrer Recherchen auch die anderen beiden Toten im Auge behalten. Selbst wenn sie über die offensichtlichen Gemeinsamkeiten lediglich einen Ansatzpunkt für ihre Suche nach dem Testament finden würde, wäre ihr geholfen.

Aber wie sollte sie vorgehen? Zunächst zum Standesamt fahren? Die Geburts- und Sterbedaten kannte Katja bereits. Und ob man ihr Informationen zu völlig fremden Leuten gab, dürfte fraglich sein. Möglicherweise könnte das Archiv der Ostseezeitung helfen – Peter hatte doch etwas über Zeitungsartikel zu zweien der Toten erzählt. Das wäre Programmpunkt eins. Danach könnte sie dem Bestattungsinstitut einen Besuch abstatten, vielleicht erfuhr sie dort mehr zu den Umständen der Beerdigungen.

Den Gang zum Zeitungsarchiv hätte Katja sich sparen können; sie hatte zwar die von Peter erwähnten Artikel gefunden, daraus aber keine zusätzlichen Informationen gewonnen. Na egal, dieser erste kleine Misserfolg entmutigte sie keineswegs; im Bestattungsinstitut Ewige Ruh, das nur wenige hundert Meter entfernt lag, ging es auf ein Neues. Während des Fußmarsches dorthin kam Katja die Frage in den Sinn, wie sie ihre neugierigen Nachforschungen begründen sollte. Unterstellte sie dem Nachlassgericht Schlamperei oder gar mutwilligen Betrug, dürften die Mitarbeiter verärgert reagieren – immerhin hatte das Institut mit den drei Beerdigungen Geld verdient. Am besten, Katja gab sich als Helferin vom Friedhof aus, die für die Verwaltung eine Art Bestandsaufnahme der Urnengräber vornehmen musste.

Wenig später betrat sie den Empfangsbereich des Beerdigungsinstituts. Der stilvoll eingerichtete Raum lag im warmen Licht unzähliger kleiner Lämpchen, die ringsherum in dem Winkel zwischen Seitenwänden und Zimmerdecke angebracht waren. Zwei Sitzgruppen mit dunklen Eichenholzstühlen und -tischen dienten wohl den Kundengesprächen. Im Hintergrund waren drei Särge aufgestellt. Die dezent gemusterten beigefarbenen Seidentapeten rundeten den stilgerechten Eindruck des Raumes ab.

Katja hatte sich kaum umgesehen, da kam ein junger Mann durch eine Tür, die hinter einem Vorhang verborgen lag.

»Guten Tag«, grüßte er, »mein Name ist Kai Blume. Womit kann ich Ihnen helfen? Führt Sie ein Trauerfall hierher?«

»Nein, nein, glücklicherweise nicht. Ich wollte …«

»Aber bitte, setzen wir uns doch.« Kai Blume deutete auf eine der Sitzgruppen und gestikulierte Katja, Platz zu nehmen.

Sie folgte gern der Einladung und begann, ihre Legende möglichst glaubhaft darzulegen. Kai Blume setzte sich seiner Besucherin gegenüber auf einen der Stühle und hörte aufmerksam zu. Der junge Mann schien ein wenig über Katjas Ansinnen verwundert, versprach aber zu helfen.

»Gibt es solche ›Inventuren‹ öfter auf dem Friedhof?«, fragte er schließlich und stand auf.

»Nein. Nur alle zehn Jahre werden die Daten in den Büchern abgeglichen.«

»Na, dann wollen wir mal sehen.« Kai Blume ging zur rechten Seitenwand und öffnete eine Tür, die die Seidentapete verbarg; dahinter kamen vier Reihen von Aktenordnern zum Vorschein. »Wie heißt der erste teure Tote?«

»Franz Olbert«, antwortete Katja mit klopfendem Herzen, »gestorben am 6. Februar diesen Jahres.« Bekam sie hier wirklich auf so einfache Weise die gewünschten Antworten?

Kai Blume zog in der Mitte einen Ordner heraus und schlug ihn auf. »Olbert, Franz Olbert, Todestag ist der 06.02.89, danach eingeäschert im Krematorium in Rostock und am 10.03.89 beigesetzt. Die Bestattung lag in unserer Verantwortung, das stimmt.« Er sah Katja fragend an. »Welche Informationen benötigen Sie außerdem?«

»Die Beerdigung hat das Nachlassgericht veranlasst. Können Sie mir sagen, wer da zuständig war? Dann habe ich den Ansprechpartner.«

»Herr Poschmann, Bernd Poschmann.«

Noch bevor Katja die nächste Frage stellen konnte, stand plötzlich ein Mann im Raum. Sie schätzte ihn auf Ende 50. Mit einer stämmigen Figur ausgestattet und bestimmt 1,85 Meter groß, stürmte der Typ wie ein Stier auf Kai Blume zu und riss ihm den Ordner aus der Hand.

»Was treiben Sie hier?«, herrschte der schnaufende Stier den erschrockenen Jungen an.

»Ich wollte …«, antwortete der, kam aber nicht weiter.

»Sie wollten Firmeninterna ausplaudern. Lernt ihr das in der Berufsschule?«

Kai Blume rechtfertigte sich, indem er Katjas Legende erwähnte.

»So einen Quatsch glauben Sie auch noch!«, geriet der Stier in Rage. »Verschwinden Sie nach hinten, da gibt's genug zu tun.«

Beim Hinausgehen nickte Kai Blume seiner Besucherin zu, begleitet von einem verschmitzten Grinsen, als wolle er ihr Mut machen, sich vom Stier keinesfalls auf die Hörner nehmen zu lassen.

»Ihre Mission dürfte damit beendet sein«, erklärte der unfreundliche Kerl und schob den Ordner zurück in den Schrank. »Suchen Sie die Antworten zu Ihren Fragen in den Unterlagen des Friedhofs. Da finden Sie alles.«

Der unverblümte Rauswurf ärgerte Katja. »Der Preis für den Grabstein, der steht kaum in unseren Büchern.«

»250 Mark, wenn Sie's unbedingt wissen wollen. Und jetzt verlassen Sie bitte mein Geschäft. Die Auskünfte meines Azubis können Sie übrigens vergessen – nach zehn Wochen

Ausbildung erzählt der sowieso nur Quatsch.« Deutlich ruhiger als eben stiefelte der Stier zur Eingangstür und öffnete sie. »Auf Wiedersehen.«

Kai Blume wusste genau, was er ihr vorgelesen hatte, versuchte Katja das magere Ergebnis dieser Recherche vor sich selbst zu retten. Sie stand von ihrem Platz auf und steuerte auf den Ausgang zu. »Ich werde Ihre zuvorkommende Art an geeigneter Stelle hervorheben.«

»Vergessen Sie's nur nicht.«

So ein Stiesel, grollte Katja in Gedanken und trat auf die Straße. Hinter ihr fiel die Ladentür geräuschvoll ins Schloss. Glücklicherweise war sie anfangs an Kai Blume geraten – mit dem Namen Bernd Poschmann besaß sie wenigstens einen neuen Anknüpfungspunkt. Der Preis des Grabsteins, den der Stier erwähnt hatte, würde wohl kaum weiterhelfen; aber Moment mal, woher wusste der Kerl, welchen sie gemeint hatte? Verfügte Ewige Ruh über ein Abonnement für Bestellungen des Nachlassgerichts, wie es die Grabstätten auf dem Friedhof vermuten ließen? So erfolglos war die Stippvisite hier doch nicht verlaufen, fand Katja. Zu Hause würde sie die Ergebnisse erst einmal sorgsam notieren.

In ihrer Wohnung angekommen, schaltete Katja gewohnheitsmäßig den Fernsehapparat ein und kochte sich einen Tee. Dann aktualisierte sie ihre Karteikarte mit den neuesten Informationen und fertigte vom Besuch im Bestattungsinstitut ein ausführliches Gedächtnisprotokoll. Während Katja schrieb und gelegentlich an ihrer Tasse nippte, schaute sie zum Fernseher – das erste Programm übertrug die Eröffnungssitzung des Zentralen Runden Tisches, der gestern angekündigt worden war. Den Bildschirm dominierte ein Tischviereck, bestimmt so groß wie ein Volleyballspielfeld, an dem fast 40 Vertreter der etablierten Parteien und Massenorganisationen sowie der neu gegründeten Oppositionsgruppen Platz genommen hatten. Drei Würdenträger der Kirche moderierten das Treffen.

Gestern war das Zustandekommen des Zentralen Runden Tisches als ein Meilenstein auf dem Weg zur Demokratie gewürdigt worden, aber was Katja da erlebte, enttäuschte sie: vorausgesetzt, die Tagung hatte pünktlich um 17.00 Uhr begonnen, dann diskutierten die Politiker mittlerweile geschlagene drei Stunden über Organisationsfragen: Wann, wer, wie lange reden dürfe? Welche Reihenfolge bei gleichzeitigen Wortmeldungen gewählt werde? Wie Zeugen einzuladen und zu befragen seien? Und, und, und …

Katja langweilte das Palaver. Sie trank den Tee aus, brachte das leere Glas in die Küche und kehrte mit einer Flasche Wasser zurück.

»Soll die Erneuerung gelingen«, postulierte gerade ein Vertreter der Opposition im Fernsehen, »müssen alte Zöpfe abgeschnitten werden.«

»Natürlich«, erklärte ein kleiner Mann in Armeeuniform, die goldenen Schulterstücke und der rote Besatz auf der Jacke wiesen ihn als General aus. »Und mich enthebt man meines Amtes.«

Katja fiel ein, das Gesicht des Uniformierten erst gestern in der Zeitung gesehen zu haben, als die neuen Regierungsmitglieder vorgestellt worden waren; der General bekleidete das Amt des Verteidigungsministers.

»Sollten Sie sich persönlich angegriffen fühlen, tut mir das leid«, erwiderte der Bürgerrechtler, »aber in wahren Demokratien kontrollieren Zivilisten die Armee.«

»Wenn's nach Ihnen ginge, ein Bausoldat oder ein Wehrdienstverweigerer?«, reagierte der Verteidigungsminister giftig.

»Gute Idee«, kam die prompte Reaktion des Bürgerrechtlers.

Katja erinnerte das Wortgefecht an ein Duell: die gegenseitigen Erwiderungen flogen, Schüssen gleich, über den Tisch hin und her.

»Sachkenntnis spielt wohl heutzutage keine Rolle mehr?« Dem Verteidigungsminister stieg langsam die Zornesröte ins Gesicht.

»Sachkenntnis? Für Stillstehen, rechts und links um?«

»Spotten Sie nur, um von Ihrer Ahnungslosigkeit abzulenken.«

»Lieber vorurteilsfrei als machtgeil. Sie gehören dahin, wo Ihr großer Boss Honecker schon hin ist – in den Orkus der Geschichte.«

»Machen Sie mal so weiter«, der Verteidigungsminister sprach jetzt ganz leise, »meine Kameraden und ich fühlen sich weiterhin an den Eid auf die DDR gebunden. Und vergessen Sie nicht die Freunde an unserer Seite.«

»Verstehe ich Sie richtig?«, kreischte der Bürgerrechtler, »Sie reden von Panzern auf den Straßen? Wie '53 in Berlin und '68 in Prag? Sie reden von einem Putsch?«

»Denken Sie, was Sie wollen!« Den Mund des Verteidigungsministers umspielte ein Lächeln. »Wir sind wehrhaft, und ich stehe auch in größter Not auf meinem Posten.«

»Das kommt ins Protokoll!«, schrie der Bürgerrechtler. »Hier droht uns die Armeeführung einen Militärputsch an!«

Einer der Moderatoren unterbrach die Sitzung.

Voller Verwunderung trank Katja einen Schluck von ihrem Wasser und fiel auf das Sofa zurück. Der General hatte tatsächlich mit einem Eingreifen des Militärs gedroht, da bestand kein Zweifel. Ihr lief ein Schauer über den gesamten Körper, sie dachte an die Stunden in der »Obhut« der Polizei: Wie wehrlos und nackt und ausgeliefert hatte sie sich gefühlt – standen solcher Art Erfahrungen jetzt allen Bürgern bevor?

*

»Dieser Idiot!« Brandstätter kam ins Zimmer gestürmt. »Haben Sie das eben gesehen?« Der Alte schüttelte so heftig den Kopf, als wolle er diesen abschütteln.

»Sie meinen den Disput am Runden Tisch?«, fragte Viktor beflissentlich, obwohl er die Ursache des Ausbruchs seines Chefs kannte. Er stand vom Stuhl auf.

»Erdreistet sich das Arschloch, mit Panzern auf den Straßen zu drohen.« Brandstätter blieb vor Viktor stehen. »Sie fahren sofort rüber zu der Quasselrunde und schnappen sich den Herrn General – er hat unverzüglich beim Ministerpräsidenten anzutanzen.«

Um nach einem Tag als Verteidigungsminister gefeuert zu werden?, überlegte Viktor. Ein solch schneller Blitzabsturz dürfte seinesgleichen suchen, wäre bestimmt einen Eintrag ins Guinness-Buch der Rekorde wert.

»Sehen Sie zu, dass Sie dort schnellstmöglich wieder wegkommen und nach Adlershof weiterfahren. Im Sekretariat vom Intendanten warten Sie auf ein Fernschreiben; die darin festgelegten Maßnahmen setzen Sie kompromisslos um.«

»Verstanden. Worum geht es?«

»Die Putschdrohung dieses Idioten muss getilgt werden.« Brandstätter zog einen Stuhl heran und ließ sich darauf nieder. In seiner Erregung wirkte er, als drohe ihm in den nächsten Minuten ein Herzinfarkt.

Viktor nahm wieder am Schreibtisch Platz. »Das Fernsehen hat aber live berichtet?«

»Das ist ja der Mist! So etwas passiert uns kein zweites

Mal. Zukünftig werden nur noch zeitversetzte Übertragungen ausgestrahlt. Eine Viertelstunde Verzug verhindert solche Pannen.«

»Und das soll ich den Leuten in Adlershof klarmachen?«

»Denen einhämmern! Und Sie beschlagnahmen sämtliches Material der heutigen Sitzung des Runden Tisches. Über den Sender geht kein einziges Wort mehr von der Scheiße!«

»Verstanden.«

»Ich habe mich klar ausgedrückt?«

»Glasklar.«

»Treten Probleme auf, schicke ich Sie nach Sibirien.«

Bei Brandstätter in Ungnade zu fallen, beendete das gewohnte Leben und führte auf direktem Weg in die Hölle, wusste Viktor. »Sie können sich auf mich verlassen.«

»Okay. Bevor Sie aber abhauen, alarmieren Sie noch Ihre Gruppenleiter, alle fünf. Ich erwarte die Herren so schnell wie möglich in meinem Büro.«

»Darf ich erfahren, wozu Sie die Männer benötigen?«

»Wir müssen mit sämtlichen Gruppierungen vom Runden Tisch ein Schweigegelübde vereinbaren, damit niemand die Sache hochkocht. Dazu brauche ich einige Kuriere.«

Eine durchaus verständliche Maßnahme. »Die Genossen stehen Ihnen in zehn Minuten zu Verfügung.«

»Gut.« Brandstätter stand auf. »Wenn ich Ihre Leute eingewiesen habe, kümmere ich mich um den Rundfunk und die Zeitungsfritzen.« Ein Grinsen zog über sein Gesicht. »Zum Glück tanzen die noch nach unserer Pfeife. Denke ich da an den fünften Schwerpunkt im Sieben-Punkte-Plan von Gorbatschow, wird mir ganz schlecht. Hoffentlich können wir die Umsetzung des Unsinns ordentlich hinauszögern, damit ich mich nicht mehr mit einer freien Presse rumärgern muss.«

7 – BÜRGERFORUM

Mittwoch, der 25.10.1989

Die Nacht über hatte Katja wenig Schlaf gefunden – immer wieder war ihr das Wortgefecht vom Abend durch den Kopf gegeistert. Was ihr jetzt nach dem Aufstehen am meisten zu schaffen machte, in den Zeitungen, im Rundfunk und im Fernsehen gab es keinen Bezug auf das Geschehene. Hatte sie einen Film verfolgt oder von der Auseinandersetzung der beiden Männer geträumt? Erst ein Anruf beim Vater hatte zumindest ihre Selbstzweifel beseitigt; ja, er habe die Übertragung vom Runden Tisch gesehen; ja, da hatten sich ein Bürgerrechtler und ein General die Worte um die Ohren gehauen; aber ob ein Eingreifen der Armee angedroht worden war, habe Katja wohl überinterpretiert. Gerade diese Relativierung des Vaters hatte sie in ihrer Überzeugung bestärkt; ihr alter Herr war von Beginn an ein Gegner der Wende gewesen, hatte die gute alte Zeit bewahrt wissen wollen. Wenn er keine Drohung des Verteidigungsministers gehört haben wollte, hatte es sie tatsächlich gegeben. Blieb die Frage, warum die Medien den Vorfall totschwiegen?

Vielleicht gab's in den nächsten Tagen irgendwo eine Erklärung. Also blieb Katja keine andere Wahl, als dieses Mysterium aus ihrer Gedankenwelt zu verdrängen und ihre Recherchen voranzutreiben. In der Nacht war ihr ein schlichter, aber logischer Gedanke gekommen: Olbert war eines unnatürlichen Todes gestorben, da hatte doch sicherlich die Kriminalpolizei ermittelt, und der stattete sie jetzt einen Besuch ab.

»Guten Morgen, junge Frau«, begrüßte ein älterer Pförtner die Besucherin am Eingang des Volkspolizeikreisamtes, das im täglichen Sprachgebrauch einfach VPKA genannt wurde. »Haben Sie eine Vorladung bekommen?« Das Gesicht des Mannes verdunkelte sich.

»Nein, nein«, wehrte Katja ab, »ich komme wegen einer Recherche her.«

Die freundlichen Züge des Pförtners kehrten zurück. »Na dann mal raus mit der Sprache – wen wollen Sie sprechen?«

Katja berichtete, sie schreibe gerade an ihrer Dissertation und untersuche unnatürliche Tode. Die Verwaltung des Zentralfriedhofs habe sie auf zwei Fälle aufmerksam gemacht. Es handele sich dabei um einen tödlichen Unfall und den Selbstmord eines bekannten Arztes der Stadt. Wie dieser Zacharias gestorben war, wusste sie nicht, und so half er ihr an dieser Stelle kaum weiter.

Der Pförtner winkte ab. »Das reicht, Fräuleinchen. Heben Sie Ihre Geschichte für den Oberleutnant Moltner auf – der bearbeitet bei uns solcherart Vorfälle. Ich melde Sie gleich mal an, der Moltner müsste in seinem Büro sitzen, er hatte mich erst vor zehn Minuten angerufen.«

Die Hilfsbereitschaft des Alten freute Katja.

»Ach, Genosse Oberleutnant, hier ist die Wache. Eine junge Frau möchte Sie sprechen. Es geht um akademische Untersuchungen zu unnatürlichen Sterbefällen.« Der Pförtner machte eine kurze Pause und blickte Katja fragend an. »Todesfälle, ohne dass ein Verbrechen vorlag?«

Sie nickte eifrig. Die Ergänzung passte ideal in ihre Legende.

»Genosse Oberleutnant? Sie werden doch ein Herz für die Wissenschaft haben? Ich schicke die junge Frau gleich mal zu Ihnen. Bestimmt dauert's auch nur wenige Minuten. Sie geben ein paar Auskünfte und das Fräuleinchen verschwindet wieder.«

Katja nickte neuerlich.

»Na, sehen Sie.« Der Pförtner legte auf. »Die Genossen Offiziere tun immer Wunder wie beschäftigt, aber ich habe die längst durchschaut. Schließlich beginnt die Arbeit der Polizei als Freund und Helfer unserer Bürger schon hier an der Einlasskontrolle.« Er zwinkerte Katja zu, verlangte nach ihrem Ausweis, füllte einen Passierschein aus und schickte sie in das Büro 109 im ersten Stockwerk.

Nachdem sie an die Tür mit dem Namensschild Oberleutnant Frieder Moltner geklopft hatte, erklang ein schwaches »Herein«. Katja öffnete und trat ein.

Der Raum war ein enger Schlauch von maximal drei Meter Breite und sechs bis sieben Meter Länge. Am Fenster stand ein Schreibtisch. Der Mann dahinter richtete in diesem Moment seinen Oberkörper auf; dessen Alter schätzte Katja auf Mitte 30. An den Schreibtisch war T-förmig ein zweiter Tisch gestellt, auf beiden Längsseiten je ein Stuhl. Ein Stahlschrank links an der Wand und ein schmales Regal voller Akten auf der anderen Seite ergänzten das Mobiliar. Je drei Bilder mit Stadtmotiven von Stralsund hingen beiderseits an den Längswänden.

Oberleutnant Moltner stand auf und reichte Katja die Hand über den Schreibtisch. »Guten Tag. Bitte setzen Sie sich, auch wenn ich wenig Zeit habe.« Der Mann hatte eine massige Figur, maß bestimmt 1,90 Meter und wog wohl über 100 Kilogramm. Seine grünen Augen schienen die Besucherin aufmerksam zu mustern. Er trug die dunklen Haare extrem kurz. Das unrasierte Kinn passte so überhaupt nicht zu dem erlesenen Anzugjackett, das einzig aus dem Exquisit stammen konnte.

»Ja, ja, ich weiß«, entgegnete Katja schnell, während sie Platz nahm. »Ich möchte Sie nur rasch zu zwei Todesfällen mit unnatürlicher Ursache befragen.«

»Sie schreiben an Ihrer Doktorarbeit?«

Fiel ihr diese Lüge jetzt auf die Füße? Aber sie musste wohl dabei bleiben. »Ja.«

»An welcher Hochschule?«

»Die Uni in Rostock.« Katja sah sich gezwungen, den Mann von weiteren derartigen Detailfragen abzulenken. »Ich komme wegen der Todesfälle Franz Olbert und Professor Doktor Paul Wastler. Die Verwaltung des Zentralfriedhofs hatte mich auf diese hingewiesen.«

Moltner schien zu überlegen. »Wastlers Selbstmord liegt noch nicht so lange zurück.«

»Er starb am 24. Juni. Leider kenne ich keine Details der Todesursache. Können Sie mir dazu etwas sagen?«

»Der Mann hatte sich erhängt.«

»Auf welche Weise, wenn ich fragen darf? Professor Wastler war fast 85 Jahre alt und schwer krank. Konnte er in seinem Zustand auf einen Stuhl steigen und …«

»Stimmt«, unterbrach Moltner die Besucherin. »Das hatte mich auch erstaunt: Der Alte hatte im Bett liegend Selbstmord begangen.«

»Wie das?«

Der Kriminalist habe die Umstände recherchiert: Drücke eine Seilschlinge auf den Hals, klemme diese die lebenswichtigen Venen und Arterien ab und trenne das Gehirn von der Blutzirkulation. Dazu reiche bereits ein Gewicht um die vier Kilogramm, das an der Schlinge zieht. »Und der menschliche Kopf wiegt circa fünf Kilo. Als Arzt kannte der Wastler die Zusammenhänge und hat sich so auf bequeme Weise aus dem Leben gestohlen.«

Katja ärgerte die Respektlosigkeit, mit der Moltner über den Toten redete. Aber wenn ihr ein Rauswurf erspart bleiben sollte, durfte sie keineswegs aufbegehren; sie hatte noch nicht einmal nach ihrem eigentlichen Klienten gefragt. »Und Herr Olbert, erinnern Sie sich an den tödlichen Unfall des Sängers?«

»Das war ebenfalls eine schiefe Kiste.« Moltner schien kaum nachdenken zu müssen. »Der hetzte am Rosenmontag von Auftritt zu Auftritt, wollte vor der letzten Darbietung ein wenig entspannen und gleichzeitig Zeit sparen und plumps, fiel der Rasierapparat ins Wasser und der Mann starb den Elektrotod.«

Katja nickte. »Selbstmord und Unfall sind zweifelsfrei festgestellt worden?«

Die Augen des Kriminalisten verengten sich, schossen spitze Pfeile auf die Besucherin. »Selbstverständlich! Zweifeln Sie daran?«

»Nein, nein. Ich frage nur aus wissenschaftlicher Neugier. Mich interessieren lediglich die Methoden, mittels derer Sie Fremdeinwirkung in den beiden Fällen ausgeschlossen haben.«

»Ich soll Ihnen Rechenschaft über meine Arbeit ablegen?« Moltner stand von seinem Bürostuhl auf, ging auf die andere Seite des Besuchertisches und stellte sich in voller Größe vor Katja auf, die kräftige Statur betonend. »Wie komme ich denn dazu?«

Sie spürte den aufkeimenden Widerstand ihres Gegenübers. War sie zu weit gegangen? Die Aggressivität des Mannes überraschte sie dann doch. Möglicherweise konnte ein Rückzugsgefecht noch etwas retten?

»Ich zweifele keineswegs an Ihrer Kompetenz«, erklärte Katja im Tonfall von Klein-Erna. »Meine Dissertation verlangt jedoch nach wissenschaftlicher Arbeit. Und da würde ich gern an Ihren Erfahrungen und Arbeitsmethoden teilhaben.«

»Apropos Doktorarbeit – welchen Titel trägt die eigentlich?«

Verdammt, daran hatte sie bisher keinen Gedanken verschwendet. Aber wie hatte der Pförtner vorhin ihr Anliegen beschrieben? »Das Thema meiner Dissertation? Unnatürliche Sterbefälle jenseits von Gewaltverbrechen – Ursachen, Todesarten, Ermittlungsmethoden.« Katja atmete auf, diese Klippe hatte sie umschifft.

»Und die schreiben Sie an der Uni Rostock? In welchem Fach?«

»Soziologie.«

»Sehr interessant. Wer ist Ihr Doktorvater?«

Moltner schien ein echter Kriminalist zu sein, der nicht lockerlassen wollte. »Professor Müller, Karsten Müller.« Den würde es wohl kaum geben und deshalb musste sie das Treiben beenden. »Aber was soll das? Ich dachte, Sie helfen mir.«

»Hatte ich Ihnen irgendwelche Unterstützung versprochen? Der Pförtner vielleicht. Außerdem muss ich jetzt zum nächsten Termin.«

Moltners süffisanter Ton signalisierte Überlegenheit, jene Überlegenheit der Mächtigen, die ein Würstchen wie sie eiskalt am steifen Arm verhungern ließen. Katja dachte an die Szene am Zentralen Runden Tisch, als der General den Bürgerrechtler ebenso hatte abblitzen lassen. So sang- und klanglos würde sie hier nicht das Feld räumen.

Katja stand auf und ging zur Tür. »Dann bleibt mir nur,

mich für Ihre Informationen zu bedanken. Da sie mir so aber kaum für meine Arbeit nutzen, werde ich mir anderweitige Quellen zugänglich machen müssen.«

»Die es schwerlich geben dürfte.« Umspielte da ein feistes Grinsen den Mund des Kriminalisten?

»Glücklicherweise liegt der Honecker-Staat hinter uns. Das Volk erkämpft sich gerade seine Freiheiten, zu denen auch eine ausgewogene Transparenz der Behörden und Sicherheitsorgane gehört.«

Wenn da im Gesicht des Kriminalisten ein Feixen gewesen war, verschwand es gerade. Moltners Züge prägte auf einmal eine markante Blässe. Er schluckte. »Sie reden von Schürle?«

Erneut kombinierte Katja blitzschnell: Der Sekretär war der politische Shootingstar im Kreis; er schien sich um alles zu kümmern und verfügte über eine wahnsinnige Medienpräsenz. Und dieser Beamte hier arbeitete in einer Kreisbehörde – also musste er Angst davor haben, wenn sie sich bei Schürle über ihn beschwerte.

»Zu wem ich gehe, überlassen Sie bitte mir«, entgegnete sie kühl und öffnete die Tür. »Aber Ihre Bemerkung zeigt mir, dass Sie mich richtig verstanden haben. Auf Wiedersehen.« Sie verließ das Büro.

Auf dem Weg hinunter zum Ausgang überlegte Katja ihren nächsten Schritt. Ein Besuch bei diesem Alexander Schürle konnte kaum schaden. So wie sie dieser Genosse Oberleutnant behandelt hatte, dürfte ihre Empörung durchaus glaubhaft wirken; vielleicht bekam sie aufgrund ihrer Beschwerde sogar Einsicht in die Akten?

Beim Hinausgehen lächelte sie dem Pförtner freundlich zu. Ja, Genosse Moltner habe ihr sehr geholfen, entgegnete Katja auf die Nachfrage des Mannes. Sie hielt sich aber nicht auf, verließ das VPKA und lenkte ihre Schritte zur Kreisverwaltung am Tribseer Damm, kaum zehn Minuten von hier entfernt.

Leider war sie umsonst gekommen – Alexander Schürle habe außerhalb zu tun, so die Auskunft in seinem Sekretariat. Als Organisator sei er bereits den gesamten Tag mit der Vorbereitung des Bürgerforums um 16 Uhr beschäftigt.

Katja erinnerte sich, sie hatte die zahlreichen Vorankündigungen für diese Zusammenkunft der Einwohner Stralsunds und ihrer Politiker gelesen, die im Klubhaus am Thälmannufer stattfinden sollte. Sie hatte in der vergangenen Woche überlegt, selbst hinzugehen, hatte über ihre Ermittlungen die Veranstaltung jedoch aus den Augen verloren. Konnte sie dort Alexander Schürle treffen, lohnte der Abstecher wohl. Am besten, sie fuhr sofort hinaus zum Klubhaus, möglicherweise ließ sich der Sekretär bereits im Vorfeld des Bürgerforums sprechen.

Katja verließ die Kreisverwaltung und ging zur nächsten Bushaltestelle. Plötzlich hielt sie inne: Drüben auf der anderen Straßenseite parkte ein Wartburg – mit Moltner am Steuer? Noch ehe sie genauer hinsehen konnte, rauschte der Wagen davon. Beschattete sie der Oberleutnant?

*

»Was soll der Mist denn hier?« Der Chefradakteur stand plötzlich an meinem Platz und schleuderte zwei A4-Blätter auf den Schreibtisch – mein Kommentar zur gestrigen ersten Sitzung des Zentralen Runden Tisches.

Gestern Abend hatte ich mit großem Erstaunen die Auseinandersetzung zwischen dem neuen Verteidigungsminister und einem der Bürgerrechtler verfolgt und jedes Wort mitstenografiert. Heute Morgen hatte ich in den Medien einen Aufschrei der Empörung erwartet. Aber kein bisschen war passiert: Weder eine Sendung dazu in Fernsehen oder Rundfunk noch irgendein Zeitungsartikel erwähnte den Vorfall. Daraufhin hatte ich verschiedene Leute meines Netzwerkes angerufen – Parteikader und Vertraute aus der Bürgerbewegung. Fast unisono erhielt ich ausweichende Auskünfte: Die einen wollten die Übertragung nicht gesehen haben, die anderen fragten sich, was so skandalträchtig an der kleinen Meinungsverschiedenheit gewesen sein sollte. Erst beim sechsten Telefonat erklärte mir ein Freund, ein engagierter Bürgerrechtler: Mitten in der Nacht seien über interne Organisationskanäle dringliche Weisungen ergangen, das Wortgefecht in Berlin zu ignorieren. Um dem Sieben-Punkte-Plan von Gorbatschow eine reale Chance zu geben, brauche es unbedingt Ruhe im Land, darin stimmten Regierung und Opposition überein. Dem Schwur hätten alle Vertreter am Zentralen Runden Tisch zugestimmt. Medienvertreter, die das Schweigegelübde brächen, müssten mit ernsthaften Konsequenzen rechnen.

Die Auskünfte hatten mich entsetzt – wie sollte sich die Republik erneuern, wenn es weiterhin Duckmäusertum gab und sogar die Bürgerbewegungen mitmachten? Aber komisch, bei uns hatte niemand etwas gesagt. Mein Widerstandsgeist war erwacht, ich hatte einen bissigen Kommentar zu dem Vorfall verfasst und den Text vor einer halben Stunde dem Chef hineingereicht.

»Wir bearbeiten hier Regionales! Berlin ist und bleibt tabu.« Der Alte stützte die Hände auf meinem Schreibtisch ab und beugte den Oberkörper zu mir herunter. »Oder fühlen Sie sich zu Höherem berufen, Bräsig? Sie als Starreporter?«

»Der Sieben-Punkte-Plan betrifft auch uns in der Provinz«, gab ich distanziert zurück. »Hätten wir heute bereits freie und unabhängige Presseorgane, dürfte ich solche Kommentare schreiben.« Ich deutete auf die beiden Blätter vor mir.

»Sie Klugscheißer!« Der Chef blieb ganz kühl, griff nach meinem Artikel und richtete den Oberkörper wieder auf. »Mag vielleicht sein. Um die Visionen vom Genossen Gorbatschow Realität werden zu lassen, brauchen wir vorerst Ruhe im Land. Oder wollen Sie als Aufrührer Furore machen?«

Der Alte fand doch stets eine Möglichkeit, sich rauszureden.

»Der Hetzartikel wandert in Ihre Personalakte. Und weil ich ein gutes Herz habe, gebe ich Ihnen die Chance zur Rehabilitierung. Sie gehen nachher zum Bürgerforum, und in unserer morgigen Ausgabe steht ein ordentlicher Bericht.«

Bevor ich protestieren konnte, verschwand der Chef in seinem Büro.

So ein Mist, dieser blöde Auftrag fehlte mir noch. Aber halt mal: Das Bürgerforum organisierte doch der werte Herr Alexander Schürle. In den Wirren der zurückliegenden Wochen hatte ich meine Beobachtungen am Anfang des Monats auf dem Friedhof ganz vergessen. Ich zog die oberste Schublade meines Schreibtisches auf und holte das damals erbeutete Beweisstück heraus. Mittlerweile steckte der Taschenspiegel in einem Plastetütchen. Wie erhofft, zierten zahlreiche gut erhaltene Fingerabdrücke die Vor- und Rückseite. Damit ließ sich der Besitzer garantiert feststellen. Doch welcher Mann schleppte einen Taschenspiegel mit sich herum? Hatte womöglich eine Frau das Ding kurz zuvor auf dem Friedhof verloren? Die Frage schlich wie ein lästiger Wurm durch meine Gedanken. Aber in dem Fall wäre der Spiegel wesentlich mehr verschmutzt gewesen und der Regen hätte die Fingerabdrücke abgespült, verjagte ich die Zweifel auch dieses Mal. Meine Fundsache könnte ich doch einmal dem Herrn Schürle unter die Nase halten und mich nach dessen Besitzer erkundigen.

*

Gegen 15 Uhr hielt der Bus an der Haltestelle neben dem Theater. Katja stieg aus. Für die vielleicht 300 Meter bis hinunter zum Thälmannhaus am Sundufer brauchte sie nicht lange. Am Haupteingang des Klubhauses wartete bereits gut ein Dutzend Leute. Wie ein Schild verriet, werde der Einlass um halb vier beginnen. Gab es irgendwo einen Hintereingang? Katja machte sich auf die Suche und wurde auf der Seeseite fündig. Aber die beiden Türen, die wohl als Lieferanteneingänge dienten, waren verschlossen. Sie klopfte mehrmals, rüttelte an den Türklinken und lauschte. Kein Laut drang von drinnen heraus. Hier auf der Rückseite wirkte das Klubhaus leer und verlassen, wie ein Strandhotel im tiefsten Winter.

Enttäuscht lief Katja zurück zum Haupteingang; die Menschenmenge vor dem Klubhaus war während der kurzen Zeit auf das Dreifache angewachsen. Weitere Pirschgänge kamen keinesfalls mehr infrage – reihte Katja sich jetzt nicht in die wartende Menge ein, musste sie nachher möglicherweise ganz draußen bleiben.

Bereits wenige Minuten nach halb vier waren alle 200 Sitzplätze in dem Saal belegt. Über die Sprechanlage hatten die Veranstalter durchgesagt, die Diskussion werde ins Foyer übertragen.

Da Katja mit dem ersten Schub eingelassen worden war, hatte sie einen Stuhl am Rand in der zweiten Reihe ergattert. Um den Platz nicht einzubüßen, verzichtete sie auf eine Suche nach Alexander Schürle; musste sie ihn halt nach dem Ende des Forums erwischen.

Der Sekretär der Kreisverwaltung stieg Punkt 16 Uhr auf die Bühne, ging an das Rednerpult, räusperte sich kurz, begrüßte die Bürger, dankte für deren zahlreiches Erscheinen und stellte anschließend die Honoratioren auf dem Podium vor. Die sieben Politiker repräsentierten alle wichtigen Institutionen der Stadt und des Kreises – sogar der Oberbürgermeister und der Landrat wollten den versammelten Gästen Rede und Antwort stehen.

Nach der Vorstellungsrunde gab Schürle eine kurze Erklärung ab, in der er den eingeleiteten Wandel in der Region lobte. Die in der zurückliegenden Woche gegründeten Bürgerkomitees seien ein beredter Beweis dafür. Katja erinnerte sich, darüber in der Zeitung gelesen zu haben: Jede Fachabteilung aus der Verwaltung besaß jetzt ein solches Bürgerkomitee als Spiegelgremium, über das die Menschen dem Amtsschimmel auf die Finger sehen durften. Katja hatte daran gedacht, zu dem Komitee zu gehen, das für Volkspolizei und Justiz zuständig war, um ihr Schicksal überprüfen zu lassen. Bisher war sie aber noch nicht dazu gekommen.

Nach seiner Lobeshymne auf den Politikwandel ermunterte Schürle die Anwesenden, aktiv in die Diskussion einzusteigen. Natürlich wollte niemand den Anfang machen. Der Kreissekretär überbrückte mit einigen Episoden der zurückliegenden Wochen den Leerlauf bis zu den ersten Redebeiträgen. Dann hoben Besucher vereinzelt ihre Hände und stellten Fragen. Offensichtlich waren diese vorbereitet worden, die Antworten klangen ebenso geschwollen und nichtssagend wie die Referate, die Katja auf den Betriebsversammlungen immer so gehasst hatte. Nach zehn Minuten erhob sich lauter werdendes Murren.

*

Ich hatte das doch gewusst – die Mächtigen der Provinz hatten das Ganze im Griff: Den braven Einwohnern wurde eine Schmierenkomödie geboten, um sie einzulullen. Otto Normalbürger traute sich natürlich nicht, in dem großen Saal, praktisch in aller Öffentlichkeit, den Mund aufzumachen und der Elite auf dem Podium seine Sorgen und Bedenken zu eröffnen. Also hatten die Bosse, dieser Schürle garantiert vorneweg, »Freiwillige« mit genehmen Anfragen präpariert. Bestimmt forderte der Herr Moderator gleich Ruhe im Zuhörerraum, um das aufkeimende Unbehagen der Bürger abzuwürgen.

Vielleicht sollte ich die Hintergründe dieses Possenspiels in meinem Beitrag beleuchten, freute den Chef sicherlich riesig.

*

Die Diskussion gefiel Katja umso mehr, je länger sie andauerte. Die Leute sprachen mittlerweile über ihre wahren Sorgen, Nöte und Probleme. Alexander Schürle zeigte als Moderator seine Klasse: Er ermunterte die Redner weiterzusprechen, wenn sie stockten, und kitzelte wichtige Details aus ihnen heraus, um anschließend zum richtigen Experten überzuleiten. Katja hörte aufmerksam zu und bekam so manche Frage beantwortet, die sie ebenfalls bewegte.

Plötzlich schien der Faden der Diskussion zu reißen, kein Arm reckte sich mehr in die Höhe.

»Was, meine lieben Damen und Herren, sind bereits alle Aspekte der Erneuerung in unserer Stadt besprochen? Die Herrschaften hier auf dem Podium haben zwar schon jetzt viele Anregungen bekommen«, Schürle schaute zu den Politikern hinüber, die eifrig nickten, »aber so schnell kommen wir in dieser großen Runde nicht wieder zusammen. Also nutzen Sie die Gelegenheit.« Der Kreissekretär blickte sich um.

Katjas Herzschlag dröhnte schmerzhaft in den Ohren. Die Nervosität drohte, sie ohnmächtig werden zu lassen. Sie mobilisierte das letzte bisschen ihres Mutes, atmete zweimal tief durch und hob den Arm.

»Sehr schön«, lobte Schürle. »Hier vorn in der zweiten Reihe gibt's doch noch eine Wortmeldung. Bitte, junge Frau.« Er lächelte Katja zu und ermunterte sie zu beginnen.

Langsam stand sie auf. »Mir gefällt die Diskussion, ja, wirklich.« Die kleine Vorrede half ihr, sich ein wenig zu beruhigen. »In diesem Forum äußern alle rundheraus, was sie bewegt; viel offener, als ich es von den Versammlungen in unserem Betrieb kenne.«

»Worüber wollen Sie sprechen?« Schürle lächelte freundlich. »Hat es mit Ihrem Betrieb zu tun, Frau …?«

»Kessler, Katja Kessler.« Als wäre ihr vom Moderator das Stichwort geliefert worden, wusste Katja jetzt, welche Worte sie wählen sollte. »Ich habe keinen Betrieb mehr, mein Chef musste mich vor vier Tagen entlassen, obwohl er mich gern in seiner Abteilung behalten hätte, versicherte er mir.«

»Oh, das tut uns leid. Wie können wir Ihnen helfen, Frau Kessler?«

»Ich möchte wissen, wer meine Entlassung veranlasst hat und ob mein Schicksal wirklich zum friedlichen Wandel in unserem Land gehört.«

Schürle schien auf einmal zurückhaltender und mahnte nun in einem abweisenden Ton: »Da bräuchten wir aber einiges mehr an Informationen.«

Erneut musste Katja tief durchatmen und berichtete in knappen Worten vom Rauswurf beim VEB Ostseetrans. Sie sei nach Reichenbach gefahren, um den Flüchtlingen aus der Prager Botschaft zu ihrem Mut zu gratulieren. Es seien doch diese Bürger gewesen, die die Veränderungen zum Guten erzwungen hätten. Und eine Reise zur Montagsdemo in Leipzig dürfe man ihr unmöglich als Verbrechen anrechnen. »Gehört solch eine Ungerechtigkeit, die mir widerfahren ist, tatsächlich in unsere neue Zeit?«

Im Saal herrschte eine Stille, wie sie sich Sekunden nach einer Explosion über das zerstörte Umfeld ausbreitete. Alle schienen den Atem anzuhalten und auf eine Reaktion vom Podium her zu warten.

Katja selbst verspürte eine innere Befreiung. All ihre Befürchtungen, womöglich in Tränen auszubrechen oder vor Aufregung die Stimme zu verlieren, waren ihr erspart geblieben. Stolz auf ihre Worte nahm sie wieder Platz.

Anders als vorhin sprach Schürle keinen der auf der Bühne sitzenden Politiker an. Er sah zu ihnen hinüber und schien auf eine Wortmeldung zu warten, die blieb aber aus. Er zupfte sich an der Nase und rückte seine Krawatte zurecht. »Was Ihnen da widerfahren ist, liebe Frau Kessler, bedürfte tatsächlich einer Aufarbeitung. Nur, ob wir die hier leisten können? Ich habe da …«

»Darf ich etwas zu dem Fall sagen?«, ertönte eine Männerstimme in einer der hinteren Reihen.

Instinktiv zuckte Katja zusammen, die Stimme und Sprechweise hatte sie heute bereits gehört.

»Wenn Sie uns verraten, wie Sie heißen?«, fragte Schürle

neugierig, in einem Tonfall, als habe er die Wortmeldung erhofft.

»Ich bin Oberleutnant Frieder Moltner, Angehöriger der Kriminalpolizei beim hiesigen VPKA.«

Der Name erschreckte Katja schon kaum mehr.

»Aber bitte nur sachdienliche Fakten und keine Bewertung des Wortbeitrags von Frau Kessler.«

»Selbstverständlich. Ich möchte lediglich den Sachverhalt klarstellen, den meine Vorrednerin verständlicherweise subjektiv eingefärbt hat. Objektiv betrachtet, hatte sie bei ihrer Reise ins Vogtland einen Sicherungseinsatz der Polizeikräfte gefährdet.« Die Regierung habe die Ausreise der Bürger aus der Prager Botschaft genehmigt, und in Reichenbach seien die notwendigen Zollabfertigungen erfolgt. Um die Fahrt des Sonderzuges abzusichern, habe die Staatsführung umfangreiche Kräfte zusammengezogen; diese hätten den Bahnhof weiträumig abgeschirmt. In diese Sperrzone sei Frau Kessler eingedrungen, habe die Genossen vor Ort behindert und die öffentliche Ordnung gefährdet. Um ihre Provokation durchführen zu können, hatte sie vertrauliche Informationen ihres Betriebes, des VEB Ostseetrans, ausgenutzt. »Die zweite Reise nach Leipzig unternahm die Bürgerin, um an einer verbotenen Demonstration teilzunehmen. Gegenüber den Polizeikräften, die den Vorfall aufklären wollten, machte sie zahlreiche Falschaussagen.«

Warum tat sich nicht der Fußboden auf und verschluckte sie. Katja konnte die Anschuldigungen des Polizeioffiziers kaum mehr ertragen.

»Sie werden fragen, woher ich das alles weiß?«, sprach Moltner direkt den Moderator an. »Bis heute Vormittag war mir Frau Kessler völlig unbekannt.«

»Wenn Sie uns auch das noch anvertrauen wollen, aber bitte kurz.«

»Gegen zehn stellte sich Frau Kessler mir gegenüber als Doktorandin vor, behauptete, an Recherchen für eine wissenschaftliche Forschung zu arbeiten, und verlangte Einsicht in vertrauliche Dienstunterlagen. Doch sie hatte mein Misstrauen geweckt, und so recherchierte ich und stieß auf ihre Vergehen.« Moltner hüstelte. »Frau Kessler verdankt es bestimmt dem Wandel in unserer Gesellschaft, dass sie keine strafrechtliche Verfolgung befürchten muss. Dem VEB Ostseetrans blieb gar keine andere Wahl, eine derart unzuverlässige Mitarbeiterin zu entlassen. Schließlich trägt der Betrieb eine große Verantwortung für das Funktionieren der öffentlichen Ordnung in Stralsund.«

*

Diese Zuspitzung des Bürgerforums hatte ich niemals erwartet. Emsig stenografierte ich Moltners Anfeindungen und die vorangegangene Darstellung der »Angeklagten« mit.

»Bitte keine Bewertungen, hatte ich zur Bedingung gemacht«, unterbrach Alexander Schürle die Aussage des Polizisten, aber leider erst, nachdem der allen Müll über der jungen Frau ausgeschüttet hatte. Hier war eine Exekution zelebriert worden! Unter den Augen von 200 Bürgern. Hatte der Herr Kreissekretär diese Show vorbereitet? Schwerlich, Frau Kessler hätte sich bereit erklären müssen, ihr Schicksal vor den Leuten auszubreiten, um daraufhin das Strafgericht zu erdulden. Oder hatte sie jemand ermuntert und bei ihr die Hoffnung geweckt, ihr werde anschließend geholfen?

Steckte Schürle da mit drin? Sammelte der Kerl Skalpe

auf seinem Weg nach Berlin? Aber Moment mal! Unwillkürlich wanderte mein Blick zu der Stelle hinüber, wo dieser Oberleutnant der K gerade den ganzen Mist in den Saal hinausgeschleudert hatte. Wenn ich das richtig sah, stand da hinten nur noch ein leerer Stuhl. Ich versuchte, mich zu erinnern: Der Schweinehund hatte doch in demselben Tonfall gesprochen wie Schürles Kumpan auf dem Friedhof? Blöderweise hatte ich nicht auf die Stimme geachtet und ausschließlich meine Mitschrift im Kopf gehabt.

*

»Liebe Mitbürgerinnen und Mitbürger, lassen Sie mich an dieser Stelle die Fragerunde beenden. Ich geselle mich jetzt zu unseren Experten, um sie zu ihren weiteren Projekten zu befragen.« Schürle ging zu der Sitzgruppe und nahm auf dem achten Sessel Platz.

Katja nutzte die Gelegenheit, da sämtliche Augen auf das Geschehen auf der Bühne gerichtet waren, stand auf und schlich mit gesenktem Blick zum Ausgang.

Sie schämte sich, in aller Öffentlichkeit so niedergemacht worden zu sein. Wie hatte sie nur so töricht sein können, vor 200 fremden Menschen ihr Schicksal auszubreiten; sogar ihren Namen hatte sie hinausposaunt.

Die kalte Luft draußen tat ihr gut. Sie überlegte kurz, ob sie noch einen Spaziergang am Wasser entlang machen sollte, entschied dann aber, sofort nach Hause zu fahren. Oben an der Sarnowstraße kam plötzlich ein Wartburg auf sie zugeschossen, der haarscharf an ihr vorbeirutschte und bremste.

Moltners feistes Gesicht grinste sie aus dem geöffneten Seitenfenster an. »Na, wie fühlt man sich als Obertrottel von Stralsund?«

Am liebsten wäre Katja weggerannt. »Lassen Sie mich in Ruhe.«

»Gern. Vorher aber noch ein Tipp: Wollen Sie einem Frieder Moltner ans Bein pinkeln, müssen Sie selbst harte Schläge einstecken können.«

Die Frechheit des Kerls brachte Katja halbwegs wieder zur Besinnung. »Woher haben Sie all die Informationen über mich? Sie sind mir doch seit meinem Besuch bei Ihnen gefolgt.«

Der Kriminalist grinste. »Die Kollegen im Präsidium brauchten lediglich 15 Minuten, um Ihre Akte auszuwerten. Sie sehen, unser Informationssystem funktioniert zuverlässig.«

Wie in den alten Zeiten! Ein Gefühl von Ohnmacht befiel Katjas Denken. Hier war jedes weitere Wort überflüssig. Sie wandte sich nach links und lief in langen, schnellen Schritten in Richtung Olof-Palme-Platz. In ihrem Rücken heulte der Motor des Wartburgs auf, und Moltner raste auf der gegenüberliegenden Straßenseite vorbei.

*

»Wo bleiben Sie denn? Das Bürgerforum war doch schon vor eineinhalb Stunden zu Ende!« Der Chefredakteur stand an meinem Schreibtisch, an den ich erst eine Minute zuvor zurückgekehrt war, und stemmte die Fäuste in die Hüften. »Soll ja mächtig interessant gewesen sein?«

»Ach, nur das allgemeine Geschwafel, das man in diesen Tagen überall hört«, versuchte ich die Euphorie des Chefs zu dämpfen.

»Da habe ich anderes gehört. Die Story um diese Katja Kessler, die würdigen Sie bitte in einem knackigen Beitrag für die morgige Ausgabe. Solche kriminellen Elemente müssen an den Pranger gestellt werden. Genau diese Subjekte gefährden die Erneuerung in unserem Land.« Das Funkeln in den Augen des Chefs beunruhigte mich.

»Sie überbewerten die Geschichte. Da wollte sich nur ein übereifriger Genosse der Volkspolizei wichtigmachen.«

»Meinen *Sie*! Ich sehe das anders. Und da ich hier die Richtung vorgebe, liegt Ihr Text Punkt 22 Uhr auf meinem Tisch. Sollten Sie den Vorfall nicht im notwendigen Maße würdigen, können Sie morgen zu Hause bleiben. Die Kündigung sende ich Ihnen nach; zusammen mit Ihrer Hetzschrift vom Vormittag dürfte ich dann genug gegen Sie in der Hand haben.« Der Chef nickte, als wolle er seine Worte unterstreichen, und verschwand wieder.

Mir widerstrebte es, die junge Frau jetzt zusätzlich zu dem Strafgericht im Thälmannhaus in der Zeitung niederzumachen. Andererseits liebte ich meinen Job. Was also tun? Ich brauchte weitere Fakten. Im VPKA arbeitete Gerd, ein Freund von mir. Als leidenschaftlicher Langschläfer zählte er zu den Spätarbeitern und müsste wenige Minuten nach sechs noch am Schreibtisch hocken. Ich wählte seine Nummer und tatsächlich, Gerd meldete sich.

Ich schilderte ihm kurz den Sachverhalt und erkundigte mich: »Sag mal, gibt es eine Verbindung zwischen dieser Katja Kessler und eurem Genossen Oberleutnant? Der macht doch nicht solch ein Fass auf, nur, weil sie als falsche Doktorandin zu ihm gegangen war?«

»Hm? Wenn die junge Dame erst heute hier vorstellig geworden ist, müsste ich mich aufschlauen. Kann aber ein paar Tage dauern.«

»Dann muss ich mich in Geduld üben.«

Ich bedankte mich bei Gerd, beendete das Telefonat und überlegte: Gab es einen Weg, Frau Kessler zu verschonen? Die Tatsachen sprachen gegen sie; die würde mein Chef notfalls auch in Erfahrung bringen und mir um die Ohren hauen, wiche ich zu weit von den Fakten ab. Erfüllte ich die Vorgabe des Alten, erschien der jungen Frau mein Beitrag morgen als reine Hexenverfolgung. Die alte Weisheit, dass Zeitungen heute gelesen und am folgenden Tag auf dem Markt Fische darin eingewickelt werden, dürfte sie kaum trösten.

8 – WARUM UM POSCHMANN EINEN BOGEN MACHEN?

Mittwoch, der 25.10.1989

Das zweite Strafgericht traf Katja noch härter als gestern das erste – jetzt standen sämtliche Details in schwarzen Lettern auf weißem Papier, für jeden zu lesen. Sie ließ die Zeitung sinken und trank einen Schluck von dem kalt gewordenen Kaffee. Bereits eine Stunde saß sie am Frühstückstisch und hatte den Bericht über das gestrige Bürgerforum mehrfach gelesen. Ihr Aufbegehren war als weinerliches Wehklagen einer hysterischen Ziege beschrieben worden, die zu allem Überfluss einem diensttuenden Polizisten das Leben erschwert hatte. Jetzt blieb ihr wirklich nur noch die Auswanderung. Selbst wenn in dem Text lediglich von ›Katja K.‹ die Rede war, erkannte sie doch jeder bei einer persönlichen Begegnung. Nein, nein, unter Leute durfte sie demnächst keinesfalls gehen.

Die ganze Nacht über hatte sie das Erlebte vom vergangenen Nachmittag nicht losgelassen. Unabhängig vom erlittenen Schmerz empörte Katja beinahe noch mehr, dass solche Attacken passieren konnten, jetzt, in der Zeit der Erneuerung. Die Politiker waren eben dieselben geblieben, sie führten nur das Volk an der Nase herum, um Einfluss und Machtpositionen zu zementieren. Katja wollte zukünftig allen Versprechungen von diesen Rattenfängern misstrauen.

Vorhin unter der Dusche hatte sie den Entschluss gefasst, erneut Peter um Rat zu bitten. Sie räumte den Frühstückstisch ab, machte sich fertig und verließ die Wohnung.

Das Wetter erinnerte Katja an den vergangenen Freitag, als sie auch hier draußen auf dem Friedhof Peters Hilfe gesucht hatte – die Temperaturen lagen heute ebenso bei frühlingshaften Werten, und die Sonne schien gerade durch eine Wolkenlücke hindurch, nur der Wind blies ein wenig zu heftig. In der zurückliegenden Woche war sie voller Zuversicht wieder weggefahren. Konnte Peter jetzt gleichermaßen ein kleines Wunder bewirken?

Von dem gestrigen Geschehen und ihrem Unglück hatte er noch nichts gehört. Ob ihrer Niedergeschlagenheit nahm sich Peter aber sofort Zeit, bat sie zu einer abseits gelegenen Bank und hörte ihrer Schilderung aufmerksam zu.

»Mädchen, Mädchen«, Peter schüttelte den Kopf, »um das einzig Positive vorab zu erwähnen, erzählen kannst du. Ich sehe richtig vor meinem geistigen Auge, wie dich 200 Augenpaare peinlich berührt anstarren.«

»Das hilft mir jetzt wenig«, erwiderte Katja resignierend. »Was soll ich machen? Die Leute lachen mich doch aus, wenn ich nur meinen Namen nenne. Am liebsten würde ich von Stralsund weggehen!«

»Du bist ja albern. Meinst du, alle Bürger der Stadt lesen die Ostseezeitung? Und dann ausgerechnet den Beitrag über das Bürgerforum? Die, die sich für die Veranstaltung interessiert hatten, waren hingegangen, und die anderen, warum sollte die ein ellenlanger Text interessieren?«

Peter hatte wirklich ein Talent, sie aufzurichten. Er vermochte durch ein paar einfache Worte, die düsteren Gedanken zurückzudrängen, die sie wie eine schwere Decke über dem Kopf zu ersticken drohten. Lernte man diese Art des Tröstens bei den Rettungsschwimmern?

»Mich beunruhigt viel mehr«, fuhr er fort, »mit welcher Naivität du vorgegangen bist.«

»Ich dachte, die helfen mir, und ich würde schließlich eine neue Beschäftigung finden.«

»Warum suchst du eine andere Anstellung, du hast eine, du arbeitest für mich.« Peter sah Katja vorwurfsvoll an.

»Doch nur so aus Verlegenheit. Das ist ja wohl keine ernsthafte Tätigkeit?«

»Ach nein? Wir haben einen gültigen Vertrag! Du hast eine konkrete Aufgabenstellung und erhältst dafür eine hübsche Summe Geld.«

Niemals hätte Katja sich vorstellen können, dass Peter die Beschäftigungstherapie, die er ihr verschafft hatte, so ernst nahm. »Wie, Vertrag? Wir haben darüber gesprochen, was ich machen könnte, um nicht untätig zu Hause herumzusitzen.«

»Wir haben einen mündlichen Vertrag abgeschlossen«, blieb Peter hart, »und ich gedenke, dessen Erfüllung von dir zu verlangen.«

»Aber ich bin absolut überfordert«, versuchte Katja einen schwachen Widerspruch.

»Ja klar, wenn du so weiterarbeitest, wie du arbeitest. Das meinte ich eben, als ich meine Verwunderung über deine Naivität erwähnte. Du latschst der Polizei mit aller Kraft auf die Füße und wunderst dich, in Schwierigkeiten zu geraten.«

»Ich hatte diesem Moltner keine Unredlichkeit vorwerfen wollen!«

»Das glaube ich dir sogar. Doch besser konntest du dem Genossen Oberleutnant nicht ins Handwerk pfuschen. Und als er sich weigert, dein Spielchen mitzuspielen, drohst du ihm mit einer Beschwerde bei der Kreisverwaltung.«

»Aber …«

»Aber, aber … Du bist falsch an deine Ermittlungen herangegangen.«

»Ach so?«

»Ich erklär's dir gern, gegen Zahlung eines Beratungshonorars.« Peter zwinkerte Katja zu. »Ich habe dich niemals beauftragt, die Arbeit der Polizei infrage zu stellen oder gar irgendwelche Mörder zu jagen. Das wäre viel zu gefährlich.«

»Ja, und?«

»Du sollst das vermeintliche Testament von Olbert suchen. Das ist etwas völlig anderes.«

Bei Peters Worten verstand Katja plötzlich, wie sie sich in ihrem Eifer verrannt hatte.

»Gestern hast du eine Schlacht verloren – und Lehrgeld gezahlt – aber den Krieg kannst du noch immer gewinnen.«

»Wenn du meinst?« Die Art, in der Peter zu ihr stand und Mut zusprach, rührte Katja. Sie schenkte dem Freund ein kleines Lächeln.

»Na siehst du, wird schon werden.«

»Wo mache ich weiter?«

»Wie sieht es mit neuen Ansprechpartnern aus?«

Na klar, erinnerte sich Katja und berichtete von ihrem Besuch im Bestattungsinstitut. »Ich sollte mir den Poschmann vornehmen. Der hat die Beerdigungen in Auftrag gegeben und weiß bestimmt das eine oder andere Detail zu Olbert.«

Peter schien kurz zu überlegen und schüttelte dann den Kopf. »Glaub ich kaum. Willst du dem Bernd als Nächstem auf die Füße treten?«

Verdammt, merkte Katja selbst. »Aber der Mann scheint schlampig zu arbeiten«, versuchte sie einen vorsichtigen

Protest. »Immerhin bezahlst du mich, um ein ›Versehen‹ deines Bernd zu revidieren!«

»Da haben Sie mich wiederum falsch verstanden, was Ihren Auftrag angeht, werte Frau Erbenforscherin.« Bernd Poschmann habe den Vorgang bestimmt mit größter Sorgfalt abgewickelt, aber möglicherweise Erben übersehen – übersehen müssen, erklärte Peter. Die Gesetze verlangten von den Nachlassgerichten, nicht groß Angehörige zu suchen, um das Vermögen der Verstorbenen schnellstmöglich in das Volkseigentum zu übereignen.

Katja beschlich ein ungutes Gefühl. »Der Poschmann ist ein Kumpel aus deinem Schiebernetzwerk.« Sie lehnte den Oberkörper zurück, legte den rechten Arm angewinkelt auf die Lehne der Bank, wandte sich Peter zu und fixierte ihn mit ihren Blicken. »Ich soll ihn schonen, weil du ihn brauchst!«

Peter bewegte keinen Gesichtsmuskel und schwieg.

»Habe ich in meinen Nachforschungen freie Hand? Ja oder nein?«

»Du hast freie Hand, selbstredend.«

»Dann darf ich auch zu Poschmann gehen?«

»Ich würde dringend abraten.«

»Warum?«

Peter nickte kaum wahrnehmbar. »Also gut, ich erklär's dir – wir sollten offen miteinander umgehen.«

»Da bin ich aber gespannt.«

»Bernd Poschmann ist der Auftraggeber für deine Nachforschungen.«

Diese Eröffnung überraschte Katja. »Wirklich?«

Bernd plagten arge Bedenken ob der Entscheidung, die er von Gesetzes wegen hatte treffen müssen. Die kaum verstummenden Gerüchte zu Olberts Testament ließen ihm keine Ruhe, und so habe er Peter um Hilfe gebeten. Bernd habe sich aber absolute Vertraulichkeit ausgebeten, da er gewissermaßen gegen seine beruflichen Pflichten verstoße.

Katja leistete Peter in Gedanken Abbitte.

»Wenn du zu Bernd gehst …«

»Lass mal, bestimmt finde ich einen anderen Anknüpfungspunkt für meine nächsten Nachforschungen.«

Peter zwinkerte ihr zu. »Ich wusste, du verstehst das.«

»Und wie mache ich weiter?«, fragte Katja mehr mit der Absicht, das Thema zu wechseln – sie empfand das Gerede um Poschmann ein wenig peinlich.

»Olbert arbeitete doch für das Theater? Sprich die einfach an.«

»Gute Idee. Vielleicht treffe ich da jetzt jemanden an?«

Peter schlug vor, dort gleich anzurufen. Sie standen von ihrer Bank auf und gingen zu seinem Frühstücksraum. Er suchte die Nummer heraus, fragte sich durch und schien an den Richtigen geraten zu sein: »Wie bitte? … Herr Schmalstieg redet mit Frau Kessler? … Er muss aber in einer Stunde weg?« Peter nickte heftig, als könne das der Gesprächspartner am anderen Ende der Leitung sehen. »Sie kommt schnellstmöglich.«

Der Mittdreißiger, der in seinem Aussehen einem Bankangestellten ähnelte – kurze lockige Haare, ein Oberlippenbart, wache blaue Augen hinter einer rahmenlosen Brille – empfing Katja in einer Art Kontor; eine bauchhohe Balustrade teilte den Raum in einen großen Arbeitsbereich mit drei Schreibtischen und einen schmalen Streifen für die Besucher. Schmalstieg stand von seinem Arbeitsplatz auf und trat an das Geländer, wahrte aber Distanz – ein 50-Zentimeter-Lineal hätte gut und gern zwischen ihnen Platz gehabt. Katja blieb im Gästebereich stehen.

»Informationen über unsere Mitarbeiter geben wir keine heraus«, belehrte sie der Mann gleich zu Beginn des Gesprächs. »Auch nicht zu Verstorbenen.«

Sie suche Verwandte, die möglicherweise für den Nachlass des Toten infrage kämen.

»Die Mühe lohnt sich.« Schmalstieg nickte, um seine Bemerkung zu bestätigen. »Soweit mir zu Ohren gekommen ist, besaß Franz ein erhebliches Vermögen.«

»In welcher Höhe?«

»Sechsstellig! Mehr weiß ich leider nicht. Gleich nach dem Krieg soll der Franz ein gutes Händchen beim Verkauf von Immobilien bewiesen haben.«

»Mit eigenen Immobilien?«

»Ich denke, ja.«

»Stammte er aus einer wohlhabenden Familie?«

Das entziehe sich seiner Kenntnis, bedauerte Schmalstieg. Und er wisse von Olberts Vermögen auch nur rein zufällig. Der Kollege habe einmal während einer Premierenfeier, ziemlich angeheitert, sein Geld erwähnt, das er in wesentlichen Teilen dem Theater zugedacht habe.

Die Bemerkung machte Katja hellwach. »Also hat Herr Olbert ein Testament erstellt?«

»Wohl erstellen *wollen*«, korrigierte Schmalstieg sie, »aber er ist wohl zu plötzlich aus dem Leben geschieden.«

Dann seien ihre Nachforschungen ja gerade für das Theater von großem Interesse. »Finde ich einen erbberechtigten Verwandten, könnte der Ihnen eine ordentliche Spende zukommen lassen und so den Wunsch des Verstorbenen doch noch erfüllen.«

Der Theaterangestellte winkte ab. »Nach den Personalunterlagen besaß Franz keine nahen Familienangehörigen. Er erzählte einmal, als Einzelkind in Dresden aufgewachsen zu sein, wo seine Familie bei dem verheerenden Bombenangriff ums Leben gekommen sei, während er selber an der Ostfront dem Vaterland *diente*.«

»Und wenn er doch ein Testament erstellt hat?« Katja wollte nicht so schnell aufgeben.

»Warum sollte er? Franz strotzte vor Gesundheit, der hätte noch 20 Jahre gelebt.«

Schade, bedauerte Katja. »Kennen Sie irgendwelche Bekannte, die mir mehr zu Herrn Olbert sagen können?«

Der Theatermann schien zu überlegen. »So richtig will mir da niemand einfallen.« Selbst von den Kollegen habe sich Franz auffallend distanziert. Er hatte eine ausgeprägte Angst vor falschen Freunden, die ihn um sein Geld bringen wollten. »Tut mir leid.«

»Wenn er so ängstlich gewesen war, dann prahlte er Ihnen gegenüber mit seinem Reichtum?«

»Gut aufgepasst, junge Frau«, Schmalstieg nickte anerkennend. Den Umfang des Vermögens und die geplante Begünstigung des Theaters habe Olbert einem Regisseur verraten, um seinerzeit eine Hauptrolle zu ergattern. Schmalstieg habe nur dabeigestanden.

»Hat er das Engagement bekommen?«

»Nein. Deshalb hat er wohl auch kein Testament erstellt.«

Klang leider plausibel, bedauerte Katja. »Womöglich gehört das ganze Gerede in die Welt der Fabel?«

Der Theatermann zuckte mit den Schultern. »Franz besaß Geld, davon können Sie ausgehen, junge Frau – nach seiner Prahlerei hatte ich Erkundigungen eingezogen.«

»Bei wem?«

»Bei einem Studienkameraden, der in der Sparkasse Greifswald sitzt. Sie verstehen bestimmt, wenn ich den Namen schuldig bleibe. Falls Sie auf ein Testament stoßen sollten, wäre Ihnen das Theater sehr verbunden. Aber suchen müssen Sie es allein. Ich habe keine Hinweise.«

Etwas enttäuscht verabschiedete sich Katja und verließ das Kontor.

Stets, wenn Katja in ihre Wohnung zurückkam, schaltete sie zuerst den Fernsehapparat ein – so auch heute. Tagtäglich passierte in der ganzen Republik einfach so viel, dass man kaum auf dem Laufenden bleiben konnte. Sie zog im Flur ihre Jacke aus und kehrte ins Wohnzimmer zurück. Auf dem Bildschirm war ein Mann mit geschwärztem Gesicht und einem Schutzhelm auf dem Kopf zu sehen. Offensichtlich wurde er interviewt.

»Wir wussten uns keinen anderen Rat mehr«, sagte er gerade.

Am unteren Rand des Bildes lief eine Schriftzeile von rechts nach links: ›Braunkohlekumpel blockieren Transportgleise im Tagebau Meuro (Kreis Senftenberg) +++ Kohleförderung eingestellt +++ Forderungen in Brief an Regierung erhoben.‹

Was ging da vor?

»Ob Kollegen anderer Betriebe des Kombinats mitmachen«, erklärte der Mann mit dem schwarzen Gesicht gerade, »oder Werktätige weiterer Industriezweige eigene Aktionen planen, weiß ich nicht. Kümmert die Kumpel hier auch wenig. Wir haben eindeutige Forderungen formuliert und erwarten Reaktionen der Regierung. Wenn diese unseren Erwartungen entsprechen, gehen wir wieder an die Arbeit.«

»Wie lange wollen Sie im Ausstand bleiben?«, fragte der Reporter.

»Bis sämtliche Forderungen erfüllt sind«, kam die prompte Antwort.

»Unbegrenzt?«

»Unbegrenzt.«

»Die Heizperiode hat aber begonnen, und der Bedarf an Elektroenergie steigt in der dunklen Jahreszeit von Woche zu Woche.«

Der kohlegeschwärzte Kumpel zuckte die Schultern, als seien ihm die Konsequenzen egal.

Wie gebannt starrte Katja auf den Fernsehapparat. Erst in dem Moment bemerkte sie, mitten im Zimmer stehen geblieben zu sein. Zögerlich setzte sie sich auf das Sofa, wohl darauf bedacht, kein Detail auf dem Bildschirm zu verpassen. Da erklärte der Bergmann, er müsse jetzt zu seinen Kollegen gehen. Der Reporter dankte für die Auskünfte und schaltete in die Zentrale nach Berlin-Adlershof zurück. Im Studio fasste ein Nachrichtensprecher das Geschehen zusammen: Arbeiter des Tagebaus Meuro hätten die wichtigsten Gleisanlagen blockiert und so den Abbau der Kohle zum Erliegen gebracht. In einem Schreiben an die Regierung der DDR hätten sie ihre Sorgen ob der Entwicklung im Lande bekundet. Sie würden nicht mehr an eine Erneuerung glauben – überall seien Anzeichen für das Zurückdrängen der reformistischen Kräfte zu erkennen. Gerade der Vorfall am Zentralen Runden Tisch vom gestrigen Tag und dessen Verschweigen in allen Medien habe die Kumpel im Tagebau zum Handeln gezwungen.

In freudiger Erregung saugte Katja jedes Wort des Sprechers in sich auf. Es gab sie, die mutigen Menschen, die den Weg der Erneuerung im Land verteidigten.

Die Tagebaukumpel würden den Politikern keinen Glauben mehr schenken, so der Nachrichtensprecher weiter, weder denen der Regierung noch denen von der Opposition. Den Sieben-Punkte-Plan des Generalsekretärs Gorbatschow verständen die Kumpel mittlerweile lediglich als Beruhigungspille für die Bevölkerung. Der Fehlentwicklung müsse Einhalt geboten werden. Das Forderungsschreiben enthalte keinen Aufruf an andere Werktätige, dem Beispiel der Braunkohlekumpel zu folgen, so der Nachrichtensprecher abschließend, sie freuten sich aber über Solidaritätsbekundungen.

Katja erlebte ein lange vermisstes Glücksgefühl. Beinahe wäre sie aufgesprungen, hätte ihre Reisetasche gepackt und den erstbesten Zug in die Niederlausitz zu den Kumpeln genommen. Ebenso schnell, wie die Idee von Katja Besitz ergriffen hatte, verwarf sie diese, die Konsequenzen ihrer Ausflüge nach Reichenbach und Leipzig spürte sie schließlich heute noch.

*

»Totschweigen können wir den Vorfall nicht schon wieder«, eröffnete Brandstätter die Krisensitzung, die kurzfristig im Gebäude des Zentralkomitees der SED einberufen worden war. »Findet sich keine andere Lösung, sollten wir unsere Hüte nehmen!«

»Ihre tolle Aktion nach der Pleite am Zentralen Runden Tisch hat diese Misere erst verursacht«, schimpfte einer von den neuen Ministern.

Ob der offenen Kritik an seinem Chef zog Viktor instinktiv den Kopf ein und schaute zu Brandstätter hinüber. Der schien unberührt und lächelte dem aufmüpfigen Minister zu.

»Hätten wir den Vorfall öffentlich diskutiert und in den Medien aufgearbeitet …«, stockte der und blickte in die Runde. Offensichtlich erwartete er Beistand der anderen zwölf Anwesenden. Die starrten ihn aber nur stumm an.

»Ich meine, wir müssen endlich zu den der Öffentlichkeit versprochenen Veränderungen im Land stehen.«

»Sehr richtig, Herr Kollege!« Dass Brandstätter als ausgemusterter Minister ein aktives Mitglied der Regierung als Kollegen bezeichnete, zeugte von einem gesunden Selbstbewusstsein oder von fehlender Wertschätzung gegenüber dem Kontrahenten. »Gewissermaßen hatte ich Ihren Einwand vorhergesehen und eine entsprechende Lösung erarbeiten lassen.«

»Ach so?« Der widerspenstige Minister schien tatsächlich verblüfft.

»Mein Mitarbeiter Viktor hat sich der Sache angenommen. Er möchte uns jetzt seine Vorschläge vortragen.«

Nachdem die Vorkommnisse im Tagebau Meuro in Berlin bekannt geworden waren, hatten Brandstätter und Viktor zusammengesessen und nach einer Lösung gesucht. Nach einigen Telefonaten mit Moskau waren sie sich über das weitere Vorgehen einig gewesen. Um unnötigem Widerstand von vornherein entgegenzuwirken, sollte Viktor den Plan vortragen.

Im Gegensatz zu den anderen Teilnehmern der Runde, die während ihrer Redebeiträge grundsätzlich sitzen blieben, stand Viktor auf – so widmete ihm die gesamte Runde ihre ungeteilte Aufmerksamkeit. Hoffentlich schluckten die Zuhörer die süße Pille, die er ihnen nun verabreichte, um die bittere Medizin dahinter nicht zu bemerken.

»Die Genossen aus dem Umfeld des Generalsekretärs der KPdSU haben die Nachrichten über die Vorgänge im Tagebau Meuro mit größter Sorge aufgenommen.« Man wähnte die DDR auf einem guten Weg, um Glasnost und Perestroika in der Gesellschaft zu verwurzeln. »Aber die Werktätigen scheinen einen anderen Eindruck gewonnen zu haben, so die Überzeugung der sowjetischen Genossen.« In Moskau hege man den Wunsch, sich persönlich mit den Arbeitern zu unterhalten.

»Wie das?« Der widerspenstige Minister schien ganz bei der Sache zu sein. »Bekommen wir Besuch? Aus dem Kreml?«

»Dringende Termine hindern Genossen Gorbatschow, auf Reisen zu gehen. Er würde aber gern die Anführer der Kumpel empfangen.«

Ein Raunen ging durch die Reihen.

»Die Details sollten wir jetzt und hier festlegen.« Viktor nahm wieder Platz.

Brandstätter nickte seinem Mitarbeiter anerkennend zu und wandte sich schließlich an die Runde. »Dann bitte ich um Vorschläge.«

Die Diskussion währte 30 Minuten, bevor die Anwesenden die notwendigen Maßnahmen verabschiedeten, mittels derer Viktor die Operation erfolgreich umsetzen konnte. Auch sein Chef schien mit Verlauf und Ergebnissen der Besprechung zufrieden zu sein – gut gelaunt beendete er die Sitzung und bat Viktor noch kurz zu einem Gespräch unter vier Augen.

»Sie haben alles vorbereitet?«

»Selbstverständlich. Bruno und Daniel holen die Kumpel in Senftenberg ab und begleiten sie auf der Reise.«

»Nach Moskau und anschließend Krivoi Rog? Wäre der zweite Termin irgendwo in Sibirien nicht besser gewesen?«

Viktor schüttelte den Kopf. »Zu auffällig! Der jetzt geplante Verlauf dürfte unverfänglicher erscheinen. Unser vorbereitetes Programm dauert so schon drei bis vier Wochen. Eine Verlängerung können wir jederzeit vornehmen. Dabei könnte auch eine Stippvisite in Sibirien eingeplant werden.«

Brandstätter nickte zufrieden. »In den Medien halten wir den Ball flach. Es wird kein Schweigen geben, aber wir lassen das Thema langsam auslaufen. Die Reisepläne für die Rebellen bleiben außen vor. Wir regeln das wieder wie letztens.«

»Verstanden.«

»Dann hätten wir diese Affäre geklärt.« Brandstätter deutete zur Tür. »Charlie wartet draußen, er habe wichtige Erkenntnisse.«

Der fleischige Zeigefinger des Exministers drückte eine Taste am Telefon. Keine 60 Sekunden später betrat Charlie das Büro und setzte sich zu den beiden Männern.

»Und? Was gibt's zu berichten?«, Brandstätter lehnte den Oberkörper zurück, aber keineswegs aus Entspannung. Viktor kannte die Geste: Auf diese Weise verlieh der Alte seinem Körper die notwendige Spannung, um die ihn plagende Neugier zu zügeln.

»Er existiert«, erklärte Charlie kurz und trocken.

»Ich habe es gewusst!« Der Exminister hieb seine Pranke auf den Tisch und sprang auf. »Ich habe es gewusst, dieser Bastard.« Er wanderte, rastlos wie ein eingesperrter Jagdhund im Zwinger, hin und her. »Was wissen wir?«

»Genosse Gorbatschow …«

»Nennen Sie diesen Verräter nicht Genosse!«, fuhr Brandstätter dazwischen, besann sich aber sofort. »Entschuldigen Sie! Bitte weiter.«

»Am 13. Juni wurde in Bonn ein Geheimvertrag unterzeichnet«, fuhr Charlie vorsichtig fort, »der eine Kooperation der Freunde mit den Bundesdeutschen regelt.«

»Dieser Bastard hat es tatsächlich gewagt.« Noch immer wanderte Brandstätter wie ein weidwunder Bär in seinem

Büro umher. »Anfang Juli waren Krenz und Herger in den Kreml beordert worden, und am 03.08. trafen die beiden Markus Wolf. Ich könnte kotzen.« Er hielt inne. »Deshalb auch die Einladung dieser verdammten Meuterer nach Moskau! Die wollen hier unter allen Umständen den Dampf aus dem Kessel nehmen.« Er sah zu Charlie. »Haben Sie weitere Details?«

»In dem Vertrag soll Gorbatschow eine zweistellige Milliardensumme zugesichert worden sein.«

Der Exminister pfiff leise. »Für welche Gegenleistung?«

Charlie zuckte die Schultern. »Wir arbeiten noch daran. Was mir meine Quelle außerdem mitgeteilt hat: Die Anerkennung der DDR-Staatsbürgerschaft durch Bonn war mit Moskau abgesprochen.«

»Damit hat der Bastard die Herren im Zentralkomitee rumgekriegt. Ein perfekter Plan, könnte von mir sein. Und jetzt verschachern die Kremlbrüder uns, die armen Ostgermanen, an die Westgermanen. Aber ohne mich.« Der Exminister kehrte auf seinen Platz zurück und schaute Charlie eindringlich an. »Ich will alles wissen. Alles!«

»In den kommenden Tagen treffe ich meine Quelle noch einmal«, versicherte Charlie.

Brandstätter nickte anerkennend und sah zu Viktor. »Sie denken schon mal über Gegenmaßnahmen nach. Kennen wir die Details, spucken wir dem Bastard in Moskau in die Suppe.«

9 – DER DIENSTBARE GEIST

Mittwoch, der 25.10.1989

Unglaublich, was da in dem Tagebau bei Senftenberg geschah. Voller Interesse sog ich alle Informationen auf, die in der Redaktion zu erhaschen waren. Leider fehlte hier ein Fernsehapparat, und so musste ich mich mit dem Radio sowie den internen Informationskanälen begnügen. Dummerweise gab es für mich keine Veranlassung, die Geschehnisse zu bearbeiten, mein Aufgabengebiet beschränkte sich auf die regionalen Themen.

Das Telefon klingelte. Unwillig schaute ich darauf. Im Rundfunk lief gerade eine neue Reportage aus dem Tagebau Meuro – aber dem Störenfried auf dem Schreibtisch musste ich den Vorrang geben.

Ich nahm ab. »Ja? Holger Bräsig hier.«

»VPKA Stralsund«, verkündete eine weibliche Stimme. »Oberleutnant der K Moltner bittet Sie zu einer Befragung ins Kreisamt; noch heute.«

Was sollte das denn? »Worum geht es?«

»Um das gestrige Bürgerforum. Da gab es einen Vorfall mit einer Frau Kessler. Sie hatten die Geschehnisse in Ihrer Zeitung ausführlich beschrieben. Oberleutnant Moltner möchte Ihre Aussagen zu Protokoll nehmen. Ein Artikel reicht da nicht.«

»Und wozu braucht Ihr Herr Moltner …« Ich überlegte: Moltner? Das war doch der Kerl gewesen, der diese Katja

Kessler öffentlich hingerichtet hatte. Gestern hatte ich doch überlegt, ob die Stimme des Kriminalisten vielleicht mit der von Schürles Kumpan übereinstimmte. Wenn ich dem Kerl jetzt gegenübersaß, fände ich es ganz schnell heraus.

»Na, dann werde ich dem Ruf des Genossen Oberleutnant Folge leisten. Ich komme schnellstmöglich.«

Das sollte verstehen, wer will. Das Namensschild an Moltners Büro, vor dem ich mittlerweile stand, wies ihn als Mitglied der MUK aus. Warum interessierte sich ein Angehöriger der Mord-Untersuchungs-Kommission für diese Katja Kessler, die wegen ein paar Unbedachtsamkeiten öffentlich gesteinigt worden war? Und jetzt wollte der Genosse Oberleutnant wohl noch scharf nachwaschen, wofür er das Protokoll benötigte. Das »Verhör« würde garantiert interessant werden. Ich klopfte und betrat das Büro.

»Herr Bräsig, prima, dass Sie so schnell kommen konnten.« Der Mann mit der hünenhaften Statur kam auf mich zu und reichte mir die Hand.

Schon diese wenigen Begrüßungsworte beantworteten meine Frage, die mich hauptsächlich hergetrieben hatte – vor mir stand der Bursche, der in jener verregneten Nacht des 8. Oktober Schürle gesprochen hatte. Moltners freundliche Tour, die er zunächst anschlug, konnte ich erst einmal mitspielen, bevor ich ihn mit meinem Verdacht konfrontierte. Ich drückte dem Kerl die Hand und nahm auf dem angebotenen Stuhl Platz. Moltner verschwand hinter seinem Schreibtisch.

»Leider musste ich Sie herbemühen, weil ich Ihre Beobachtungen vom Bürgerforum protokollieren möchte.«

»Aber nur den Teil, der Frau Kessler betrifft?«

»Genau.«

»Warum gehen Sie gegen sie vor?«

»Um ihr das Handwerk zu legen.« Katja Kessler habe sich bei ihm unter falschen Angaben eingeschlichen, um vertrauliche Dienstgeheimnisse zu zweien seiner Fälle zu erschleichen. Darin werde ihre kriminelle Energie sichtbar, die diese Dame auch an den Sicherheitskräften in Reichenbach und Leipzig ausgelassen habe.

Ich hatte keine Lust, mit diesem Fanatiker über dessen abstruse Gedanken zu diskutieren. »Kommen wir zur Sache, was kann ich für Sie tun?«

»Ich brauche Ihre protokollierte Aussage.« Da Moltner wisse, wie beschränkt meine Zeitressourcen seien, habe er das Schriftstück schon einmal vorbereitet. Er schob zwei A4-Blätter auf den Tisch zu mir. »Bitte lesen Sie den Entwurf sorgfältig durch. Falls Sie Änderungen wünschen, arbeiten wir die natürlich ein.«

Glaubte der Kerl wirklich, mit diesen Gangstermethoden bei mir durchzukommen? Ich nahm die beiden eng beschriebenen Seiten auf, warf einen Blick darauf und steckte sie in meine Kollegmappe. Gleichzeitig stand ich auf. »Vielen Dank für Ihre Vorarbeit, ich melde mich wieder.«

»Ich brauche jetzt sofort Ihre Unterschrift.«

»Ich kann unmöglich in aller Eile solch ein wichtiges Schriftstück studieren und unterschreiben.« Ich ging zur Tür. »Spätestens am Montag bringe ich das Protokoll zurück.«

»Leider muss ich Sie bitten, das Papier hierzulassen – es darf die Dienststelle nicht verlassen.«

Es wurde wohl Zeit, den eigentlichen Grund meines Kommens anzusprechen. Ich kehrte zu meinem Stuhl zurück und setzte mich. »Vielleicht hätten wir uns auch des Nachtens auf dem Friedhof treffen sollen. Allerdings heute ohne Regen, der am 8. Oktober Ihre konspirative Begegnung so schön umrahmte.«

Der plötzliche Schock sprang dem Kriminalisten direkt aus dem Gesicht. »Was meinen Sie?«

»Ich rede von Ihrem Stelldichein mit Herrn Schürle am Tag nach dem Feiertag, kurz vor Mitternacht, auf dem Zentralfriedhof, bei ekligem Nieselregen.«

Der Genosse Oberleutnant schien etwas an Contenance zurückzugewinnen. »Es tut mir wirklich leid, aber Sie müssen sich irren.«

Ich verspürte keine Lust auf längere Ach-ich-weiß-nicht-was-Sie-meinen-Spielchen und holte den seinerzeit gefundenen Taschenspiegel hervor, den ich eingesteckt hatte. »Der gehört doch Ihnen?«

Jetzt entgleisten Moltner endgültig die Gesichtszüge.

»Ich habe auf dem Ding herrliche Fingerabdrücke sichergestellt. Die gegen die Ihrigen abzugleichen, dürfte kein unüberwindliches Problem darstellen.«

Offensichtlich rang mein Gegenüber mit sich selbst, ob er den verlorenen Kampf verloren geben sollte.

Vielleicht baute ich ihm eine Brücke? »Warum schleppen Sie überhaupt ein solches Frauenutensil in der Tasche herum? So eitel hätte ich Sie nicht eingeschätzt.«

Er habe einmal einen Spiegel gebraucht, erklärte Moltner kleinlaut, um die Atmung eines Bewusstlosen kontrollieren zu können, und in der Eile keinen gefunden. »Seitdem trage ich den kleinen Taschenspiegel eben bei mir.«

Ich holte mein Notizbuch und las in Stichpunkten vor, was ich damals so alles gehört hatte: Berichte für Schürle geschrieben – Geld bekommen – Karriere versprochen – Arbeit vernachlässigt.

»Das mit der vernachlässigten Arbeit stimmt nicht!«, protestierte der Kriminalist. »Schürle übertreibt immer.«

»Wenn meine Notizen stimmen, haben Sie selbst gesagt: ›Für dich habe ich mir stets ein Bein ausgerissen. Das ging nur, weil ich meinen eigentlichen Job auf die leichte Schulter nahm.‹ Dem Stenogramm konnte ich noch immer trauen.«

Moltner schwieg und schaute auf seine Hände, die auf dem Tisch lagen.

»Sie haben irgendwelchen Mist gebaut, und Katja Kessler kam Ihnen auf die Schliche«, vermutete ich laut.

»Nein!«

»Was bringt Sie dann gegen die Frau auf?«

Der Genosse Oberleutnant rutschte auf dem Stuhl hin und her. »Als Polizist muss ich halt für Ordnung sorgen. Solche Krawallmacher wie die Dame verdienen unser aller Verachtung. Diese Art von Leuten hat die Republik dahin gebracht, wo sie jetzt steckt. Lassen wir denen freie Hand, versinken wir immer weiter im Sumpf der Anarchie. Und wer badet das Chaos aus? Die Sicherheitskräfte! Unsereiner freut sich, wenn in der Woche ›nur‹ 60 Stunden Dienst zusammenkommen.«

»Sehr beeindruckend«, lobte ich mit gut hörbarem Spott in der Stimme, »und der Weihnachtsmann lebt am Nordpol.« Ich beugte meinen Oberkörper in Richtung Moltner. »Welche Informationen wollte Frau Kessler Ihnen denn entlocken? Wollte sie doch? Oder haben Sie diesen Vorwurf beim Bürgerforum erfunden?«

»Die Dame hatte sich hier eingeschlichen, um mich auszuhorchen. Worüber, muss ich leider für mich behalten – ist ein Dienstgeheimnis.«

Ich konnte getrost davon ausgehen, dem Genossen Kriminalisten klebte Dreck am Stecken. Der würde niemals mit der Wahrheit herausrücken, schon gar nicht gegenüber einem Journalisten. Doch das schlechte Gewissen, das den Kerl plagte, musste ich mir zunutze machen.

»Darf ich Ihnen ein Geschäft vorschlagen? Ich stelle keine unangenehmen Fragen mehr und Sie lassen Frau Kessler in Ruhe.«

Moltner stand von seinem Platz auf, ging ans Fenster und schaute hinaus. Für einige Sekunden herrschte Schweigen, bevor er forderte: »Dann muss die Dame auch auf weitere Attacken und Straftaten verzichten.«

»Dafür sorge ich.«

Der Oberleutnant der K drehte sich wieder zu mir. »Falls die Kessler erneut straffällig wird, egal durch welches Delikt, komme ich um neue Ermittlungen nicht herum.«

Dem konnte ich kaum widersprechen. »Okay.«

»Ohne, dass Sie mich bedrängen.«

»Und Ihre Geschäfte mit dem Kreissekretär?«

»Müssen wir darüber sprechen?«

Warum sollte ich den Kriminalisten jetzt plattmachen? Eine zweite Quelle hier im VPKA würde mir eher helfen. Aber ich musste ihn fester an die Angel bekommen: »Auf dem Friedhof sprachen Sie von Berichten, die Sie für Herrn Schürle erstellt haben. Bestimmt besitzen Sie Kopien, die könnten Sie in den nächsten Tagen schon mal raussuchen.«

Moltner setzte sich wieder auf seinen Platz. »Falls ich die noch finde.«

»Ich nehme das als ein klares Ja. Jetzt erzählen Sie mir aber, wie viel Geld Ihnen der Kreissekretär gegeben hat.«

»Warum wollen Sie das wissen?«

»Reine Neugier. Spucken Sie die Information aus, und ich gehe.«

Moltner rang förmlich seinen Widerstand nieder und flüsterte schließlich: »3.900 Mark.«

Ganz schön freigiebig, der Herr Politiker. »Auf einen Hieb?«

»Nein, in monatlichen Raten zu 300.«

Also dauerte der Pakt zwischen den beiden 13 Monate. Mal sehen, was sich aus meinem neuen Informanten machen ließ.

Ich stand auf. »Abschließend eine letzte Bitte: Sollte ich einmal Ihre Hilfe benötigen, wären Sie doch so nett?«

»Aber nur gelegentlich.«

»Keine Angst.«

10 – KANN DIE VOLKSSOLIDARITÄT HELFEN?

Donnerstag, der 26.10.1989

Katja erwachte auf dem Sofa. Hatte da irgendetwas geklingelt? Auf einen Wecker verzichtete sie seit ihrer freiberuflichen Tätigkeit. Der Fernseher konnte sie ebenso wenig geweckt haben – der Bildschirm war verrauscht, das Programm begann erst später, die Uhr ging gerade auf halb sieben. Und die Wohnungsklingel? Katja stand auf. Da erinnerte sie sich an den gestrigen Abend. Nach der Direktübertragung zur Besetzung des Tagebaus waren die Informationen in jeder folgenden Sendung spärlicher geflossen. Selbst im Radio hatten die Sprecher die längst bekannten Details zu dem Ereignis wiederholt. Bei solchen Gelegenheiten verfluchte Katja die ungünstige geografische Lage Stralsunds, die den Empfang des Westfernsehens verhinderte. Vielleicht würde es später Neuigkeiten aus Meuro geben, hatte sie gehofft und sich auf dem Sofa ausgestreckt. Uninteressiert hatte sie das Programm verfolgt und war dabei wohl eingeschlafen; deshalb trug sie noch die Sachen von gestern.

Und was hatte sie jetzt geweckt? Ein Klingeln an der Wohnungstür? Katja ging hinaus in den Flur und öffnete – niemand da. Auch egal, falls es wichtig gewesen sein sollte, würde der morgendliche Störenfried wiederkommen. Wer klingelte auch morgens halb sieben bei einer alleinstehenden Frau – bei einer alleinstehenden verheirateten Frau. Der Gedanke an die Trennung von Michael stimmte Katja traurig. Sie schloss die Wohnungstür und ging zurück ins Wohnzimmer, schaltete den verrauschten Fernsehapparat aus und das Radio an, gerade rechtzeitig zu den Nachrichten um halb sieben:

Noch am Abend habe es Gespräche zwischen den protestierenden Werktätigen und Regierungsvertretern in Senftenberg gegeben, die in großer Offenheit geführt und mit einer Vereinbarung abgeschlossen worden seien. Als Zeichen der Zustimmung hätten die Bergleute die Blockade aufgehoben und während der Nachtschicht im Tagebau ein Rekordergebnis erzielt.

Katja erinnerten diese Nachrichten an die Propaganda der zurückliegenden Jahre. Hier standen die Fakten im totalen Widerspruch zu dem, was der Kumpel gestern in seinem Interview gesagt hatte. Wäre sie doch nur ihrer Eingebung gefolgt und hingefahren, dann wüsste sie, wie sich die Ereignisse wirklich entwickelt hatten.

Sicherlich bot die Ostseezeitung auch nur ähnliche Allgemeinplätze. Aber manchmal konnte man zwischen den Zeilen die eine oder andere Wahrheit durchschimmern sehen. Katja ging nach unten zum Briefkasten und zog die Zeitung aus dem Schlitz. Durch die Sichtlöcher der Klappe schimmerte weißes Papier. Von wem bekam sie denn Post? Katja öffnete und nahm zwei zusammengefaltete Zettel sowie einen dünnen Brief vom Rat des Kreises heraus. Mechanisch schloss sie den Postkasten ab und faltete das erste Blatt auseinander:

›Guten Morgen, Langschläferin! Komm mal demnächst bei mir vorbei. Ich habe interessante Neuigkeiten. Peter‹

Also hatte es vorhin doch geklingelt. Na ja, zum Friedhof rauszufahren, stellte kein Problem dar. Die zweite Nachricht war mit einem Klebestreifen zusammengehalten. Katja riss ihn auf und las:

›Sie suchen nach rechtmäßigen Erben von Professor Wastler? Die Volkssolidarität Stralsund betreute ihn. Kommen Sie um elf in die Geschäftsstelle in Knieper West, dort erfahren Sie mehr.‹

Die Nachricht verwirrte Katja. Der pensionierte Arzt gehörte zwar zu den Toten um Olbert, aber sein Erbe wurde nicht angezweifelt. Oder wollte sie jemand auf den Fall hinweisen? Eine Unterschrift fehlte. Sie überlegte: Knieper West lag nur wenige Busminuten vom Friedhof entfernt. Die genaue Adresse der Volkssolidarität konnte sie bei Peter im Telefonbuch nachschlagen. Und bis elf Uhr dürfte sie mit dem Freund alles besprochen haben. Also würde es kaum schaden, dem Hinweis nachzugehen.

Blieb noch der Brief von der Kreisverwaltung. Katja riss den Umschlag auf. Das Amt für Arbeit forderte sie auf, innerhalb der folgenden sieben Tage eine neue Arbeitsstelle zu suchen; andernfalls erwarte sie eine Anzeige nach § 249 StGB. Das Schreiben zitierte den Paragrafen auch gleich:

›§ 249. Beeinträchtigung der öffentlichen Ordnung und Sicherheit durch asoziales Verhalten.

(1) Wer das gesellschaftliche Zusammenleben der Bürger oder die öffentliche Ordnung und Sicherheit beeinträchtigt, indem er sich aus Arbeitsscheu einer geregelten Arbeit entzieht, obwohl er arbeitsfähig ist, wird mit Verurteilung auf Bewährung, Haftstrafe oder mit Freiheitsstrafe bis zu zwei Jahren bestraft.‹

Boh, das war vielleicht ein Ding! An ihre *Pflicht* zur

Arbeit hatte sie überhaupt nicht gedacht. Ihre freiberufliche Tätigkeit für Peter zählte da natürlich wenig. Arbeitsscheue, asoziale Elemente durften von den Behörden keine Nachsicht erwarten. Oberleutnant Moltner würde sich bestimmt liebend gern um diese asoziale Dame kümmern. Und genau deshalb musste sie der Sache nachgehen, und helfen konnte nur Peter. Zum Glück wollte sie sowieso zu ihm.

Der Freund saß in seinem Frühstücksraum und las in einem Buch. Dieser »Frühstücksraum« war eine enge unbeheizte Kammer im Verwaltungstrakt des Friedhofs, in der die Gerätschaften für die Arbeit im Park abgestellt waren. Ein beinahe blindes Fenster ließ nur wenig Licht herein. Peter hatte einen kleinen Tisch und zwei Stühle besorgt, um sich bei schlechtem Wetter oder während der Pausen drinnen halbwegs kommod aufhalten zu können.

»Was liest du denn da?« Katja herzte Peter zur Begrüßung und drehte seine Lektüre so, dass sie den Titel lesen konnte: ›Künstler des Theaters Stralsund‹. »Suchst du nach weiteren Fällen, die ich aufklären soll?«

»Falsch. Ich werde dein Honorar kürzen müssen.« Peter schaute auf die Uhr. »Insgesamt um drei Stunden zu 20 Mark.«

»Du hast für mich recherchiert?«

»Genau. Ich bin auf einen Verwandten von Franz Olbert gestoßen, reiner Zufall. Und jetzt versuche ich, das Bild abzurunden.« Er hob seine Lektüre hoch.

»Erzähle.«

Gestern habe ein Friedhofsbesucher die Ruhestätte des Operettensängers gesucht. Peter habe sie ihm gezeigt. Der Mann sei richtiggehend enttäuscht gewesen über das spartanische Grab.

»Wer war er?«

»Ich hatte ihn nach seinem Namen gefragt, aber keine Antwort erhalten. Ohne mich weiter zu beachten, ist er griesgrämig abgezogen.«

»Warum soll der Besucher ein Verwandter von Franz Olbert gewesen sein? Den kann doch sonst etwas interessiert haben.«

»So schnell gebe ich nicht auf.« Peter habe sich das Autokennzeichen notiert, das aus Berlin stammte. Und bei seinen guten Beziehungen in die Heimatstadt – Peter war dort geboren und aufgewachsen – kenne er jetzt Namen und Anschrift des Besuchers: Doktor Klaus Olbert.

»Ein Kind des Sängers?«

»Nein, dafür kommt der Mann mit 51 Jahren nicht infrage, es handelt sich um den Sohn des älteren Bruders Conrad Olbert.«

»Das haben dir Freunde in der früheren Heimat verraten?«, höhnte Katja. »Deine verdammten Beziehungen nerven mich. Warum hast du mich eigentlich engagiert? Du bekommst doch alles selbst raus. Erzähle Poschmann von dem Mann und er spart mein Honorar.«

»Da irren Sie, Frau Kessler.« Peter zwinkerte Katja zu. »Klaus Olbert ist als Neffe ein Verwandter vierten Grades, die gesetzliche Erbfolge endet jedoch beim dritten Grad.«

»Er könnte mir aber möglicherweise Auskunft über andere Angehörige des Operettensängers geben?«, schlussfolgerte Katja.

»Genau. Damit du hinfahren kannst, borge ich dir meinen Wartburg. Brauchst nicht den Michael um den klapprigen Trabi anbetteln.« Peter drückte ihr den Schlüssel in die Hand. »Der Wagen steht auf dem Parkplatz, nimmst ihn gleich mit.«

Katja freute sich, herzte den Freund und dankte ihm überschwänglich.

»Nun lass mal gut sein«, wehrte Peter ab. »Du erledigst deine Arbeit und ich helfe dir ein wenig.«

»Apropos Arbeit.« Katja holte das Schreiben vom Arbeitsamt aus der Handtasche und gab es Peter.

»Oh, verdammt!«, entgegnete der und zwinkerte ihr zu, »an diesen Amtsschimmel hätte ich denken müssen. Ich kläre das noch heute.«

»Über deine Beziehungen?«

»Als dein Brötchengeber. Und jetzt Schluss mit der Plauderei. Mich ruft die Arbeit.«

Katja verabschiedete sich. Den Hinweis auf die Volkssolidarität verschwieg sie lieber, nachher gab's eine neuerliche Standpauke, sie recherchiere im falschen Fall. In Knieper West vorbeizuschauen, ging ja nun dank Peters Wagen noch leichter. Vorher musste sie die Anschrift heraussuchen; aber jetzt hier das Telefonbuch zu verlangen, würde nur blöde Fragen herausfordern und kam deshalb nicht infrage. Unterwegs fand sie bestimmt eine Telefonzelle. Katja schenkte dem Freund einen Kuss auf die Wange und machte sich auf den Weg.

*

Man müsste den Job hinschmeißen! Die Branche verkam immer mehr zu einem kritiklosen Werkzeug der Mächtigen. Was da über alle Kanäle verbreitet wurde, stank zum Himmel. Und mein Chef kämpfte an vorderster Front für die »Wahrheit«. Mir reichte es jetzt – mich interessierte brennend, welche Ereignisse sich tatsächlich im bestreikten Tagebau ereignet hatten.

Ich meldete mich in der Redaktion ab, suchte meine konspirative Telefonzelle auf und rief einen guten Kollegen in Cottbus an. Meuro als Ort des Geschehens lag im Bezirk Cottbus, und dort konnte die Bevölkerung Westfernsehen empfangen, da würde mir Fritz wohl einiges berichten können. Ich erwischte ihn an seinem Arbeitsplatz. Er verstand meinen Wunsch nach Aufklärung, wollte am Diensttelefon jedoch keinen Klartext reden. Ich sollte ihn in 20 Minuten zu Hause anrufen.

*

Die Geschäftsstelle der Volkssolidarität lag im ersten Stock eines Neubaublocks in Knieper West. Katjas Uhr zeigte kurz vor elf; sie öffnete die Eingangstür und betrat direkt den Empfangsbereich.

Hinter einem Tresen saß eine Frau mittleren Alters. Entsprechend dem Schildchen an ihrer Kostümjacke hieß sie Annegret Becker. »Herzlich willkommen! Was führt Sie zu uns?«

Katja nannte ihren Namen und kam sofort zur Sache: »Mich beschäftigt der Erbfall Professor Doktor Paul Wastler. Sie hatten mir eine Nachricht zukommen lassen, ich erhielte hier weitere Informationen. Er soll durch die Volkssolidarität betreut worden sein.«

»Ja, ich erinnere mich. Der Selbstmord vor einigen Wochen hat uns alle sehr erschreckt. Aber was ich nicht verstehe: Wir haben Sie herbestellt?«

Katja holte den Zettel heraus und reichte ihn Frau Becker. Die nahm das Blatt und überflog die wenigen Zeilen. »Die Nachricht an sich stimmt, doch geschrieben hat sie jemand anderes.«

»Vielleicht einer Ihrer Kollegen?«

»Dann hätte derjenige mich informiert. Nein, wer Sie herbestellt hat, kann ich mir nicht erklären. Tut mir leid.«

»Aber wenn ich schon da bin?« Katja verspürte keine Lust, unnötig Zeit wegen des blöden Zettels zu vergeuden. »Sie sagen mir einfach, was Sie zu Professor Wastler wissen. Wurde er zu Hause betreut?«

»Ja. Einer unserer Helfer ist täglich zu ihm gefahren und hat die wichtigsten Arbeiten im Haushalt erledigt. Bedauerlicherweise hatte sich der Kamerad öfter über seinen Schützling beschwert.«

»Beschwert? Der Professor war schwer zu handhaben?«

»So könnte man sagen, obwohl diese Formulierung den Sachverhalt beschönigt.«

»Kann ich Ihren Mitarbeiter sprechen?«

»Nein, leider nicht.« Der Kollege sei vor vier Wochen in den Süden der Republik gezogen; Namen und Anschrift dürfe Frau Becker niemandem weitergeben.

»Schade.« Eigentlich konnte ihr Wastler egal sein. Mal sehen, was die nette Dame von der Volkssolidarität zu Olbert wusste.

»Hallo Annegret, darf ich kurz stören?« Neben Katja stand ein älterer Herr, der seine Prinz-Heinrich-Mütze lupfte, die Haare mit der anderen Hand nach hinten strich und die Kopfbedeckung wieder schief aufsetzte. »Sie haben nichts dagegen, ich brauche nur eine Auskunft?«

Katja war einverstanden. Der Mann erkundigte sich, ob die Veranstaltung, die er bestreiten würde, bereits ausverkauft sei – er habe da noch vier Interessenten. Die Empfangsdame verneinte, holte aus dem Schrank in ihrem Rücken eine Rolle Eintrittskarten, riss die gewünschte Anzahl ab und reichte sie über den Tresen. »Das Geld gibst du mir später. Ach, Arthur?« Annegret Becker deutete auf Katja. »Die junge Frau fragt nach Professor Wastler. Du kanntest ihn doch?«

»Paul?«

»Wissen Sie etwas?« Katja nannte ihren Namen und erklärte nochmals, den Erbfall des verstorbenen Arztes zu überprüfen.

Der Alte lupfte erneut seine Mütze zum Gruß und stellte sich als Arthur Freese vor. »Gab's Probleme oder Ungereimtheiten?« Er beugte den Oberkörper ein wenig in Katjas Richtung. »Pauls Geld soll ja Vater Staat einkassiert haben. Zu Unrecht?«

»Nein, nein! Meine Erkundigungen folgen einer Routine, die bei nennenswerten Beträgen vorgeschrieben ist.«

»Verstehe. Dann fragen Sie mal, junge Frau.«

»Woher kennen Sie den Professor? Sind Sie Kollegen gewesen?«

»Weit gefehlt.« Freese sei Fischer im Ruhestand und wohne in Saßnitz. Damit ihm nicht die Decke auf den Kopf falle, veranstalte er für die Volkssolidarität unterhaltsame Seemannsnachmittage. »Ein wenig Musik auf dem Schifferklavier, alte Geschichten und ein bisschen Seemannslatein. Sie verstehen?«

Freese besaß ungefähr Katjas Körpergröße und hatte eine kräftige Statur, eben in der Art eines Fischers, der just einem DEFA-Film entstiegen war. Sein noch immer leicht gebräuntes Gesicht zierten zahlreiche Falten. Die grünbraunen Augen leuchteten wie die eines 20-Jährigen. Auf sein Äußeres schien er Wert zu legen; der helle Anzug saß beinahe perfekt.

Katja nickte, sie konnte sich die Nummer des Mannes gut vorstellen.

»Die Senioren sind ja für ein wenig Ablenkung sehr dankbar.«

»Arthurs Auftritte füllen stets die Zuschauerräume«, bestätigte Frau Becker.

»Und woher kennen Sie Professor Wastler?«

»Zwei-, dreimal hatte er im Publikum gesessen. Paul war mir, entschuldigen Sie, wenn ich das so sage, durch sein rücksichtsloses Verhalten anderen gegenüber aufgefallen.« Freese habe ihn einmal darauf angesprochen, woraufhin der ihn zu sich eingeladen habe.

»Sie wissen, wo er gewohnt hat?«

»Ja. Er besaß eine kleine Einraumwohnung in Grünhufe, unweit seiner ehemaligen Wirkungsstätte. Das muss in der Lindenallee 36 gewesen sein.«

Eigentlich interessierte sie Professor Wastler nicht, aber Katja notierte die Anschrift – wer weiß, wozu sie diese einmal brauchen konnte. Sie wandte sich an Frau Becker. »Engagieren Sie auch Künstler vom Theater? Kennen Sie den Sänger Olbert?«

Die Empfangsdame lachte. »Der Franz trat öfter bei uns auf.«

»Ach. Vielleicht sogar mit Ihnen zusammen?«, fragte Katja, an Freese gewandt.

»Wir hatten einen großen Ball für den 30. April geplant«, erklärte Frau Becker, »wo Franz und auch Arthur hätten auftreten sollen. Nach dem Unfall im Schweriner Hof mussten wir die Veranstaltung absagen.«

»Sie kannten ihn also nicht?«, fasste Katja in Richtung des Fischers nach.

»Nein, vielleicht indirekt. Ich hatte einmal einen Auftritt von Herrn Olbert besucht, wollte einfach mal sehen, wie er mit dem Publikum umgeht.«

»Ja, der Franz verstand es, die Gäste mit seinen Operetten in eine heitere Stimmung zu versetzen.«

Freese blickte auf die Uhr. »Oh, entschuldigen Sie, junge Frau, ich muss mich zu meinem Bedauern verabschieden. Mehr kann ich vorerst auch nicht sagen.«

»Warten Sie.« Katja bat Frau Becker um einen Zettel. »Ich schreibe Ihnen meine Adresse auf. Falls Sie mir im Nachhinein noch ein paar Informationen mitteilen wollen.«

»Und Telefon?«, fragte der Fischer.

Besitze sie leider keins. Katja notierte ihre Anschrift.

Freese steckte den Zettel ein und verabschiedete sich, indem er wiederum seine Mütze kurz lupfte.

Katja dankte Frau Becker für die Unterstützung und verließ die Geschäftsstelle. Vielleicht sollte sie gleich weitermachen und im Schweriner Hof nach Details zu dem Schicksalsabend am Rosenmontag fragen.

*

Was mir Fritz bei meinem neuerlichen Anruf berichtete, erklärte die verschobene Berichterstattung der Staatsmedien: Die Braunkohlekumpel in Meuro seien geschickt vorgegangen. Gerade einmal 20 Protestierer hätten einige wichtige Gleise blockiert und so den Schienenverkehr sowie in der Folge die gesamte Kohleförderung zum Erliegen gebracht. In ihrem öffentlichen Brief an die Regierung hätten die Kumpel die Entwicklung der vorangegangenen Tage angeprangert und Garantien für eine tatsächliche Erneuerung im Geiste des Sieben-Punkte-Plans eingefordert.

»Wieso öffentlicher Brief?«, fragte ich irritiert.

»Hier kursierte das Schreiben für knapp eine Stunde. Bei

uns in der Redaktion war auch ein Exemplar eingegangen, dann aber im Safe des Chefs verschwunden.«

»Was passierte am Abend und während der Nacht? Die Nachrichten berichteten am Morgen über die Wiederaufnahme der Produktion und einer Rekordschicht.«

»Die Jungs von den Sicherheitskräften waren wirklich clever«, erklärte Fritz und schnalzte mit der Zunge. »Plötzlich brannte es im Tagebau, und für den Einsatz der Feuerwehr musste die Blockade geräumt werden.«

»Die lassen keinen Trick aus.« Ich schüttelte den Kopf. »Und die Kumpel standen tatenlos dabei?«

Gleich zu Beginn der Löscharbeiten habe man die Anführer zu Gesprächen in die Kreisstadt Senftenberg eingeladen. Dort hätten sie ihre Forderungen erläutern dürfen. Anschließend seien sie in einen Bus verfrachtet und in die Hauptstadt zu einem Treffen mit der Regierung gebracht worden.

»Und sind in Hohenschönhausen gelandet«, vermutete ich. Solche Unruhestifter erst einmal hinter Gitter zu bringen, zählte zur langjährigen Tradition der Sicherheitskräfte.

»Nein, wo denkst du hin? Uns liegen Meldungen vor, die Kumpel seien im Interhotel Berlin abgestiegen.«

»Nobel! Da kann man sie aber nicht ewig festhalten.«

»Das wussten natürlich auch die Sicherheitsleute. Und du glaubst kaum, was die in aller Eile organisiert haben.«

»Komm, erzähl schon!«

Gerade zur Stunde säßen die Männer auf dem Flughafen Schönefeld, um nach Moskau zu fliegen. Der Genosse Gorbatschow wolle mit ihnen persönlich seinen Sieben-Punkte-Plan diskutieren.

»Da haben die in Berlin ja richtig Angst vor denen.« So langsam bildete sich in meinen Gedanken ein vollständiges

Bild der Geschehnisse. »Und wenn die Kohlekumpel erst einmal in Moskau angekommen sind, zeigt man ihnen sämtliche Sehenswürdigkeiten. Das dauert.«

»Die Profis von der Regierung sind aber noch besser. Im Anschluss an den Moskaubesuch fahren unsere Freunde weiter nach Krivoi Rog – zum Erfahrungsaustausch mit sowjetischen Bergarbeitern.«

»Toll. Die sieht so schnell niemand in Meuro wieder. Und die Rekordschicht?«

»In aller Eile wurde ein ganzes Bataillon Armisten eingeflogen, und die mussten ranklotzen.«

Die hohen Tiere in Berlin hatten einfach an jedes Detail gedacht. »Was sagen die Westmedien?«

»Nichts!«

»Nichts?«

»Weder Tagesschau noch heute-Nachrichten erwähnten das Wort Meuro oder Braunkohletagebau oder sonst etwas. Die schwiegen die Aktion tot.«

»Das verstehe, wer will.« Ich konnte mir darauf wirklich keinen Reim machen. Doch irgendwie schien es zur neuen Politik der Bundesrepublik zu passen, die seit Tagen jedem Flüchtling aus der DDR die Einreise verwehrte.

Ich dankte Fritz für seine Auskünfte und beendete das Telefonat. Am liebsten wäre ich schnurstracks in die Redaktion gefahren und hätte einen knackigen Bericht verfasst, aber der wanderte garantiert in den Papierkorb, und ich flog raus. Nein, da musste mir etwas anderes einfallen. Und ich wusste auch schon, was. Die konspirative Aktion, die mir da vorschwebte, wollte aber gut durchdacht und organisiert sein.

*

Im Schweriner Hof hatte Katja Glück, die Chefin nahm sich Zeit für die Besucherin und bat sie in einen kleinen Gastraum. Lediglich fünf Tische mit jeweils vier Sesseln – für eine ungestörte Unterhaltung der Gäste weit genug voneinander entfernt – sorgten für eine beinahe intime Atmosphäre. Dunkelrot geblümte Tapeten und dezentes Licht ausstrahlende Wandleuchten unterstützten den wohligen Eindruck. Schwere Samtvorhänge vor den beiden Fenstern beschatteten den Raum auch jetzt am Tage so sehr, dass die Beleuchtung eingeschaltet werden musste. Ein vielleicht vier Quadratmeter großes Podest in einer der Ecken mochte wohl als Varieté-Bühne dienen.

»Ich mache mir ja solche Vorwürfe, an der Hatz des Mannes beteiligt gewesen zu sein«, gab die Hotelchefin gleich zu Beginn des Gesprächs zu. Ihr Alter schätzte Katja auf Ende 40. Die schulterlangen dunkelroten Haare, deren Farbe Ahornblättern im Spätherbst glich, rahmten das blasse Gesicht effektvoll ein. Lidschatten und Lippenstift waren für Katjas Geschmack zu stark aufgetragen, passten dennoch zu den angenehmen Gesichtszügen, denen einige Falten in den Augenwinkeln einen natürlichen Charakter verliehen.

»Aber der Rosenmontag ist ein solch wichtiger Umsatzbringer«, fuhr die Frau fort, »da muss ein Hotel wie der Schweriner Hof einfach mitmachen. Und echte Künstler wachsen halt nicht auf den Bäumen.« Die Hotelchefin beugte sich ein wenig vor. »Das Angebot wird ja von Jahr zu Jahr schlechter.«

Katja nickte verstehend. »Sollte Herr Olbert in diesem Raum auftreten?«

»Zuerst war ein kurzer Auftritt im großen Saal geplant und danach hier.«

»Beziehen Künstler im Vorfeld ihrer Darbietung immer ein Zimmer?«

»Eher selten, wir haben eine ganz ordentliche Garderobe. Ich kann sie Ihnen gern zeigen.«

»Vielleicht später«, wehrte Katja ab. »Herr Olbert hatte anders entschieden. Wissen Sie, warum?«

Die Hotelchefin überlegte kurz. »Er wollte sowieso übernachten und hatte eben das Zimmer sofort bezogen.«

»Wie lange vor seinem Auftritt traf Franz Olbert im Hotel ein?« Die offenen Antworten gefielen Katja. Die Hotelchefin schien geradezu danach zu lechzen, über das Unglück zu sprechen. Um sich ihre düsteren Gedanken von der Seele zu reden, die sie seit mehr als einem halben Jahr quälten?

»Fast eine Stunde. Ich stand gerade an der Rezeption, als Herr Olbert ankam. Ich begrüßte ihn, wünschte ihm eine entspannende Pause vor dem Auftritt und …« Die Hotelchefin stockte und tupfte ein Spitzentuch über ihre Augen, »… und mahnte zur Pünktlichkeit.«

»Warum, wenn Franz Olbert noch ausreichend Zeit bis zum Auftritt hatte?«

»Ich hätte sensibler sein müssen.« Die Frau putzte mit dem Taschentuch ihre Nase. »Herr Olbert sah abgespannt und müde aus. Ich war einfach besorgt gewesen, er würde einschlafen und so seinen Einsatz verpassen. Sicherheitshalber hatte ich der Rezeption die Anweisung gegeben, zehn Minuten vor Olberts Darbietung bei ihm im Zimmer anzurufen.«

Die Auskünfte der Hotelchefin schienen die bisherige Theorie vom Unfalltod durch Unachtsamkeit zu bestätigen. Doch warum Olbert in Hektik verfallen sein sollte, blieb unklar – immerhin hatte der Sänger eine Stunde Zeit gehabt. Oder war er tatsächlich eingeschlafen und hatte dann in aller

Eile gebadet? In einer solchen Situation würde Katja eine Dusche vorziehen, das ging schneller.

»Wer hatte den Toten wann entdeckt?«

»Meine Befürchtungen bestätigten sich: Olbert reagierte nicht auf den Anruf von der Rezeption. Roswitha, Roswitha Paulke, die arbeitet seit vielen Jahren hier, war sofort zu mir gekommen. Ich bin daraufhin hoch zum Zimmer, habe geklopft, und als keine Antwort kam, geöffnet.« Die Hotelchefin brach ab, offensichtlich bewegte sie der Anblick noch immer.

»Wissen Sie, wie lange Herr Olbert da bereits tot war?«

»Nein.«

Moltner kannte den Todeszeitpunkt garantiert, würde ihn ihr aber wohl kaum verraten. Der Gedanke an den Oberleutnant erschreckte Katja – sie agierte neuerlich als Kommissarin, was ihr Peter strikt untersagt hatte. Aber sie forschte hier nur nach Anhaltspunkten, um die Verhaltensweise des verstorbenen Sängers besser zu verstehen, rechtfertigte Katja ihre Fragerei gegenüber sich selbst.

»Wann hatte Herr Olbert das Zimmer reserviert?«

»Oh, da müsste ich nachsehen.«

»Das wäre schön.«

Die Hotelchefin verließ kurz den Raum und kam mit einem großen Buch zurück. »Roswitha hat die Bestellung entgegengenommen, gleich nach Neujahr.«

»Also rund vier Wochen vor dem Auftritt«, resümierte Katja. »Wann hatten Sie Olbert engagiert?«

»Im Oktober, viel länger darf man da nicht warten.«

»Wenn Herr Olbert hier schlafen wollte, wo hatte er eigentlich gewohnt?«

Die Hotelchefin sah in das Buch. »In Greifswald-Wieck, Am Hafen 21.«

Diese Anschrift benötigte Katja auf jeden Fall, sie notierte die Angaben. Eine Frage, die nur eine Kommissarin stellte, fiel ihr doch noch ein: »Hatte der Künstler Besuch auf seinem Zimmer?«

»Keine Ahnung. An dem Abend war so ein Trubel gewesen. Wenn jemand etwas weiß, dann Roswitha. Möglicherweise wollte Olbert nach getaner Arbeit in trauter Zweisamkeit weiterfeiern, er hatte nämlich ein Doppelzimmer gebucht.«

Diese Bemerkung versah Katja mit einem Ausrufezeichen in ihren Notizen. »Dürfte ich das Zimmer sehen?«

Leider. Die Hotelchefin könne ihr diesen Wunsch nicht erfüllen, weil Gäste darin wohnten.

»Frau Paulke kann ich bestimmt auf ein paar Worte sprechen?«

Auch da müsse sie sie enttäuschen – Roswitha habe ihre freien Tage und komme am Sonnabend wieder. Nein, die Privatadresse von Angestellten behandle die Hotelchefin grundsätzlich vertraulich. »Sosehr ich Ihnen auch helfen würde.«

Im ersten Moment war Katja enttäuscht. Auf den zweiten Blick hatte sie doch einiges erfahren und konnte langsam an den Feierabend denken. Einen Bummel durch die Einkaufszone hatte sie sich jetzt verdient.

Ohne in ein Geschäft einzukehren, erreichte Katja eine Viertelstunde später das Kaufhaus, wo ein Menschenauflauf ihr Interesse weckte – an einem der Schaufenster kamen Leute zusammen, diskutierten miteinander und liefen wieder weg, die meisten ein Papier lesend. Katja ging hinüber.

»Endlich erfährt man mal die Hintergründe«, sagte eine Frau zu einer zweiten.

»Warum verschweigen die Zeitungen die Wahrheit?«, fragte ein älterer Mann.

Auf dem Sims des Schaufensters lag ein Häufchen Zettel, das stetig kleiner wurde. Katja griff zu. In der Hand hielt sie ein Blatt, das mittels Hektografierapparats vervielfältigt worden war, und zwar erst vor kurzer Zeit – der Alkoholgeruch der blauen Schrift war deutlich zu riechen. Aber das interessierte sie noch am wenigsten, die Überschrift zog ihre Blicke magisch an:

›Was im Tagebau Meuro wirklich geschah!‹

*

Mein Flugblatt zur Blockade des Braunkohletagebaus hatte sich gelohnt. Der kleine Stapel auf dem Sims des Kaufhaus-Schaufensters war binnen zehn Minuten vergriffen gewesen. Gern hätte ich viel mehr Kopien hergestellt, aber nur 60 Exemplare geschafft. Auf dem Rückweg von meinem Telefonat mit Fritz war ich zu Hause vorbeigefahren und hatte die Ormig-Druckvorlagen auf meiner privaten Schreibmaschine getippt. Zum Vervielfältigen hatte ich eigentlich in die Schule einer guten Freundin fahren wollen. Ich brauchte sie jedoch nicht zu behelligen, weil mir im Redaktionsbüro Gevatter Zufall half: Der Chef war gegen eins zu einer Krisensitzung nach Rostock gefahren. Eine halbe Stunde später hatte ich den Kollegen erklärt, völlig uneigennützig die Stallwache zu übernehmen, sie könnten alle verschwinden und Überstunden abfeiern. Sofort waren sämtliche Anwesende auseinandergestoben, als stände der Weltuntergang bevor. Einzig Inge, unsere Redaktionssekretärin, hatte nur kurz zum Frisör gehen wollen. Deshalb hatte die Zeit lediglich ausgereicht, 60 Kopien herzustellen.

Auch wenn ich allein gewesen war, hatte ich mir bei jedem Geräusch fast in die Hosen gemacht.

Nach diesem kleinen Abenteuer wollte ich heute die Gelegenheit nutzen, um mich endlich meinem »neuen Freund« Oberleutnant Moltner zuzuwenden. Um seiner Dienste wirklich sicher zu sein, musste ich herausbekommen, in welchen Fällen Katja Kessler ihm in die Quere gekommen sein konnte. Da der Kriminalist Mitglied der MUK war, würde ich mir zunächst die unnatürlichen Todesfälle in unserer Gegend in den zurückliegenden beiden Jahren ansehen. Im Gegensatz zum öffentlich zugänglichen Archiv, das alle herausgegebenen Zeitungen aufbewahrte, beherbergte die interne Ablage alle gedruckten und ebenso die nicht erschienenen Artikel samt den ergänzenden Hintergrundinformationen und Rechercheergebnissen.

Das Resultat meiner Nachforschungen fiel erstaunlich aus: Im besagten Zeitraum hatte es sechs Selbstmorde, acht Arbeitsunfälle mit tödlichem Ausgang, zehn Verkehrstote und neun Tote bei sonstigen Unfällen gegeben – in Summe 33 Ermittlungsverfahren; an 17 war Moltner beteiligt gewesen. Wie sollte ich die alle überprüfen?

Ich klaubte meine Notizen zusammen und setzte mich an einen der Tische, die für Recherchen hier im Archiv vorgesehen waren. Zuerst studierte ich noch einmal die relevanten Schicksale und hoffte auf Gemeinsamkeiten, konnte jedoch keine entdecken. Die Toten in Altersgruppen oder nach Wohngegenden oder entsprechend anderer Kriterien einzuteilen, schien mir wenig sinnvoll: In erster Linie wird wohl der Dienstplan von Moltner die Auswahl getroffen haben, welche Fälle er zu bearbeiten hatte.

Ich überlegte: Wie war Katja Kessler dem Oberleutnant eigentlich begegnet? Sie war mit falscher Legende ins VPKA gegangen – also dürften sich die beiden nicht gekannt haben. Aber warum schnüffelte die junge Frau dem Mann überhaupt hinterher? Hatte der für ihre Entlassung gesorgt? Als was und wo arbeitete sie jetzt? Ob mir Klara helfen konnte? Ich schaute auf die Uhr, die halb acht anzeigte. Bestimmt erwischte ich sie zu Hause – als Abteilungsleiterin des Amtes für Arbeit besaß sie Telefon. Ich klaubte meine Sachen zusammen, ging zurück ins Büro, suchte die Nummer heraus und rief an.

»Ja, Zeise?«

»Wann sieht man dich mal wieder beim Training?«, leitete ich das Gespräch mit etwas Konversation ein. Wir gehörten seit Jahren einer Sektion Seesport an, strebten beide aber weniger nach sportlichen Höchstleistungen und Pokalen, genossen stattdessen das kameradschaftliche Beisammensein während der Wartungsarbeiten an unseren Kuttern, bei Trainingsabenden und Regatten.

»Vor der Saison keinesfalls mehr«, stöhnte Klara, »ich ersticke im Büro in Papier.«

»Wegen deines Jobs rufe ich an: Kennst du eine Katja Kessler?«

Klara lachte in den Hörer. »Wie bist du auf diese Sache gestoßen?«

»Das ist eine längere Geschichte, die erzähle ich ein andermal. Aber warum erinnerst du dich an den Namen? Ich denke, du gehst in Akten unter?«

Klara habe erst heute den Fall abgeschlossen. Die Frau sei durch den VEB Ostseetrans entlassen worden und habe eine entsprechende Meldung beim Amt für Arbeit versäumt. Daraufhin habe sie eine schriftliche Ermahnung erhalten, sich eine Anstellung zu suchen. »Am Nachmittag schneite die Bestätigung bei mir auf den Schreibtisch.«

»Wo arbeitet sie jetzt?«

»Sie überprüft im Auftrag des Nachlassgerichts ältere Erbschaftsfälle.«

»Stimmt das?«

»Ich habe keinen Grund, daran zu zweifeln. Das Papier trägt ordentlich Stempel und Unterschrift.«

»Unterschrift? Von wem?«

»Normalerweise geht dich das nichts an, aber damit ich dich loswerde: Rechtsanwalt Bernd Poschmann.« Klara räusperte sich. »Nur der Vollständigkeit halber: Sollte auch nur das kleinste Detail unseres Telefonats in eurer Zeitung stehen, verliere ich meinen Arbeitsplatz. Die Arbeitsbestätigung der Kessler ist als vertraulich markiert.«

»Du kannst dich auf mich verlassen. Doch was macht Frau Kessler …«

»Holger! Ich habe dir schon viel zu viel verraten. Lass es gut sein. Melde dich mal wieder. Ansonsten sehe ich dich im Frühjahr beim Training. Tschüss!«

Ich dankte Klara und verabschiedete mich. Ihre Informationen halfen mir zwar wenig weiter, aber meine nächsten Schritte in dieser Sache würde ich ein andermal überlegen; für heute war erst einmal Feierabend.

11 – DIE MUTIGEN VOM RÜGENDAMM

Donnerstag, der 26.10.1989

Für die Fahrt nach Berlin hatte Katja dreieinhalb Stunden benötigt; so früh am Morgen war sie bei wenig Verkehr gut vorangekommen. Sie hatte ihre Reise früh genug angetreten, um den Zahnarzt noch vor seiner Sprechstunde um zehn Uhr abzupassen. Wohnung und Praxis schienen im selben Haus zu liegen, da draußen am Gartentor links ein Schild mit dem Namen ›Doktor Klaus Olbert‹ neben einer Klingel hing und rechts die Tafel mit den Informationen zu den Sprechstunden angebracht worden war. Das Grundstück besaß die Größe eines halben Fußballfeldes. Überall wuchs Rasen, den selbst jetzt im Herbst noch kräftiges Grün zierte. Das zweigeschossige Haus umgab ein schmales Kiesbett. Im Garten wuchsen zwei stattliche Rosskastanien, deren kahle Äste sich in den Himmel reckten. Heruntergefallene Blätter waren keine zu sehen. Das dunkelrote Dach des Hauses stand im attraktiven Kontrast zum blütenweißen Putz. Die großen Fenster des Erdgeschosses ließen auf viel Licht im Inneren schließen.

Katja überlegte, was sie sagen wollte, und klingelte. Nach wenigen Sekunden schnarrte ein Türöffner und das Gartentor sprang einen Spalt auf. Katja betrat das Grundstück und lief auf dem gepflegten Kiesweg in Richtung Haustür. Oben auf dem Absatz der dreistufigen Treppe erschien ein Mann von vielleicht 50 Jahren. Die beginnende Halbglatze und das kurze, leuchtend braune Haar bildeten einen unnatürlichen Widerspruch. Den durchdringenden Blick, mit dem ihr der offensichtliche Hausherr gegenübertrat, empfand Katja als unangenehm.

»Die Sprechstunde beginnt in einer Stunde.« Der Hinweis ihres Gegenübers klang wie eine oft benutzte Floskel. »Oder sind Sie ein Notfall?«

»Nein. Mein Name ist Katja Kessler«, stellte sie sich vor. »Spreche ich mit Doktor Klaus Olbert?«

»Ja, warum? Ich kenne Sie nicht, oder?« Olberts Stimme klang distanziert, als müsse er einer verirrten Besucherin den Weg erklären.

Katja bemühte die vorbereitete Legende: »Ich komme vom Zentralfriedhof Stralsund, um die Erbschaft von Herrn Franz Olbert, Ihrem Onkel, zu überprüfen. Ich wollte …«

Mit einer Handbewegung schnitt ihr der Mann oben auf dem Treppenpodest das Wort ab. Sein Gesicht verriet aufkommenden Zorn. »Was bilden Sie sich ein? Habe ich noch nicht genug bezahlt. Stellen mir die Behörden sogar hier in Berlin nach? Wenigstens zu Hause …« Plötzlich brach er sein Gewitter mitten im Satz ab.

Der Ausbruch traf Katja völlig unvorbereitet und schüchterte sie ein.

»Wie schnell laufen Sie die 100 Meter?«, fragte Doktor Olbert unvermittelt. Die hohe Stirn bildete tiefe Querfalten.

»Was? Ich verstehe nicht.«

»Sollten Sie keine Sprinterin sein, wäre jetzt ein Rückzug zum Ausgang empfehlenswert.«

»Aber ich wollte doch nur …«

Erneut schnitt ihr der Mann mit einer Handbewegung das Wort ab. »Hauen Sie ab. Gleich ist es zu spät.«

Verunsichert wich Katja zurück. »Darf ich vielleicht erst einmal …?«

Olbert hielt die rechte Hand gestreckt hoch. »Fünf … vier …« Bei jeder Zahl legte er einen Finger um. »Drei … zwei … eins … null.« Unmittelbar nach der letzten Nummer pfiff er kurz und öffnete die Haustür, die angelehnt gewesen sein musste.

Es mochte keine Sekunde vergangen sein, da huschte ein braunschwarzer Schatten auf den Treppenabsatz, ein Schatten mit spitzen Ohren, mit einer langen Schnauze, mit blitzenden weißen Zähnen und einer rosaroten Zunge, die seitlich aus dem Maul hing. Der Schatten blickte zu seinem Herrchen auf, der kaum wahrnehmbar nickte.

Katja erkannte die Gefahr, sprang zurück, hetzte die wenigen Schritte über den Kies und jagte dem Ausgang entgegen. Schnappte der Schäferhund schon nach ihrer Kleidung? Die Furcht vor der Kreatur, die unaufhörlich näher kam, verlieh ihr einen Impuls. Sie flog förmlich auf die Straße und schlug die Gartenpforte hinter sich ins Schloss. Der bullige Körper des Hundes schoss wie eine Rakete auf der anderen Seite der Begrenzung empor, Katja fürchtete, er werde den Zaun überwinden. Ängstlich wich sie zurück.

Doktor Olbert pfiff neuerlich. Das Kläffen der Bestie verstummte, und das Tier trottete im Trab eines braven Fährtenhundes zu seinem Herrchen. Olbert tätschelte ihm den Hals, und schon verschwand das Prachtexemplar im Haus.

Katja stürmte auf das Gartentor zu. »Der verdammte Köter hätte mich beinahe erwischt!«

Olbert lachte. »Wenn Röschen Sie hätte erwischen sollen, hätte sie Sie auch geschnappt.«

»Aber, aber …« Ihr fiel einfach nichts ein, was sie ob der Unverfrorenheit sagen sollte.

»Jetzt verschwinden Sie. Bestellen Sie Ihrem Herrn Poschmann einen schönen Gruß, den nächsten, der auf meinem Grundstück auftaucht, den erwischt Röschen garantiert. Salü!« Er tippte sich mit Zeige- und Mittelfinger rechts an die Stirn und verschwand im Haus.

Welche Narretei hatte den Kerl geritten? Katja schlug der Puls noch bis in den Hals. Warum hetzte dieser Doktor Olbert einen Köter auf sie? Sie hatte ihm doch nichts getan? Katja überlegte, was der Mensch gesagt hatte: Sie solle Poschmann einen schönen Gruß bestellen? Den nächsten Besucher werde der Hund anfallen? Aber Moment mal! Zunächst war Olbert ihr neutral distanziert gegenübergetreten, wie bei jeder Patientin, die außerhalb der Sprechstunden an der Tür klingelte. Erst als sie den Friedhof in Stralsund und den Onkel des Zahnarztes erwähnt hatte, war der ausgeflippt. Und den Namen Poschmann hatte Olbert ins Spiel gebracht. Je länger sie darüber nachdachte, ein Treffen mit diesem Rechtsanwalt drängte sich nach diesem Erlebnis förmlich auf. Peter musste das ja nicht erfahren. Aber sie brauchte eine gute Legende. Katja schaute missmutig zum Grundstück zurück; hier in Berlin gab es keine Lorbeeren mehr zu ernten – Zeit, in Richtung Heimat aufzubrechen.

Von Greifswald her kommend, endete die Fahrt für Katja in Höhe der Stralsunder Brauerei, die Straße der Befreiung war total verstopft. So etwas hatte Katja noch nie erlebt: 10 Minuten stehen – 50 Meter fahren – 10 Minuten stehen – 50 Meter fahren – 10 Minuten stehen – … Das konnte Stunden dauern, ehe sie nach Hause kam. Beim folgenden Halt stieg sie aus und gesellte sich zu drei jungen Männern, die auf dem Gehweg angeregt miteinander sprachen, während deren Freund im Auto saß und es bei Bedarf vorwärts bewegte.

»Die Idioten verstehe, wer will«, erklärte ein kleiner Jüngling von etwas mehr als 1,50 Meter Körpergröße. Er trug die blonden Haare in einem scharfen Rechtsscheitel.

»Hoffentlich machen die hier ebenso schnell Schluss wie in Meuro«, erwiderte der zweite aus der Runde, der deutlich älter als die anderen beiden aussah, vor allem wegen seines hellen Vollbarts und der buschigen Augenbrauen.

Katja horchte auf. Sie wollte nicht gleich mit der Tür ins Haus fallen und fragte im Ton eines ahnungslosen Backfisches: »Wissen Sie, warum's so schleppend weitergeht?«

»Der Rügendamm ist dicht«, kam die lapidare Antwort.

»Jetzt? Im Spätherbst? Solch ein Stau bei einem stinknormalen Brückenzug? Hat's die Zugbrücke erwischt?«

Der Bartträger schüttelte den Kopf. »Meuro-Nachahmer!«

Sie verstand sofort, was der Mann meinte, konnte es jedoch kaum glauben – gab's in Stralsund ebenso mutige Menschen wie in dem Braunkohletagebau? Um mehr zu erfahren, strapazierte sie noch ein wenig die Rolle des naiven Dummchens. »Meuro?«

»Die Kumpel, die ihre Grube stillgelegt hatten. Hier haben se den Rügendamm dichtgemacht, jedenfalls für die Autos. Kein Dösbattel kommt mehr rauf auf die Insel und kein Fischkopp mehr runter.« Der Bartträger schüttelte neuerlich den Kopf, als bezweifele er das eben Erzählte. »Mal sehen, wie lange der Spuk dauert.«

»Die Bullen machen kein großes Federlesen«, schien der Jüngling überzeugt. »Die Chefs von der Meuro-Blockade haben wenigstens eine hübsche Reise nach Moskau rausgeschlagen.«

»Die Idioten vom Rügendamm bekommen auch 'nen Trip spendiert, aber die schicken die hinter den Ural«, ergänzte der Dritte, der bis jetzt geschwiegen hatte.

»Oder auf die schöne Insel Grönland«, spottete der Bartträger, »da können sie nichts durcheinanderbringen.«

»Bestimmt trainieren die Heinis für Sibirien und Grönland; auf der Brücke frieren die sich doch den Arsch ab.«

Katja glühte innerlich vor Aufregung. »Warum gibt's solch eine Blockade gerade bei uns in Stralsund?«

»Wenig Aufwand, größtmöglicher Nutzen«, antwortete der Jüngling im besserwisserischen Unterton. »Ein paar Hansel reichen, um die Insulaner auf ihrem Eiland wegzusperren.«

Die Begeisterung drohte in Katja überzuschäumen. Beinahe sehnsüchtig hatte sie Nachrichten vom blockierten Tagebau herbeigesehnt! Das Flugblatt war ihr als Heldentat eines Einzelnen vorgekommen. Und jetzt gab's mutige Leute, die die Aktion von Meuro hier in der Stadt wiederholten. Katja musste da hin. Sie bedankte sich bei den Männern und lief zum Wartburg zurück.

Doch wie aus diesem Stau herauskommen? Der Rügendamm ließ sich gut zu Fuß erreichen – vielleicht 500 Meter die Straße rauf und dann auf der Werftstraße noch einmal einen halben Kilometer. Aber wohin mit dem Auto? Sehnsüchtig schaute Katja nach vorn und hoffte, die Blechkarawane vor ihr möge einfach weiterfahren. Da entdeckte sie drei Autolängen vor sich zwei leere Parkplätze – Platz genug, Peters Wagen abzustellen.

Eine halbe Stunde später stand Katja an einer Absperrung der Polizei, die auf Höhe des Rügendammbahnhofs aufgebaut worden war. Von der Blockade war bis zur leichten Linksbiegung der Fahrbahn weiter vorn nichts zu sehen. Bestimmt sperrten die Aktivisten die Straße jenseits der Ziegelgrabenbrücke; jener Klappbrücke, die das Festland auf

Stralsunder Seite mit der Insel Dänholm im Strelasund verband. Erst dahinter führte der eigentliche Rügendamm nach Rügen hinüber.

Die Polizeisperre, an der Katja jetzt stand, erreichte kein Auto mehr, die ganze Werftstraße war abgeriegelt worden. Damit hatten die Sicherheitskräfte auch die Zufahrt zur Volkswerft blockiert.

»Hier können Sie nicht weiter!« Der Volkspolizist gab sich betont freundlich.

»Aber ich wollte doch …«, versuchte Katja eine Ausrede.

»Bedaure«, schüttelte der Gesetzeshüter den Kopf und hob gleichzeitig die Achseln, »ich kann keine Ausnahme machen. Bitte gehen Sie zurück.«

Katja gehorchte, peinlich darauf bedacht, jeden Konflikt mit der Ordnungsmacht zu vermeiden. Kam man irgendwie zu den Besetzern auf der Brücke? Während sie nach einer Möglichkeit suchte, fuhr drüben auf dem Eisenbahngleis ein Zug ungehindert auf den Rügendamm zu. Bestand da eine Lücke in den Sperrmaßnahmen? Katja wollte schon den Polizisten an der Absperrung fragen, aber warum schlafende Hunde wecken? Sie würde sich selbst ein Bild machen.

Katja nickte dem Gesetzeshüter an der Absperrung noch einmal freundlich zu und schlenderte in Richtung Frankendamm zurück. Schon nach wenigen Metern kam links die Abzweigung zur Volkswerft, die unter der Bahnlinie hindurchführte. Katja bog in die Straße ein und zog instinktiv den Kopf ein – jede Sekunde erwartete sie einen Anruf durch die Polizei, der ihren Ausflug stoppen würde. Doch in ihrem Rücken blieb es ruhig, und so lief sie langsam weiter, wie eben eine unbedarfte Spaziergängerin.

Als die Unterführung mit der Durchfahrt in Richtung Werft auftauchte, wollte Katja erst den Damm hochklettern, um neben den Gleisen nach vorn zur Ziegelgrabenbrücke zu gelangen. Aber dann musste sie am Rügendammbahnhof vorbei, und dort wimmelte es garantiert von Polizisten. Sie ging durch die Unterführung, auf deren Rückseite ein Weg entlang des Bahndamms zum Ziegelgraben verlief – dem konnte sie ungehindert folgen, ohne auf einen Gesetzeshüter zu treffen. Keine fünf Minuten später stand Katja am Wasser. Jetzt brauchte sie nur noch auf den Damm hochklettern und über die Gleise zur Blockade vorlaufen.

Aber so einfach wie gedacht ging's nicht. Auf der Straße, die jenseits der Schienen lag, patrouillierten Polizisten. Kaum mehr als zehn Meter weiter vorn begann eine überkopfhohe Stahlwand, die Bahnlinie und Fahrbahn auf der Ziegelgrabenbrücke voneinander trennte. Katja kniete etwas unterhalb der Dammkrone nieder und beobachtete die Streifenpolizisten, um einen geeigneten Zeitpunkt für ihren Sprint zur Trennwand abzuwarten. Gut fünf Minuten später sah sie den richtigen Moment gekommen, sprang auf und stürmte los.

Ihr Einsatz wurde belohnt, schwer atmend erreichte Katja den Gleiskörper auf der Ziegelgrabenbrücke, und niemandem war sie aufgefallen, jedenfalls war der gefürchtete Anruf eines Polizisten ausgeblieben. Ohne Zwischenaufenthalt lief sie weiter, schritt auf den Schwellen zügig aus, um schnellstmöglich auf die andere Seite der Brücke zu gelangen. Kurze Zeit später vernahm sie ein leises Schilpen. Katja blieb stehen und lauschte – da war es schon wieder, dieses lang gezogene Piepsen, das in keiner Weise dem Geräusch eines Vogels ähnelte. Jetzt konnte sie den Ton orten, er kam von unten und schien lauter zu werden. Da ertönte in ihrem Rücken ein durchdringendes Pfeifen. Katja fuhr herum. Mit aufgerissenen Augen starrte sie auf eine Diesellok, die sich aus Richtung Stralsund näherte. Wohin jetzt? An die Stahlwand pressen? Schlechte Idee! Der Luftsog der vorbeirasenden Eisenbahn erfasste sie dann unweigerlich. Bestimmt bremste der Lokführer bereits, aber zum Stillstand kam der Zug keinesfalls mehr. Katja blieb nur eine Chance, die Flucht nach vorn. Sie stürmte los.

*

Unsere Redaktion glich einer Armeekaserne, die ein Gefechtsalarm ereilt hatte. Nachdem die Blockade des Rügendamms vor zwei Stunden begonnen hatte, waren alle Mitarbeiter der Lokalredaktion sofort alarmiert worden. Aus der Zentrale in Rostock hatten uns zehn Invasoren heimgesucht, mit dem Big Boss an der Spitze.

Auf der Fahrt zum Arbeitsplatz wählte ich einen Umweg am Rügendammbahnhof vorbei. Ich spielte den unbedarften Trottel, ignorierte den Bullen an der Sperre und stolperte in Richtung Ziegelgrabenbrücke weiter. Aber der Trick verpuffte erfolglos – gleich drei Uniformierte stellten mich und verlangten meine Papiere. Der Presseausweis, den ich ihnen unter die Nase hielt, weckte bei ihnen erkennbares Misstrauen; die Genossen begleiteten mich wie einen Schwerverbrecher bis vor zur ersten Absperrung am Beginn der Werftstraße.

*

»Haben Sie alle Informationen zusammen?«, schnarrte die Stimme Brandstätters in der Wechselsprechanlage. Klang da Ungeduld mit?

Viktor nahm die vorbereitete Mappe auf und meldete sich. »Ja, gerade eben trudelten die letzten Meldungen ein.«

»Dann kommen Sie rüber.«

Die Uhr ging langsam auf halb zehn am Abend; endlich begann die bereits für den Nachmittag geplante Besprechung. Die Verzögerung war ihm aber zugutegekommen – er hatte jetzt alle Auskünfte beisammen, um gehaltvolle Vorschläge unterbreiten zu können.

Viktor betrat das Arbeitszimmer des Chefs. Zu seinem Erstaunen saß neben Brandstätter nur noch ein Mann mit am Tisch – der Spannemann vom Alten, dieser Alexander Schürle.

»Kommen Sie, Viktor, und nehmen Sie Platz.« Brandstätter deutete auf den Stuhl zur Rechten. »Ich habe den Minister überzeugt, die eigentliche Krisensitzung auf morgen zu verschieben. So finden wir Gelegenheit, die Stralsunder Vorgänge in kleiner Runde zu beleuchten.«

Viktor begrüßte die beiden Männer per Handschlag und setzte sich. Brandstätter erklärte, Alexander sei erst vor einer Stunde eingetroffen und bringe die neuesten Nachrichten von der Blockade des Rügendamms mit.

Der Alte duzte den Emporkömmling bereits, stellte Viktor erstaunt fest. Dann würde dieser Schürle auch schnell Karriere machen; oder er begleitete seinen Gönner auf kürzestem Wege in den Ausguss der Geschichte, falls der Wind doch noch drehte.

»Alexander gibt uns erst einmal einen Überblick über die Situation«, erklärte der Chef und erteilte dem Wunderknaben aus Stralsund das Wort.

Schürle besaß Talent, Fakten und Hintergründe eines Ereignisses zu analysieren und präzise Zusammenhänge abzuleiten. Die geschwollenen Nichtigkeiten, die Viktor vor zehn Tagen noch von dem Mann bei der Konferenz gehört hatte, ließ der heute weg. Der Wunderknabe aus der Provinz besaß wirklich Talent. Aber damit allein würde er in dieser Runde kaum punkten können – offensichtlich fehlten ihm die Kenntnisse zu einigen Details, auf die Viktor reflektierte.

Alexander beendete seinen Bericht.

»Fragen?« Brandstätter schaute Viktor an.

»Ja, hier und da wünschte ich mir eine Konkretisierung.«

»Ach so?«

»Ich vermisse in Ihrer Zusammenfassung«, wandte sich Viktor an Schürle, »einen Hinweis auf das Flugblatt, welches gestern am späten Nachmittag in der Fußgängerzone von Stralsund aufgetaucht war.«

»Wir reden doch über die Blockade des Rügendamms?«, erwiderte Schürle im Ton eines gütigen Lehrers.

»Die Schmähschrift behandelt die Vorgänge im Tagebau Meuro. Sehen Sie da keine Zusammenhänge?«

»Nein.«

»Meine Informationen besagen, dass einen gewissen Thomas Hennicke genau dieses Flugblatt inspiriert hatte, aus Solidarität mit den Kohlekumpeln eine ähnliche Blockade zu inszenieren.«

»Dann wissen Sie mehr als ich.« Der gütige Lehrer Schürle wandelte seinen Habitus in den eines trotzigen Knaben.

»Den Verfasser des Schriftstückes kennt also auch noch niemand?«, fasste Viktor nach.

»In Stralsund gibt es Hunderte von Hektografiergeräten«, entschuldigte sich der Günstling des Chefs.

»Allerdings nur *eine* Schreibmaschine mit *dem* charakteristischen Schriftbild.« Viktor hatte Blut geleckt – jeder Satz ließ ihn das Duell mehr und mehr genießen.

»Kriminaltechnische Untersuchungen gehören nicht zu meinen Aufgaben.«

Na warte, mein Freundchen, frohlockte Viktor, jetzt folgt der Todesstoß: »Die Kriminalpolizei untersteht Ihrer Behörde! Oder?«

»Wir sollten zum Wesentlichen zurückkommen«, grätschte Brandstätter dazwischen. Weniger verärgert, aber dennoch resolut. Bestimmt verbuchte er dieses kleine Intermezzo als Lehrstunde für seinen Schützling. »Jetzt dürfen Sie Ihre Professionalität demonstrieren, Viktor. Was schlagen Sie vor?«

»Wir beenden den Zinnober und räumen die Blockade, morgen im Laufe des Tages, in aller Öffentlichkeit. Das Fernsehen lässt sich wohl kurzfristig aktivieren?«

»Mit welcher Begründung? Das Eingreifen der Sicherheitskräfte führt geradewegs zur Explosion.« Schürles Augen leuchteten. Glaubte der wirklich, jetzt Rache nehmen zu können?

»Klingt so unwahrscheinlich nicht! Nicht?« Brandstätter lauerte auf die Antwort seines Mitarbeiters.

»Nur ein Trottel weckt den Volkszorn. Wir gehen diffiziler vor und ermitteln im Fall einer Straftat.« Viktor verfüge über Informationen, eine Frau Katja Kessler sei heute um 15.15 Uhr in der Blockadestellung aufgetaucht. Obwohl das Terrain abgesperrt sei. Zuvor habe sich auf den Gleisen der Ziegelgrabenbrücke ein Zwischenfall ereignet. Um 15.07 Uhr habe der Lokführer eines Güterzugs eine Gefahrenbremsung einleiten müssen, eine weibliche Person sei auf dem Gleiskörper unterwegs gewesen. Die Fremde sei dann geflüchtet. »Die Sicherheitskräfte konnten niemanden finden, der diesen Stunt auf den Schienen gewagt hatte. Sicherlich hatten Ihre Leute gründlich gesucht, Herr Schürle, aber die Blockadestellung auf dem Rügendamm wohl ausgeklammert?«

»Das Vergehen wird die Frau abstreiten«, konterte der Spannemann des Alten.

»Dann muss sie uns darlegen, warum wir ihre Fingerabdrücke auf der Trennwand der Ziegelgrabenbrücke gefunden haben.«

»Woher kennt man die daktylogischen Spuren der Dame?«, wollte Brandstätter wissen.

»Das kann Ihnen Herr Schürle sehr schön erklären, er hat Frau Kessler kürzlich wegen ihrer ›kriminellen Vergangenheit‹ öffentlich hinrichten lassen.«

Erst zögerte der Hoffnungsträger aus Stralsund, berichtete dann aber von einem Bürgerforum und Katja Kesslers Begeisterung für Republikflüchtlinge.

»Dass Sie dem Oberleutnant Moltner nicht ins Wort gefallen sind und ihn ausgebremst haben, imponiert mir«, lobte Viktor. »Ein Weichei hätte die Nerven verloren und wäre eingeschritten.«

»Und das wollen Sie jetzt ausnutzen?«, fragte Schürle patzig.

»Sehr wohl. Der Spaziergang auf den Gleisen der Ziegelgrabenbrücke bringt die Kessler hinter Gitter. Ein strammer Staatsanwalt macht daraus § 198 (3) ›Angriffe auf das Verkehrswesen‹, und die Dame geht für mehr als fünf Jahre in den Knast.« Viktor schwieg kurz. Das Unbehagen des Emporkömmlings trieb ihm eine Blässe auf Wangen und Stirn, als leide er an der Seekrankheit. »Wir verhaften die Frau und nehmen die Blockierer gleich mit ins Präsidium – natürlich ausschließlich als Zeugen. Während Moltner und Genossen die Straftat untersuchen, räumen deren Kollegen die Blockade weg.«

»Perfekter Plan«, lobte Brandstätter.

»Ich kann dem Vorschlag schwerlich zustimmen«, wehrte sich Schürle. »Brechen wir den Protest mit solch einer

Dimension wiederum mittels dieser Katja Kessler, kocht die Volksseele.«

»Sie befürchten doch nur«, konterte Viktor, »sich neuerlich an dem Schätzchen die Hände schmutzig zu machen. Dann ist Schluss mit dem Image des Strahlemanns, den die Zeitung wöchentlich mehrmals preist.«

Schürle schwieg.

»Solche Rücksichten dürften Sie kaum mehr rühren, Sie kommen doch sowieso nach Berlin. Spätestens dann müssen Sie die mädchenhaften Skrupel ablegen, sonst ersaufen Sie in diesem Haifischbecken hier.«

»Was schlägst du vor?« Dem Chef schien wirklich einiges an dem Schürle zu liegen.

»Wir ignorieren die Blockade«, erwiderte der Hoffnungsträger umgehend. Die Bahnlinie sei frei befahrbar, und der Güterverkehr zum Fährhafen Mukran rolle ungehindert. Die Versorgung der Insel sei gewährleistet. Urlauber gäbe es jetzt im Herbst kaum mehr. Und wer unbedingt nach Rügen fahren oder von der Insel aufs Festland kommen wolle, könne den Zug nehmen. »Ab Mitte kommender Woche pendeln halbstündlich Fährschiffe zwischen Stralsund und Altefähr.«

»Das wäre eine Möglichkeit«, gestand Viktor dem Widersacher zu, »aber warum sollten wir diese Chance auslassen, weiteren Trittbrettfahrern irgendwo im Land die Lust zu verderben? Diese Katja Kessler schickt uns der Himmel.«

»Und hätten die Blockierer die Dame weggeschickt?«

Was sollte denn dieser blöde Einwurf des Alten?, fragte sich Viktor. Was führte der im Schilde? »Dann darf Herr Schürle seinen Plan B durchziehen«, lenkte er ein.

»Ein klares Wort.« Brandstätter richtete den Oberkörper auf. »Du, Alexander, bereitest die Aktion in Stralsund so vor, wie Viktor sie vorgeschlagen hat. Fahre bitte sofort zurück.«

»Selbstverständlich.« Der Emporkömmling hatte wohl seinen Widerstand aufgegeben.

»Und Sie, Viktor, bringen unsere Planung morgen durch die Ministerrunde. Damit uns Probleme erspart bleiben, muss ich heute noch telefonieren.« Brandstätter sah den Ziehsohn an. »Die Aktion läuft am Nachmittag. Vorher lässt du feststellen, ob diese Katja Kessler sich auch tatsächlich in der Blockadestellung aufhält. Falls nicht, kommt Plan B zur Anwendung.«

Viktor glaubte kaum, was er da hörte: Der Chef baute dem Kerl aus Stralsund eine massive goldene Brücke, kaum zu glauben. Garantiert wusste der, was zu tun war.

Schürle grinste auch prompt und spendierte seinem Widersacher ein dreckiges Grinsen. »Verstehe.«

»Dann macht euch an die Arbeit.« Brandstätter löste die Sitzung auf, indem er aufstand.

Die beiden Männer am Tisch folgten dem Beispiel des Chefs.

»Ach, Viktor?« Der Chef sah ihn an. »Was ist bei dem Kontakt von Charlie mit der Quelle rausgekommen?«

»Nichts! Der Kontaktmann lag 500 Meter vom vereinbarten Treffpunkt tot im Gebüsch, ermordet.«

»Also verfolgen wir die richtige Spur?«

»Scheint so«, bestätigte Viktor. »Wir bleiben dran.«

12 – WAS PLANT DER KRISENSTAB?

Freitag, der 27.10.89

Zu tun gab's für mich am zweiten Tag der Rügendammbesetzung immer noch nichts – alles Chefsache. Ich hockte an meinem Schreibtisch, blendete das Wirrwarr um mich herum aus und ordnete meine Notizen von älteren Recherchen. Immer mal wieder schaute ich zu den großen Fenstern vom Büro des Chefredakteurs, wo ständig mindestens sechs Leute tagten. Was die zu besprechen hatten, war mir gestern schon unerklärlich geblieben, da keinerlei Informationen zu uns durchdrangen, der Krisenstab hatte natürlich eine Informationssperre verhängt.

Um die Zeit wenigstens sinnvoll zu nutzen, überlegte ich, auf den Zentralfriedhof hinauszufahren, um meine Privatrecherchen im Fall Kessler/Moltner voranzutreiben. Da klingelte das Telefon.

Ich nahm ab: »Ja? Bräsig, Ostseezeitung.«

»Prima, Sie direkt zu erreichen. Ich dachte, alle Journalisten belagern den Rügendamm?«

»Herr Schürle!« Die Stimme des Politpromis würde ich unter Hunderten erkennen. »Was verschafft mir die Ehre?«

»Kennen Sie Details der Blockade draußen am Strelasund?« Die Stimme des Kreissekretärs klang durchaus ernst.

»Leider nicht! Oder wurde die Nachrichtensperre aufgehoben?«

»Nein! Dennoch kann ich Ihnen einiges erzählen, hören Sie gut zu: Die Dame, die gestern auf den Gleisen der Ziegelgrabenbrücke spazieren ging, heißt Katja Kessler. Sie erinnern sich an den Namen?«

»Selbstverständlich.« Worauf wollte Schürle hinaus?

»Nachdem einer der Posten die Frau um 14.40 Uhr an der Polizeiabsperrung abgewiesen hatte, war sie über die Bahngleise auf den Dänholm gelaufen und gegen 15.15 Uhr in der Blockadestellung aufgetaucht.«

»Weshalb erzählen Sie mir das?«

»Die Kessler liegt Ihnen doch am Herzen, wie ich hörte. Gehen Sie hin und holen Sie die Dame bei ihren neuen Freunden raus.«

»Um sie anschließend im VPKA abzuliefern?«

»Das könnte die Polizei einfacher haben, ohne Ihre Hilfe.«

Da hatte er zweifelsfrei recht. »Warum also die Umstände?«

»Im Krisenstab herrscht Hilfslosigkeit, in welcher Art man gegen die Rügendammkommune vorgehen sollte.« Die Rädelsführer neuerlich ins Ausland abzuschieben, scheide aus – also brauche man eine andere Idee. Die eine Fraktion unter den Verantwortlichen wolle die Aktivisten aushungern. Spätestens in ein paar Wochen werde es da oben auf der Brücke richtig ungemütlich. »Am Sonntag verschwinden auch die Polizeisperren, dann bekommen die Blockierer den Unmut der Bevölkerung direkt zu spüren. Eine ausgeklügelte Hinhaltetaktik von Seiten der Politik zermürbt die ›Helden‹ zusätzlich – hier mal eine Einladung ins Rathaus, da mal eine in die Kreisverwaltung, und so weiter, und so weiter.«

»Und ein anderer Teil des Krisenstabs verfolgt eine Variante, die Frau Kessler betrifft?«, vermutete ich.

»Richtig. Die Scharfmacher wollen die Blockierer hochgehen lassen, mit Stumpf und Stiel ausrotten. Aber für ein solches Vorgehen braucht es eines plausiblen Anlasses, um loszuschlagen.«

»Den Katja Kessler liefert?«

»Sehr wohl. Ihr Spaziergang auf den Gleisen der Ziegelgrabenbrücke wertet jeder Staatsanwalt als Angriff auf das Verkehrswesen. Nach § 198 (3) wandert die gute Frau für mehr als fünf Jahre in den Knast.«

Dieser Schürle konnte einem ja richtig Angst einjagen.

»Gegen Mittag geht eine Delegation der Stadt zu den Aktivisten, um mit ihnen über deren Forderungen zu sprechen. Einer von den Parlamentariern wird heimlich Fotos machen«, erklärte der Kreissekretär weiter. »Entdecken die anschließend die Kessler auf den Bildern – wovon die Scharfmacher überzeugt sind – nimmt das Verhängnis seinen Lauf. Glänzt die Dame allerdings durch Abwesenheit, fehlt der Anlass für einen Zugriff – die anderen Blockierer sind sauber, das habe ich überprüft.«

»Was geschieht mit Frau Kessler, falls ich sie da raushole?«

»Ich habe kein Interesse mehr an ihr.«

»Und die Ermittlungen wegen des Vorfalls auf den Gleisen?«

»Da kein Schaden entstand, werden die Behörden schnell ihre Untersuchungen einstellen, sollten sich die wenigen Spuren im Nebel verlieren. Ich habe den Namen der Frau bereits vergessen.«

»Welche Intensionen verfolgen Sie wirklich?«

»Ich gehöre halt zur Fraktion, die die Hinhaltetaktik präferiert.«

»Sie sind um Ihre Reputation besorgt«, gab ich unumwunden zurück. »Geht hier in Stralsund nur das Geringste schief, dürfte sich Ihre Karriere in Berlin in Luft auflösen.«

Schürle schwieg.

»Was, wenn ich keine Neigung verspüre und Ihnen den Gefallen verwehre?«

»Dann würde ich mich fragen, wer das Flugblatt mit den Informationen über Meuro geschrieben hat.«

Der Mann konnte einem wirklich Angst einjagen. Zur Abwechslung hielt ich jetzt den Mund.

»Haben Sie Ihre Schreibmaschine gut versteckt?«, legte Schürle nach.

Der klopft doch nur auf den Busch, machte ich mir Mut. »Sicherlich besitzen Sie Beweise für Ihre Beschuldigungen?«

»Lassen Sie uns beim Thema bleiben: Holen Sie die Kessler am Rügendamm raus?« Der Kreissekretär erwartete offensichtlich eine unzweideutige Antwort.

Mein Vorrat an Bedenken war noch nicht erschöpft: »Was, wenn sie alle Vorwürfe abstreitet?«

»Fragen Sie sie nach ihrem Alibi für die Zeit um 15 Uhr. Sollte sie eins erfinden, fragen Sie, wie die Fingerabdrücke der Dame auf die Trennwand neben den Gleisen auf der Brücke kommen.«

Dann blieb nur noch ein Problem. »Die Bullen werden mich hopsnehmen, sollte ich Durchlass zur Blockade verlangen; die haben mich bereits gestern als Störenfried registriert.«

»Das kläre ich, Ihr Presseausweis wird Ihnen den Weg ebnen. Holen Sie die Kessler da raus?«

»Ich versuch's.«

»Gegen zehn ist alles organisiert«, erklärte Schürle mit befriedigtem Unterton. »Um zwölf muss die Kessler verschwunden sein.«

*

»Katja? Komm bitte mal.« Thomas winkte sie zu sich heran.

Katja stand von ihrem Campingstuhl auf und ging zum Sprecher ihrer Gruppe hinüber.

»Übernimmst du zusammen mit Nicole ab zehn Uhr die Wache auf der Südseite?«

»Ja, klar.«

Um die Straße auf dem Rügendamm zu blockieren, hatten die Aktivisten rot-weiße Sperrgitter aufgestellt, wie man sie vom Straßenbau kannte. Diese waren im Abstand von 20 Metern quer über die gesamte Straßenbreite hinweg postiert worden; in dem Zwischenraum hielt sich die Gruppe der 14 Freunde auf. Die Blockade hatten sie ein wenig nördlich der Einfahrt zur Marinebasis errichtet, die hier auf dem Dänholm lag. Somit könnte der Verkehr dorthin rollen, wenn die Polizei ihre Absperrung am Rügendammbahnhof aufgab. An der von den Aktivisten ausgewählten Stelle boten die Bäume auf beiden Seiten auch etwas Schutz vor dem Wind, der stetig über den Sund wehte.

Am Straßenrand standen zwei graugrüne Armeezelte, in denen die Verpflegung lagerte, wo gekocht wurde und wo die wachfreien Kameraden in der Nacht schliefen. Auf der gegenüberliegenden Straßenseite dienten drei Campingtische mit jeweils vier Campingstühlen als Pausenplatz für diejenigen, die gerade keiner Aufgabe nachgingen.

An der Sperre auf der Nordseite, zur Insel Rügen hin, und auf der Südseite, wo es nach Stralsund ging, hielten je zwei von ihnen Ausschau, ob sich irgendjemand näherte. Wegen der Polizeisperren, die auf beiden Seiten jeglichen Verkehr vom Rügendamm fernhielten, waren die Wachen gegenwärtig zwar nicht notwendig, aber die Situation konnte sich jederzeit ändern.

»Um 14 Uhr werdet ihr abgelöst«, ergänzte Thomas.

Er nahm die Rolle als Wortführer der Gruppe sehr ernst. Jede Minute hielt er Augen und Ohren offen, schlichtete aufkommenden Streit bereits im Ansatz und setzte eine kompromisslose Organisation durch – alle Kameraden wussten, was sie wann zu erledigen hatten. Mit seiner stattlichen Größe von über 1,90 Metern und der hageren Gestalt schien er schon körperlich für seine Aufgabe bestens geeignet; er überragte die Gruppenmitglieder allesamt und besaß die notwendige Agilität, um rechtzeitig an den Brennpunkten aufzutauchen. Nur die stets ungekämmten braunen Haare, die Thomas ziemlich lang trug, passten nicht zu seiner Ordnungsliebe.

Gestern hatte er auch in der Gruppe durchgesetzt, dass Katja aufgenommen wurde, obwohl die meisten dagegen gewesen waren. Sie seien eine eingeschworene Truppe, in der jeder jeden kenne, und die Beteiligung von Fremden an der Blockade sei vor Beginn der Aktion ausgeschlossen worden. Thomas hatte Katjas Schicksal herausgestellt, hatte ihre Demütigung während des Bürgerforums aus eigenem Erleben beschrieben und so Katjas Aufnahme in den Kreis der Aktivisten erreicht.

»Danach bist du wieder zwischen zwei und sechs morgen früh dran«, las Thomas von einem Zettel ab, den er aus der Brusttasche seines Hemdes gezogen hatte.

»Kein Problem«, erwiderte Katja. Sie quälte eine Frage. »Die Einsatzkräfte werden uns hier wegräumen, oder? Was denkst du, wann die kommen?«

Thomas zuckte die Achseln. »Ich habe leider keine Ahnung. Mir wäre wohler, könnte ich mir einen Reim darauf machen, warum seit gestern niemand aufgekreuzt ist. In Meuro hatte es schon nach wenigen Stunden erste Gespräche gegeben.«

Wenn ihn auch selbst offene Fragen bewegten, lag in Thomas' Stimme kein Hauch von Unsicherheit, was Katjas Angst milderte. »Bei uns werden sie eine andere Taktik anwenden?«, vermutete sie.

»Garantiert. Vorerst können wir nur abwarten. Du hast hoffentlich Zeit mitgebracht?«

»Auf mich wartet niemand«, antwortete Katja schnell. Peter vermisste bestimmt seinen Wartburg, aber so dringend brauchte er ihn wohl kaum, fuhr er doch jeden Tag mit dem Fahrrad zur Arbeit. Und diese Roswitha Paulke vom Hotel Schweriner Hof konnte sie auch später noch befragen. Jetzt hatte die Gruppe der Gleichgesinnten sie aufgenommen, und sie würde die gemeinsame Aktion nach Kräften unterstützen.

»Ich denke mal, spätestens am Nachmittag werden die Honoratioren der Stadt von sich hören lassen.«

»Und bis dahin machen wir business as usual«, erwiderte Katja in einem möglichst aufmunternden Ton, um gegenüber Thomas ihre Loyalität zu beteuern. »Um zehn stehe ich vorn an der Absperrung.«

Er nickte, schaute noch einmal auf seine Zettel und lief im nächsten Moment zu einem der Zelte hinüber.

*

Die Uhr zeigte fünf vor zehn, ich verließ meinen Schreibtisch. Der Plan, wie ich vorgehen würde, hatte in der letzten Stunde Konturen angenommen. Am meisten hatte mich die Frage geplagt: Warum sollte Katja Kessler mir glauben, warum überhaupt mit mir reden? Immerhin hatte ich sie in der Ostseezeitung öffentlich an den Pranger gestellt. Glücklicherweise war mir eine Lösung eingefallen: Ich würde jetzt gleich zu Hause vorbeifahren, um mir meinen »Sonderausweis« zu holen.

Ich packte Notizblock und Kamera ein und ging zur Redaktionssekretärin Inge, um mich abzumelden. »Ich fahre raus zum Rügendamm.«

Erstaunt schaute sie mich an. »Da musst du aber erst beim Chef reinschauen. Um den Brennpunkt kümmern sich doch die Herren aus Rostock!«

»Kein Problem.« Ich hatte mich entschlossen, mein Ziel offen zu nennen, um hinterher auch einen Beitrag schreiben zu können.

Ich klopfte kurz an und trat ein. Im Büro redeten fünf Männer lebhaft und lautstark aufeinander ein.

Mein Chef hob neugierig den Kopf. »Bräsig?«

»Ich fahr zum Rügendamm.«

»Vergessen Sie's. Da kommt niemand durch die Polizeiabsperrung«, belehrte mich der Alte.

»Ich schon.«

Wie im Theater, wenn der Dirigent nach dem Stimmen der Instrumente mit seinem Taktstock auf das Pult tippte und augenblicklich Ruhe herrschte, verstimmten schlagartig die Gespräche, und alle starrten mich an.

»Ach so? Sie als unser Starreporter?«, spottete der Chef.

»Man muss nur die richtigen Leute kennen.«

»Die lassen Sie bis zur Blockadestellung vor?«, wollte einer der Herren aus Rostock wissen.

»Ja.«

»Ich komme mit!« Der Rostocker stand auf.

»Nein! Ausschließlich mein Presseausweis öffnet die Schranken, und nur für mich allein. Es nützt auch nichts, wenn Sie meinen Ausweis benutzen wollen, die Genossen der Volkspolizei kennen mich.«

»Nach Ihrer Rückkehr berichten Sie aber detailliert«, ereiferte sich der Chef in einem Ton, als erkläre der Vater seinem Sohn die Verhaltensregeln für die bevorstehende Klassenfahrt. »Wir erwarten anschließend einen ausführlichen Text.«

»Selbstverständlich.« Ich machte auf den Hacken kehrt, verließ das Büro und schlug die Tür zu. Inge zwinkerte ich im Vorbeigehen zu. »Bis nachher.«

Bevor ich mich der Polizeisperre näherte, erkundete ich das Umfeld der Zufahrt zum Rügendamm. Um die Gefahr einer strafrechtlichen Verfolgung für Katja Kessler zu minimieren, durfte sie niemals in der Blockadestellung gewesen sein, durften wir beide auf keinen Fall gemeinsam von dort zurückkommen; also musste ich für die junge Frau einen Schleichweg finden. Zehn Minuten später war auch das Problem gelöst und ich konnte meine Mission beginnen.

Der Uniformierte an der Polizeisperre ließ mich tatsächlich ohne Probleme passieren. Die Ziegelgrabenbrücke war schnell erreicht. Es war richtig komisch, hier so allein über die Straße zu wandeln, auf der ansonsten der Verkehr niemals zum Erliegen kam. Ich machte einige Aufnahmen. Rechts tauchte wenig später der Abzweig zur Marinebasis auf, und gleich dahinter hatten die Aktivisten wohl ihre Straßensperre aufgebaut. Allem Anschein nach waren sie sehr umsichtig vorgegangen und vermieden so einen Vorwand, wegen Behinderung der Streitkräfte die Blockade räumen zu lassen. Zog die Volkspolizei irgendwann ab, konnte man die Marinebasis von der Stadt her problemlos erreichen.

Aber diese Details durften mich jetzt nur am Rande interessieren. Ich konzentrierte meinen Blick auf die Absperrung aus rot-weißen Gittern, hinter denen zwei Frauen standen und miteinander diskutierten. Garantiert redeten sie über mich – musste ich doch seit gestern der Erste sein, der sich näherte. Im Näherkommen erkannte ich diejenige, derentwegen ich hergekommen war.

»Frau Kessler?«, sprach ich sie an.

»Ja? Zu wem wollen Sie?«

»Mein Name ist Holger Bräsig, ich arbeite für die …«

»Ostseezeitung«, ergänzte sie dermaßen abweisend, als hätte ich sie soeben beleidigt. Sie erinnerte sich an mich, an meinen Artikel zum Bürgerforum. Warum auch nicht? Hätte über mich jemand so viel Müll ausgeschüttet, ich würde mich bis zu meinem Lebensende an diesen Menschen erinnern.

»Ich muss Sie unbedingt sprechen.«

»Nicole, kümmere dich bitte um den Herrn«, bat Frau Kessler ihre Gefährtin und trat demonstrativ zur Seite.

Da halfen mir wohl die besten Überredungskünste wenig, ich musste meinem Plan B folgen. Dieser Nicole zeigte ich meinen Presseausweis und fragte nach dem Wortführer ihrer Gruppe. Sie drehte sich um, schaute in die Runde und rief den Namen Thomas. Ein langer, schlaksiger Mann von Anfang 30 kam auf uns zu. Ich stellte mich erneut als Journalisten der Ostseezeitung vor.

»Schickt Sie irgendjemand vom Krisenstab, der laut Rundfunkmeldungen gebildet wurde?«

»Nein! Ich komme mit einer wichtigen Nachricht für Ihre Gruppe, Frau Kessler betreffend.«

»Stellen Sie ihr auch hier nach? Ich habe Ihren Artikel über Katja gelesen, reichte der noch nicht? Und jetzt kommen Sie mit wichtigen Informationen? Warum soll ich Ihnen trauen?«

Diese Reaktion hatte ich erwartet, ich holte meinen »Sonderausweis« hervor und reichte Thomas das A4-Blatt. »Vielleicht überzeugt Sie das von meiner Redlichkeit?«

Voller Erstaunen nahm der Mann die Ormig-Vorlage des

Flugblattes, die er offensichtlich sofort erkannt hatte. »*Sie* haben das geschrieben?« In seinen wenigen Worten lagen Hochachtung und Bewunderung.

»Ja.«

»Ihr Bericht hat unsere Aktion hier mit ausgelöst.«

»Ich weiß. Und jetzt komme ich, um Sie vor drohender Gefahr zu warnen.«

»Da müssen Sie schon deutlicher werden.«

Ich erzählte von den beiden widersprüchlichen Strategien des Krisenstabs, stellte mein Wissen jedoch als Ergebnisse eigener Recherchen dar, um nicht einmal den Anschein zu erwecken, als Erfüllungsgehilfe irgendwelcher Mandatsträger hergekommen zu sein.

»Wenn Katja geht, lassen die uns in Ruhe?«, fragte Thomas, als ich meinen Kurzbericht beendet hatte.

»Ja. Sie müssen aber viel Geduld und Stehvermögen aufbringen.«

Der Wortführer der Aktivisten nickte und schaute zu Frau Kessler hinüber, die mit Nicole auf der anderen Straßenseite stand. »Ich kann sie doch nicht einfach wegschicken! Sie hatte sich in Gefahr begeben und ist jetzt eine der Eifrigsten.«

»Ich überzeuge sie«, beschwor ich mein Gegenüber. »Sie müssen nur dafür sorgen, dass sie mir zuhört und mir glaubt.«

»Verstehe. Warten Sie hier.«

Schweren Schrittes ging er zu den zwei Frauen hinüber. Nicole entfernte sich, und dann redete Thomas auf Katja Kessler ein. Immer wieder schauten beide zu mir. Nach einer gefühlten Unendlichkeit nickte sie, umarmte ihren Chef und kam zu mir herüber.

»Ich komme mit, Thomas hat mir alles erklärt.«

*

Katja stand bestimmt schon zehn Minuten unter der Dusche – das wechselnd warme und kalte Wasser, das auf ihren Körper niederprasselte, massierte auf angenehme Weise die Haut. Sie brauchte diese Auszeit zur Besinnung, um die Ereignisse der letzten Stunden zu verarbeiten. Würde sie ihr Schicksal denn nie abschütteln können? Immer wieder zerrten sie die Ereignisse in den Mittelpunkt, und um ein Haar wäre sie für das Scheitern der Blockade auf dem Rügendamm verantwortlich gewesen. Auch wenn sie anfangs gezweifelt hatte, Holger konnte sie anscheinend vertrauen. Noch vorgestern hätte sie dem Mann die Pest an den Hals gewünscht, und jetzt war sie ihm zu großem Dank verpflichtet. Auf dem Weg in die Stadt hatte er sich vielmals für den Artikel über das Bürgerforum entschuldigt, er sei zu der Diffamierung gezwungen worden. Seine Offenheit hatte Katja imponiert, und so hatte sie ihm zuerst das Du angeboten und anschließend in ihre Wohnung eingeladen – die Hintergründe zu Holgers Rettungsaktion verlangten doch noch nach der einen und anderen Erklärung.

Katja stellte das Wasser ab und verwandelte sich in aller Eile in eine hübsche junge Frau – sie wollte ihren Gast nicht länger warten lassen. In der Küche bereitete sie einige Schnittchen zu und ging damit zu ihm ins Wohnzimmer.

»Du hast bestimmt auch Hunger?«

»Und ob«, entgegnete er und half ihr, den Tisch zu decken.

Sie aßen die leckeren Happen mit Genuss und redeten über dieses und jenes und beleuchteten verschiedene Aspekte der zurückliegenden Stunden. Holger gab den geschickten Unterhalter, der immer wieder Katjas Lachen weckte.

Sie hatten längst aufgegessen, da räusperte er sich. »Du, sag mal, warum hat der Moltner dich in aller Öffentlichkeit so niedergemacht?«

»Das wüsste ich auch gern«, entgegnete Katja mit einem Seufzer. Sie stand auf, räumte das Geschirr in die Küche und kam mit einer Flasche Wasser ins Wohnzimmer zurück. »Es muss mit meinen Ermittlungen zu tun haben.« Mal sehen, wie Holger die Sache sah. Sie berichtete von ihren Recherchen zu den Todesfällen um den Sänger Olbert und dem Besuch im VPKA, bei dem sie dem Kriminalisten ungewollt in die Quere geraten sein musste, wie ihr Peter Schwarz erklärt habe.

»Was hast du über Olbert rausbekommen?«

Katja holte ihre Karteikarte und reichte sie Holger, der die Notizen aufmerksam durchsah.

»Ein solcher Unfall in der Badewanne kann schon passieren«, erklärte er schließlich, »möglicherweise hat der Genosse Oberleutnant aber wichtige Details übersehen.«

»Oder er will etwas vertuschen?«

»So weit würde ich zum jetzigen Zeitpunkt nicht gehen wollen, dazu fehlen die Anhaltspunkte.«

Holger blickte auf die Karteikarte, die er noch immer in der Hand hielt. »Am besten, du treibst deine Recherchen voran und hältst dich strikt an die Anweisung, die dein Peter dir gegeben hat. Du vermeidest jegliche Schnüffelei, die Moltner nervös machen könnte, siehst die festgestellte Todesursache als Tatsache an und suchst nach dem Testament oder Angehörigen, die als Erben infrage kommen.«

»Das würde ich ja gern, und ich hätte da auch einen lohnenswerten Ansatzpunkt. Nur …« Katja überlegte, ob sie Holger mit der Geschichte belästigen sollte.

»Nur?«

»Eigentlich müsste ich dringend den verantwortlichen Bearbeiter vom Nachlassgericht aufsuchen. Aber Peter rät mir ab, weil Poschmann der Auftraggeber im Hintergrund ist.«

»Wofür brauchst du den Mann?«

»Ich muss Hinweise gegenprüfen.« Den Besuch in Berlin und die mysteriöse Begegnung mit Doktor Klaus Olbert verschwieg sie lieber.

»Kennt Poschmann dich?«

»Nein.«

Holger nickte. »Mal sehen, was wir da machen können.« Er stand auf und lief im Zimmer hin und her. Aber schon nach wenigen Sekunden blieb er stehen und nahm wieder auf seinem Sessel Platz. »So könntest du das anstellen.« Die Bürgerkomitees seien doch in aller Munde. Eine Kollegin aus der Redaktion arbeite in der Gruppe Volkspolizei und Justiz mit. Sie sei übrigens dort eingetreten, nachdem der Artikel über Katjas Kreuzigung erschienen sei. Sie wolle den Vorgang demnächst auch zur Sprache bringen.

»Was hilft mir das?«

»Inge borgt dir bestimmt ihren Ausweis. Dann besuchst du Poschmann als Ingrid Müller und präsentierst ihm eine schlüssige Legende.«

Katja spürte ein mulmiges Gefühl im Magen. »Ich soll unter falschem Namen zu einem Rechtsanwalt gehen?«

»Nun hab dich nicht so jungfrauenhaft. Du gehst kein Risiko ein, die Identitätskarten der Bürgerkomitees besitzen keine Passfotos.«

»Trotzdem.«

»Jetzt aber Schluss mit der Diskussion! Morgen bringe ich dir den Ausweis, und du meldest dich noch heute bei Poschmann an – als Ingrid Müller. Verstanden?«

»Na gut.«

»Am besten, wir klären das sofort, sonst verschwindet der Herr Rechtsanwalt ins Wochenende. Wo steht die nächste Telefonzelle?«

Katja lag erst ein Protest auf den Lippen – ihr ging das alles viel zu schnell. Aber allein beim Nachlassgericht anzurufen, kostete sie bestimmt noch mehr Überwindung. Also doch lieber mit Holger zusammen. »Eine Straße weiter.«

»Na los! Worauf warten wir?«

Katja erreichte Bernd Poschmann in seinem Büro. Er helfe gern den Bürgerkomitees. Am besten, sie redeten sofort miteinander – heute gegen vier, dann seien sie ungestört.

Katja trat der Angstschweiß auf die Stirn. Sie deckte die Sprechmuschel mit der Hand ab und wandte sich an Holger: »Ich soll nachher gleich kommen, um 16 Uhr.«

Er nickte. »Sage zu! Ich besorge den Ausweis.«

Katja betrat das Nachlassgericht pünktlich fünf Minuten vor dem vereinbarten Termin. Ein Wegweiser im Eingangsbereich erleichterte ihr die Orientierung; sie stieg die Treppe in den ersten Stock hinauf, klopfte an die Tür mit der Nummer 108 und trat nach dem knappen »Herein!« ein. Eine junge Frau, offensichtlich die Sekretärin, bat sie sofort in Poschmanns Büro.

Der Rechtsanwalt, der aufstand und seiner Besucherin entgegenkam, besaß ein angenehmes onkelhaftes Aussehen – glattes Kinn, pausbäckig, schmale Lippen, kleine braune Äugelein unter gepflegten Augenbrauen, das kurze Haar in einem exakten Seitenscheitel geordnet. Der ausgewählt wirkende Anzug kaschierte gut die bestimmt 15 Kilogramm Übergewicht. Mit einer rauchigen Stimme begrüßte der Gastgeber seine Besucherin – das »ch« sprach er hart wie ein Russe aus. Diese Eigenheit war Katja vorhin beim Telefonat nicht aufgefallen. Sie reichte ihm den Ausweis, den Holger tatsächlich binnen einer halben Stunde besorgt hatte. Poschmann bot ihr einen Platz an dem kleinen Besprechungstisch links neben dem Schreibtisch an. Die Sekretärin brachte zwei Tassen Kaffee.

»Für uns alle stellen die Bürgerkomitees noch eine ungewohnte Erfahrung dar«, eröffnete der Rechtsanwalt das Gespräch, »aber ich freue mich ausdrücklich über die neue Form der Demokratie, Frau Müller.« Er gab Katja den Ausweis zurück. »Was kann ich für Sie tun?«

»An mich sind Bürger herangetreten, die die Praxis der Übernahme von Vermögen Verstorbener in das Volkseigentum überprüft haben möchten.« Dutzende Male hatte Katja sich ihre Einleitung überlegt und jetzt doch solch ein geschwollenes Zeugs dahergeredet.

»Schweben Ihnen da konkrete Fälle vor?«

»Ja, ich bin auf einen Todesfall in diesem Jahr hingewiesen worden.«

»Dann lassen Sie uns Licht ins Dunkel bringen. Wie lautet der Name des Verstorbenen?«

»Franz Olbert.«

»Der Sänger vom Theater«, Poschmann nickte. Er stand auf und ging zu einem grünen Aktenschrank neben dem Schreibtisch am Fenster. »Und in dem Fall sollen wir unberechtigt das Vermögen vereinnahmt haben?«

Katja spürte die Schweißperlen auf ihrer Stirn. Sie nahm ein Taschentuch und tupfte die verräterischen Zeichen ihrer Beklemmung ab.

»Sehen Sie, wie wichtig diese Bürgerkomitees werden.« Poschmann kam mit einem Ordner an den Besprechungstisch zurück. »Da kursieren Gerüchte, der Staat würde sich an dem Erbe von vermögenden Verstorbenen bereichern, und jetzt können Sie dieses Missverständnis aus der Welt schaffen. Zu mir direkt wären die Leute bestimmt nicht gekommen.«

Zum Glück sah Poschmann ihren Besuch so positiv. Erneut bemühte Katja ihr Taschentuch.

Der Rechtsanwalt blätterte kurz in seiner Akte, nickte und wandte sich wieder der Besucherin zu: »Der Herr Olbert besitzt eine uneheliche Tochter. Deren Mutter hat um absolute Vertraulichkeit gebeten. Diese sollten auch Sie bitte respektieren!«

»Selbstverständlich.«

»Das Kind stammt aus einer Affäre zwischen Olbert und seiner Kollegin.« Die Schauspielerin sei immer noch am Theater engagiert und müsse mit Nachteilen rechnen, wenn die Erbschaft bekannt werde. Die Theaterverwaltung behaupte, Franz Olbert habe ihnen per Testament die Hälfte seines Erbes in Höhe von 345.000 Mark vermacht.

Das hatte Schmalstieg auch Katja gegenüber behauptet. Sie notierte den Betrag.

»Das Theater kann jedoch keine Verfügung vorlegen und im Staatlichen Notariat liegt ebenfalls nichts vor.«

Klang nachvollziehbar. Steckte wirklich dieser selbstsichere Mann hinter ihrem Auftrag? Bezahlte er dafür 2.700 Mark? Katja fiel ein, sie spielte ja die Rolle einer Vertreterin des Bürgerkomitees, da musste Poschmann wohl den bis auf die Knochen zuverlässigen Rechtspfleger geben? Und so richtig hatte er die Existenz eines Testaments nicht ausgeschlossen, er hatte lediglich Formalien geprüft. Ob die Akte versteckte Hinweise enthielt?

»Darf ich mir einen eigenen Überblick verschaffen?«, fragte Katja und deutete auf den Ordner, den Poschmann auf dem Schoß liegen hatte.

Der zog die Stirn in Falten. »Ich stehe Ihnen gern mit

Rat und Tat zur Seite, aber bei der Vertraulichkeit, um die mich die Treuhänderin gebeten hat, muss ich einer Außenstehenden die Einsichtnahme leider versagen.«

Das »ch« sprach Poschmann wirklich wie ein Russe aus – ob er aus der Sowjetunion stammte? Am liebsten hätte Katja ihn gefragt, traute sich aber nicht, hier als Undercoveragentin solch eine persönliche Frage zu stellen.

»Natürlich«, antwortete sie stattdessen. Eins quälte Katja nun doch noch: »Mir ist berichtet worden, ein Neffe des verstorbenen Franz Olbert reagiere ziemlich unwirsch, wenn Ihr Name genannt wird.«

Ein verständnisvolles Lächeln huschte über Poschmanns Lippen. »Sie reden von Doktor Klaus Olbert?«

»Ja.«

»Herr Olbert will einfach nicht verstehen, warum Verwandte vierten Grades keine Berücksichtigung in der gesetzlichen Erbfolge finden.«

»Die Regelung ist eindeutig?«

»Lesen Sie selbst nach – § 369 ZGB.«

»Aber Doktor Olbert soll sich beschwert haben, er habe bereits genug bezahlt.«

»Ihnen gegenüber?«

Katja benötigte eine Schrecksekunde, um ihre Gedanken zu ordnen: »Nein, nein, das erwähnte der Bürger, der mich angesprochen hat.«

Poschmann zuckte die Schultern. Er blätterte neuerlich in der Akte auf dem Schoß. »An uns brauchte er keine Zahlungen leisten.« Er schlug noch einige Seiten um. »Aber hier!« Poschmann tippte auf das Papier und sah Katja an. »Da gibt's einen Schriftwechsel mit einem Rechtsanwalt, der irgendwelche Winkelzüge bemüht hatte, um seinem Klienten einen Anteil am Erbe zu verschaffen. Den musste Doktor Olbert ja bezahlen – vielleicht bezieht er sich darauf? Möglicherweise befürchtet er, wir kämen auf den Rechtsstreit zurück und er benötigt neuerlich einen Rechtsbeistand?«

Auch diese Erklärung klang plausibel. Katja überflog nochmals ihre Aufzeichnungen und fand keinen weiteren Ansatzpunkt für weitere Fragen. Sie bedankte sich für die Auskünfte, stand auf, verabschiedete sich von Poschmann und ging.

Draußen auf der Straße rekapitulierte sie den Tag, der aufregend begonnen hatte und dann nicht ganz erfolglos verlaufen war. Plötzlich fielen ihr die Freunde auf dem Rügendamm ein. Hatte man sie wirklich in Ruhe gelassen? Rausfahren und nachsehen, davor schreckte Katja zurück. Mal sehen, was in den Kneipen der Stadt so erzählt wurde. Sie würde jetzt zu Hause vorbeischauen, sich frisch machen und in die Innenstadt fahren.

Eine Stunde später fand Katja in einer Hafenkneipe alle Vorhersagen von Holger bestätigt: Die drei Männer am Nebentisch diskutierten lang und breit die Polizeikontrolle, die ergebnislos verlaufen sei; die Blockierer seien unbehelligt geblieben und alle Sperren der Sicherheitskräfte aufgehoben worden. Wie gern hätte Katja sich persönlich überzeugt und die Kameraden besucht. Aber sie scheute das Risiko. Was, wenn die Blockade unter Beobachtung stand und ihr Erscheinen dort den Behörden doch noch einen Vorwand zum Eingreifen liefern würde?

13 – EXISTIERT DOCH EIN TESTAMENT?

Sonnabend, der 28.10.1989

Mein Einsatz rund um die Rügendammblockade hatte sich in jeder Hinsicht gelohnt: Die Aktivisten auf der Brücke waren unbehelligt geblieben, mussten zukünftig allerdings Geduld beweisen; mal sehen, wer den längeren Atem bewies, die Blockierer oder die Behörden?

Für unsere Zeitung hatte ich drei Berichte über die Rügendammblockade geschrieben – der erste war heute erschienen und überall gelobt worden; die beiden anderen sollten im Laufe der Woche folgen. Selbst mein Chef, der bisher meist nur Worte der Kritik und Mahnung für mich übrig gehabt hatte, hatte mir seine Anerkennung ausgesprochen. Und er hatte die Gelegenheit genutzt, die »Spezialisten« aus der Rostocker Zentrale loszuwerden. So wie ich hörte, hatte der Alte ihnen eingeredet, für sie gäbe es kaum mehr etwas zu tun, da wir mit mir jetzt einen Insider für die Affäre besäßen, über den alle Recherchen laufen würden.

Katja hatte mir am Morgen Inges Ausweis vorbeigebracht und kurz über das Gespräch mit Poschmann berichtet, ohne jedoch Details zu nennen. Insgesamt schien sie unzufrieden, keinen neuen Ansatz für die Suche nach dem vermeintlichen Testament bekommen zu haben. Im Theater hielt sich ein

Gerücht, dass ein solches tatsächlich existiere. Auch Poschmann schloss wohl einen schriftlichen Nachlass nicht grundsätzlich aus. Ich hatte Katjas wenige Informationen einfach hingenommen und Nachfragen unterlassen, um sie nicht weiter zu entmutigen. Ich wollte lieber auf eigene Faust ein wenig recherchieren, das freie Wochenende bot dazu eine gute Gelegenheit.

Also, wer kannte Olbert, kannte dessen Gewohnheiten, hatte ihn in den letzten Wochen und Monate erlebt? Ein enger Vertrauter? Die Mutter der erbberechtigten Tochter könnte ich möglicherweise aufspüren. Doch was brächte mir ein Gespräch mit der Frau? Nichts! Existierte tatsächlich ein Testament, verlöre ihr Kind sehr viel Geld. Ich musste einen anderen aus dem näheren Umfeld des Verstorbenen auftreiben – einen früheren Kollegen im Theater? Am besten jemanden, der im Hintergrund agierte, aber dennoch alles mitbekam. So dürfte die geringste Gefahr bestehen, dass Olberts Exgeliebte von meiner Schnüffelei erfuhr. Ich sollte wohl sofort zum Olof-Palme-Platz fahren, am Sonnabendvormittag würde ich bestimmt so manchen im Musentempel antreffen.

Ich wollte gerade die Wohnung verlassen, da klingelte das Telefon. Ich nahm den Hörer ab. »Ja, Holger Bräsig.«

»Prima, Sie anzutreffen.« Die Frauenstimme kam mir bekannt vor. »Erinnern Sie sich?« Ihr süffisanter Tonfall klang so, als wolle sie mich zu einem nächtlichen Abenteuer einladen.

»Ich muss gestehen, so richtig nicht. Falls Sie eine verstoßene Gespielin sind, entschuldige ich mich für meine Gedächtnislücke.«

Die Fremde lachte. »Nein, nein, Sie liegen falsch. Hier spricht die ›besorgte Bürgerin‹.«

Natürlich, diese Stimme hatte mich seinerzeit in die Regennacht hinausgeschickt. »Wie konnte ich Sie vergessen? Welchem Anlass verdanke ich Ihren neuerlichen Anruf?«

»Ich wollte Sie einladen.«

»Heute Nacht auf den Friedhof? Leider regnet es nicht.«

Erneut lachte die Frau. »Immer einen Scherz auf den Lippen. Was halten Sie davon, wenn wir am Montagabend einen kleinen Happen essen gehen?«

Die Unbekannte machte mich neugierig. »Wann und wo?«

»Sie finden übermorgen einen Zettel in Ihrem Briefkasten.«

»Na, dann bin ich mal gespannt.«

Gleich der Pförtner am Hintereingang des Theaters erschien mir als Proband für meine Befragung geeignet. Der Mittvierziger musterte mich mit einem mürrischen Gesichtsausdruck, als ich mich als Reporter der Ostseezeitung vorstellte und von einer Recherche in der Theaterwelt sprach.

»Wen wollen Sie denn groß rausbringen?«

»Menschen wie Sie.« Ich zwinkerte ihm zu.

Meine Antwort entfaltete die erhoffte Wirkung. Das Gesicht des Pförtners hellte sich auf, zeigte auf einmal Interesse. »Nee, ne? Menschen wie mich?«

Ich erklärte ihm, meine Reportage sei als Dankeschön an die vielen fleißigen Hände gedacht, die die Aufführungen des Theaters erst ermöglichten. Ich bat ihn, mit ein paar Worten seine Tätigkeit zu beschreiben. Der Pförtner überlegte kurz und begann zu berichten. Schnell verfiel er in den Habitus eines Mannes, der den Gästen bei einer Familienfeier die Bedeutung des eigenen beruflichen Daseins erklärte. Um meine Legende zu bedienen, machte ich mir Notizen.

Als der Redefluss des Unersetzbaren nach einer gefühlten Ewigkeit stockte, brachte ich mein eigentliches Anliegen zur Sprache: »Welche Herausforderungen erleben die Schauspieler wohl im persönlichen Umfeld? Die Ehepartner müssen bestimmt viel Verständnis zeigen.«

Das Gesicht des Pförtners verschloss sich wie die Blütenblätter einer Blume zum Sonnenuntergang; über private Angelegenheiten der Künstler wolle er nicht reden.

»Verständlich«, wechselte ich zu Plan B meiner Nachforschung. »Da gab es doch den Sänger Franz Olbert, der im Februar tödlich verunglückt war. Soweit ich weiß, besaß er keine Familie. Bewältigte er seinen Alltag allein? Einkaufen, Saubermachen, Waschen ohne jegliche Hilfe? Ohne einen dienstbaren Geist im Hintergrund?«

Der Pförtner beugte sich vor und schaute mich von unten her durch das Fenster der Loge an. »War schon schlimm, Olberts plötzlicher Tod. Besonders für die Phan Thi Lan. Niemand gibt ihr eine vernünftige Arbeit. Dabei ist das so eine patente Frau. Sie kommt ab und zu vorbei und bringt mir ein Stück Kuchen.«

Bingo! Offensichtlich hatte ich einen Volltreffer gelandet. »War Olbert verheiratet?«

»Nein, Phan Thi Lan arbeitete als Haushälterin bei Olbert; der brachte sie vor sechs Jahren von einem Engagement in Vietnam mit.«

»Und sie ist in der DDR geblieben?«

Der Pförtner nickte. »Sie besaß zu Hause keine Familie mehr, waren wohl alle im Krieg durch amerikanische Bomben ums Leben gekommen. Deshalb hatte sie der Olbert auch mitgebracht.«

»Sie machen mich richtig neugierig. Kann ich Frau Lan sprechen? Wissen Sie, wo sie wohnt?«

»Irgendwo in Mesekenhagen. Wo da genau?« Der Mann zuckte mit den Achseln. »Weiß nicht.«

Mesekenhagen, ein kleines Dorf auf dem Weg nach Greifswald, da würde ich schnell die Adresse einer allein lebenden Vietnamesin herausbekommen. Ich bedankte mich beim Pförtner und verließ das Theater. Er rief mir noch hinterher, ich möge Phan Thi schöne Grüße ausrichten.

Olberts ehemalige Haushälterin empfing mich freundlich und zurückhaltend. Einen Zeitungsmann wollte sie zuerst nicht sprechen; doch als ich den tödlichen Unfall ihres früheren Arbeitgebers erwähnte, über den ich einige Recherchen anstelle, bat sie mich herein. Gemeinsam gingen wir ins Wohnzimmer, das geschmackvoll und modern eingerichtet war.

»Bei Herrn Olbert habe ich schönes Geld verdient, und so konnte ich meine jetzige Wohnung gut einrichten. Sie ist zwar viel kleiner als die von Herrn Olbert, aber ich wohne gern hier.« Die Frau hatte wohl meine musternden Blicke bemerkt.

»Sie sprechen ein hervorragendes Deutsch«, lobte ich.

Sie sei ja bereits sechs Jahre in der DDR und habe die Sprache schnell gelernt. »Ich möchte unbedingt in Mesekenhagen bleiben.«

»Haben Sie Arbeit?«

»Ja, ich mache in der Schule sauber. Da verdiene ich wenig, aber ich komme zurecht. Mir fehlt nur die Stadt – in Greifswald war das Leben besser. Deshalb fahre ich ab und zu hin oder nach Stralsund und besuche alte Freunde.«

Während ich mich setzte, bestellte ich die Grüße des Pförtners. Frau Lan dankte höflich. Ob sie mich ein paar Minuten allein lassen dürfe, sie wolle rasch Tee kochen.

In der Zwischenzeit studierte ich noch einmal meine bisherigen Notizen, um gleich die richtigen Fragen zu stellen. Dann kam meine Gastgeberin wieder herein. Sie hatte sich umgezogen und ein wenig zurechtgemacht. Die Teekanne verströmte einen würzigen Geruch. Geschickt deckte sie den Tisch, schenkte ein und schob eine Schale Gebäck zurecht.

»Bitte greifen Sie zu.« Frau Lan trank einen Schluck. »Was wollen Sie wissen?«

Sollte ich gleich zur Sache kommen? Nein. »Vielleicht erzählen Sie mir ein wenig über Ihren Alltag zusammen mit Herrn Olbert.«

Die zierliche Frau nickte und begann, berichtete vom Kennenlernen in Vietnam und dem Angebot mitzukommen. Hier in der DDR habe sie sich stets wohlgefühlt – Herr Olbert habe sie immer fair behandelt, ihr viele Freiheiten gelassen und nie ein böses Wort gesagt. Andersherum sei sie bemüht gewesen, ihrem Chef jeden Wunsch zu erfüllen, seinen Haushalt in Ordnung zu halten und ihm ein angenehmes Heim zu schaffen. »Alles lief gut.«

»Herrn Olberts Tod hat dann Ihr Leben verändert?«

»Ja.«

Frau Lan schien so gefasst, dass ich wohl auf den wahren Grund meines Besuchs zu sprechen kommen konnte.

»Herr Olbert war fast 70 gewesen, wesentlich älter als Sie.«

»Ja, ich bin erst 36.« In Lans Stimme klang Unsicherheit mit. »Aber wir waren kein Liebespaar!«

»Oh, verzeihen Sie, das meinte ich nicht. Haben Sie einmal darüber gesprochen, wie es für Sie nach seinem Tod weitergehen sollte? Er wäre auch auf natürliche Weise vor Ihnen gestorben.«

»Herr Olbert hat mich stets darin bestärkt, in der DDR zu bleiben.«

»Indem Sie irgendeine Arbeit als Putzfrau annehmen müssen?« Neugierig wartete ich, mit welcher Reaktion die zierliche Frau dieser kleinen Provokation begegnete.

Sie schüttelte den Kopf. »Herr Olbert hatte mir ein großes Vermögen zugedacht.«

Ich horchte auf. »Wie das?«

»In einem Testament hatte er dem Theater und mir je die Hälfte von seinem Geld vererbt.«

»Hatte vererben wollen?«, korrigierte ich.

Phan Thi Lan widersprach energisch: »Er hatte alles aufgeschrieben. Ich besaß sogar eine amtliche Abschrift.«

»Und das Original? Wo befindet sich das?«

»Ist verschwunden.« Ihre beglaubigte Zweitschrift habe sie in ihrem Zimmer aufbewahrt, bei den persönlichen Unterlagen. Das Originaltestament habe ein Freund verwahrt, dessen Namen ihr Chef nie erwähnt habe. »Ich hatte kein Interesse daran, in meiner Kopie stand doch alles drin.«

»Und die ist auch weg?« Mich hielt es vor Nervosität kaum mehr auf meinem Platz.

»Ich habe überall gesucht.« Sogar im Vorfeld und nach dem Auszug aus dem Haus in Greifswald habe sie noch einmal sämtliche Möbelstücke und jedes erdenkliche Versteck kontrolliert. »Ich konnte aber nichts finden.«

Ich musste mich zwingen, die Gedanken zu ordnen – zu viele Fragen drängten in den Vordergrund. »Sie haben die Kopie des Testaments von Herrn Olbert bekommen, gelesen und in Ihren Unterlagen aufbewahrt? Da sind Sie völlig sicher?«

»Ja.«

»Warum hatte Ihr Chef das Originaltestament nicht im Staatlichen Notariat hinterlegt?«

»Hatte er anfangs.« Aber gleich im neuen Jahr habe er das Dokument zurückgeholt und eben dem Freund gegeben. Der werde dafür sorgen, dass Frau Lan zu ihrem Recht komme, wenn er unerwartet sterben sollte. »Zu der Behörde habe er kein Vertrauen mehr, die könnten mich möglicherweise benachteiligen, weil ich Ausländerin bin.«

»Seit wann fehlt denn Ihre beurkundete Zweitschrift?«

Sie erinnere sich nicht. Ausgestellt habe ihr Chef das Testament 1987 und ihr auch gleich die Kopie ausgehändigt. Danach habe sie das Papier weggelegt und seither nie wieder in die Hand genommen. Erst kurz nach der Beerdigung habe sie das Schriftstück hervorholen wollen.

»Könnte Herr Olbert die beglaubigte Abschrift zurückgenommen haben, ohne Ihnen etwas zu sagen?«, forschte ich nach. »Möglicherweise hatte er es geändert?«

Frau Lan erschrak.

Ihre heftige Reaktion erschreckte mich wiederum. Offensichtlich war ihr nie der Gedanke an ein umgeschriebenes Testament gekommen. Ich musste schnellstmöglich gegensteuern und die Arme ablenken. »Bitte erzählen Sie mir, wie Sie den Tag des Unglücks erlebt haben.«

Frau Lan schaute mich ungläubig an.

»Ich recherchiere wegen des Unfalls. Für ein abgerundetes Bild bräuchte ich auch Ihre Perspektive der Ereignisse. Wann verließ Herr Olbert das Haus? Wann wollte er zurück sein? Haben Sie zwischenzeitlich von ihm gehört? Sie hatten doch bestimmt einen Telefonanschluss?«

Das Füllhorn meiner Fragen erzielte offensichtlich die erhoffte Wirkung – Frau Lan schien nachzudenken, wodurch wohl der Schreck um eine mögliche Testamentsänderung in den Hintergrund trat.

»Gehen wir der Reihe nach vor«, holte ich sie in ihren Gedanken ab. »Wann verließ Herr Olbert an diesem Rosenmontag sein Haus in Greifswald?«

»Um zehn. Gegen zwölf hatte er den ersten Auftritt.«

»Zu welcher Uhrzeit erwarteten Sie ihn zurück?«

Frau Lan brauchte nicht lange überlegen: »Für den Folgetag sollte ich das Mittagessen zu 13 Uhr vorbereiten.«

»Aha. Ihr Chef plante also, über Nacht auswärts zu bleiben?«

»Ja. Sein letztes Engagement begann wohl gegen Mitternacht. Um anschließend den Fasching wenigstens ein bisschen zu genießen, wollte er in Stralsund übernachten.«

»Feiern? Mit wem?«

Frau Lan zuckte die Achseln. »Weiß ich nicht.«

»Nachdem Herr Olbert gegangen war, hatte er Sie noch einmal angerufen?«

»Nein. Am Nachmittag stand aber plötzlich Herr Freese vor der Tür, Herr Olbert würde ihn schicken, weil er neue Sachen brauche. Während eines Auftritts sei ihm Rotwein auf den Anzug geschüttet worden.«

»Herr Freese?«

»Ja, warum? Herr Olbert und er waren seit dem vergangenen Herbst gemeinsam bei der Volkssolidarität aufgetreten.«

Ich überlegte: Hatte Katja beim Erzählen über ihre Arbeit nicht auch die Volkssolidarität erwähnt? Das musste ich später klären, ebenso, in welcher Beziehung der Verstorbene zu diesem Freese gestanden hatte. Dessen Mission, extra neue Bekleidung aus Greifswald zu holen, weckte aber mein Misstrauen: »Hatte Ihr Chef keine Wechselsachen mitgenommen, wenn er übernachten wollte?«

Im Blick der zierlichen Person mir gegenüber spiegelte sich ihre Ungläubigkeit wider. »Aber er hat doch alles aufgeschrieben, was er brauchte.«

»Auf einen Zettel?«

Sie nickte.

»Gibt's den noch?«

»Vielleicht?«

Ich bat die Hausherrin, nachzusehen. Falls möglich, solle sie ein zweites Schriftstück heraussuchen, das Olbert von Hand geschrieben hatte.

Frau Lan machte sich an der Schrankwand zu schaffen.

Das stank doch zum Himmel, überlegte ich mir. Selbst wenn dem Sänger ein Malheur passiert sein sollte und er wirklich frische Kleidung gebraucht hätte, warum rief er nicht einfach an? Andererseits, wie sollten dann die Sachen nach Stralsund kommen?

Meine Gastgeberin kam zurück und reichte mir zwei Blätter: besagte Liste und einen Brief. »Ich habe alles aufgehoben, was mit diesem Unglücksfasching zusammenhing.«

»Daran haben Sie wirklich gut getan«, lobte ich, legte die Papiere nebeneinander und verglich die Schriften. Die mochten beide von Olbert stammen, die Kleideraufstellung konnte jedoch auch geschickt nachgeahmt worden sein.

»Sie haben alle Kleidungsstücke Herrn Freese mitgegeben?«

»Nein. Ich sollte die Sachen nach Stralsund bringen, ins Klubhaus am Thälmannufer. Herr Freese hat mir sein Taxi gegeben, mit dem er gekommen ist.«

Dann hätte Olbert doch anrufen können, wäre preiswerter gewesen! »Und Freese?«

»Musste hierbleiben, hat einen Auftritt gehabt.«

Das erklärte die komische Aktion – vielleicht? »Sie brachten Ihrem Chef die neue Kleidung und haben die schmutzigen Sachen mitgenommen?«

»Nein. Ich konnte ihn nicht finden. Im Thälmannhaus war er schon mittags aufgetreten.«

Die Geschichte stank immer mehr zum Himmel. »Bekamen Sie nach dem Tod von Herrn Olbert dessen Sachen zurück?«

»Was hätte ich damit machen sollen?«

Kontrollieren, ob diese mit Rotwein verschmutzt waren, antwortete ich in Gedanken. »Natürlich«, tröstete ich das Häufchen Unglück vor mir, »die wären für Sie nur eine bittere Erinnerung gewesen.« Ich stand auf, ging ans Fenster und schaute hinaus.

Die Geschichte um Olberts fleckige Klamotten hatte so ablaufen können, ergab aber auch einen teuflisch inszenierten Plan. Was, wenn Freese die gute Frau Lan aus dem Haus gelockt hatte, um die Kopie des Testaments verschwinden zu lassen. Falls ihm Olbert das Original anvertraut hatte, konnte der ach so hilfreiche »Freund« über das Erbe verfügen? Das wohl kaum, Vater Staat hatte ja ein wachsames Auge auf das Geld, das ihm zustand. Mein Blick fiel wieder auf die Liste und den Brief; zuerst musste ich feststellen, ob Olbert beides geschrieben hatte. Selbst, wenn nicht, gab's auch eine triviale Erklärung: Olbert hatte diktiert und Freese die Wünsche notiert.

»Und Sie meinen wirklich, Herr Olbert hat sein Testament geändert, ohne mir etwas zu sagen?«, fragte Frau Lan in das Schweigen hinein.

Was hatte ich da nur angerichtet? Ich ging wieder zu meinem Sessel, setzte mich und blickte ihr fest in die Augen. »Trauen Sie ihm so eine Gemeinheit zu?«

Zwei Tränen kullerten ihr über die Wangen; sie schüttelte den Kopf.

»Na, sehen Sie. Das war von mir vorhin lediglich so ein Gedanke. Ich glaube vielmehr, dieser Freese steckt dahinter.« Mit meinem Verdacht würde ich die Frau hoffentlich trösten können. »Vielleicht nutzte er die Gelegenheit, als Sie am Rosenmontag nach Stralsund fuhren.«

»Ich hatte doch zugeschlossen!«

»Möglicherweise hatte der Mistkerl von Ihrem Chef den Schlüssel bekommen, für den Fall, Sie wären nicht zu Hause gewesen.«

Endlich nickte Frau Lan. Aber so richtig konnte ihr mein Argument offensichtlich keinen Trost spenden. In ihrem Unglück wirkte die zierliche Person jetzt zerbrechlich wie eine filigrane Porzellanskulptur. »Ich werde mir den Kerl einmal vorknöpfen. Wenn es ein Testament gibt und er es gestohlen hat, jage ich es ihm ab.«

»Meinen Sie?«

»Und ob.« Auf welche Art und Weise ich das anstellen würde, wusste ich im Moment leider nicht. »Darf ich den Brief und die Liste mit den Sachen mitnehmen? Sie bekommen beides auf jeden Fall zurück.«

»Selbstverständlich.«

Wir standen auf und Frau Lan brachte mich zur Tür.

»Eine Frage hätte ich noch«, fiel mir gerade eben ein Gedanke ein. »Zu welcher Uhrzeit war Freese gekommen und wann sind Sie im Taxi weggefahren?«

»Warten Sie.« Frau Lan musste überlegen. »Es muss ziemlich halb drei gewesen sein. Um zwei komme ich immer von meinem Spaziergang zurück. Na klar! Und an dem Tag hatte ich mir das Bügelbrett aufgebaut, um die Wäsche vom Wochenende aufzuarbeiten.«

»Das wissen Sie so genau?«

»Ja, jetzt erinnere ich mich: Ich hatte das Hemd gerade gebügelt, das Herr Olbert haben wollte.«

Ich holte die Liste hervor, und Frau Lan tippte auf den dritten Eintrag: ›weißes Hemd mit feinen blauen Streifen‹.
»Okay. Und wann sind Sie losgefahren?«

»Allerhöchstens eine Viertelstunde später. Herr Freese hatte zur Eile gedrängt.«

»Gestatten Sie mir noch eine abschließende Frage?«

»Ja?«

»Sie reden immer von *Herrn* Olbert?«

Frau Lan nickte. Er habe ihr so oft das Du angeboten, aber sie habe stets abgelehnt – er sei um so viele Jahre älter gewesen und habe ihr Arbeit gegeben, sie mit seinem privaten Geld bezahlt.

Ich verstand. »Lassen Sie den Kopf nicht hängen, ich habe schon ganz andere Kaliber zur Strecke gebracht.« Als müsse ich meinen Schwur bekräftigen, herzte ich Frau Lan zum Abschied, was ihr ein zögerliches Lächeln entlockte.

*

Wie mit der Chefin des Schweriner Hofs abgesprochen, war Katja am frühen Morgen zum Hotel gefahren, um Roswitha Paulke zu sprechen.

»Sie kommen wegen dieses schlimmen Unfalls am Rosenmontag?«, wollte die junge Frau von vielleicht knapp 30 Jahren wissen.

»Ja.« Katja freute die aufgeschlossene Art ihrer Gesprächspartnerin, die die Befragung erleichtern würde. »Mich interessieren die Details, die Sie mitbekommen haben.«

»Die Chefin hatte Herrn Olbert empfangen, weil sie zufällig in der Rezeption zu tun hatte, als der Sänger ankam.« Sie habe ihm einen schönen Aufenthalt gewünscht und gemahnt, pünktlich auf der Bühne zu erscheinen. Ihr habe die Chefin aufgetragen, Olbert zehn Minuten vor seinem Auftritt auf dem Zimmer anzurufen.

Das wusste Katja bereits, sie nickte. »Ist Ihnen sonst noch etwas aufgefallen?«

Roswitha Paulke schüttelte den Kopf. »Nein. An der Rezeption war nichts los gewesen. Erst nach Mitternacht bestellten die Leute laufend Taxis, die ich besorgen sollte.«

»Herr Olbert wollte von Anfang an hier übernachten?«

»Ja.«

»Wissen Sie noch, wann er sein Zimmer reserviert hatte?«

»Da müsste ich nachsehen.« Die Hotelangestellte holte das Buch hervor, in dem auch die Chefin bei Katjas erstem Besuch nachgesehen hatte. »Am 15. Januar.«

Diese Auskunft deckte sich mit der vom Mittwoch. »Und Herr Olbert hatte direkt nach einem Doppelzimmer verlangt?«

Roswitha Paulke warf einen Blick in das Reservierungsbuch. »Ja und nein.«

»Ja und nein?«

»Ja, es ist ein Zweibettzimmer bestellt worden. Nein, aber nicht durch Herrn Olbert, sondern von Herrn Freese.«

Das verschlug Katja die Sprache. »Arthur Freese, der Fischer aus Saßnitz?«

»Genau der. Kennen Sie ihn?«

»Nur flüchtig.« Katja staunte über die Selbstverständlichkeit, mit der die Paulke die Information offerierte. Ihr gegenüber hatte Freese erklärt, Olbert und er seien kaum miteinander bekannt. Aber für die junge Frau schien diese Tatsache wenig verwunderlich zu sein.

»Der singende Fischer war am Rosenmontag ebenfalls hier im Hotel aufgetreten, genau genommen, direkt vor Olbert.« Anfang Januar sei Freese in den Schweriner Hof gekommen, habe die Details für seine Darbietung mit der Chefin abgestimmt und bei der Gelegenheit bei Frau Paulke das Zimmer für den Kollegen Olbert bestellt.

»Und warum ein Zweibettzimmer?«

»Das hatte ich auch gefragt.« Roswitha Paulke lächelte verschmitzt.

»Und?«

»Ich dürfe zwar alles essen, wissen aber nicht, so die weise und eindeutige Antwort. Mir war es egal gewesen, da wir noch genug Doppelzimmer frei hatten.«

Für wen das zweite Bett gedacht war, hatte an dem Tag niemand feststellen können – Olbert war gestorben. Jedenfalls würde Katja den Freese danach fragen. Der Vollständigkeit halber ließ sie sich schildern, wie die Leiche aufgefunden wurde. Die Auskünfte von Frau Paulke glichen denen ihrer Chefin vom Freitag. Katja dankte für die Informationen und verließ das Hotel, um nach Hause zu fahren. Die folgenden Schritte in ihren Ermittlungen wollten gut überlegt werden, vor allem, um die offensichtliche Diskrepanz im Verhältnis zwischen Olbert und Freese zu klären.

Am Hausbriefkasten klebte ein weißes Schild mit roter Schrift: ›Telegramm innliegend!‹.

Hoffentlich keine Schreckensnachricht, machte sich Katja Sorgen. Telegramme galten landläufig als Boten ernster Nachrichten. Sie öffnete den Postkasten, nahm den Umschlag heraus und riss ihn auf.

HABE TESTAMENT VON FRANZ STOPP KANN HIER NICHT WEG STOPP KOMMEN SIE NACH

SASSNITZ STOPP ERWARTE SIE HEUTE GEGEN 16:00 IN SEESTRASSE 85 STOPP ARTHUR FREESE

Das haute sie jetzt aber um: Gerade eben hatte Katja diesem Freese eine Täuschung unterstellt, und kurz darauf verhalf er ihren Ermittlungen zum Durchbruch. Während sie den Text neuerlich las, schaute Katja auf die Uhr, die halb zwölf anzeigte. Also blieb ihr noch etwas Zeit – bestimmt konnte es nicht schaden, wenn sie vor der Fahrt mit Peter sprach. Hoffentlich wusste er inzwischen auch, wie es um ihren Fall beim Amt für Arbeit stand.

*

Auf der Rückfahrt von Mesekenhagen in die Redaktion hatte ich immer wieder überlegt: Gehörte die mir durch Phan Thi Lan erzählte Geschichte zu einem ausgeklügelten Plan des Gangsters Freese oder schnüffelte ich lediglich den Begleitumständen eines turbulenten Tages zweier Künstler hinterher? Auf jeden Fall musste ich mir den Freese vorknöpfen, aber unauffällig, ohne ihn misstrauisch zu machen.

An meinem Schreibtisch angekommen, holte ich mir das Telefonbuch von Rügen und schaute nach – Freese besaß ein Telefon. Ich wählte die Nummer, es meldete sich eine kräftige Männerstimme und nannte den erwarteten Namen.

Ich stellte mich als Redakteur der Ostseezeitung vor und behauptete, die Volkssolidarität habe mich auf ihn hingewiesen. »Wir wollen in der Montagsausgabe eine Reportage bringen: ›Der singende Seemann mit einem großen Herzen für unsere Senioren‹.«

»Das ehrt mich natürlich.«

»Um den Beitrag pünktlich liefern zu können, müsste ich Sie aber noch heute interviewen.«

»Kommen Sie denn von Stralsund nach Saßnitz?« Klang da ein Schuss Schadenfreude aus der Stimme des Fischers heraus?

»Sie meinen die Blockade auf dem Rügendamm? Die stellt kein Problem dar, die Züge fahren ja jetzt jede halbe Stunde. Und vom Bahnhof zur …«, ich schaute kurz ins Telefonbuch, »… Seestraße 85 sind es doch höchstens einige Hundert Meter.«

»Heute passt es mir aber überhaupt nicht.«

»Der Zeitpunkt wäre mir egal«, setzte ich wie ein Handelsreisender auf Kundenfang nach. »Wir Journalisten arbeiten auch abends, und wenn es sein muss, bis zum frühen Morgen.«

»Das tut mir wirklich leid«, entgegnete Freese mit ein wenig Unmut in der Stimme, um sofort wieder freundlicher zu klingen. »Ein alter Freund bat mich, ihm über Nacht auf seinem Kutter zu helfen.«

»Passt doch«, blieb ich am Ball, »auf der Überfahrt ins Fanggebiet unterhalten wir uns, und während die Netze eingeholt werden, gehe ich Ihnen zur Hand.«

»Nein!« Die Wortkargheit am anderen Ende der Leitung erinnerte mich an das hektische Nachdenken eines Übeltäters, der den Kopf aus der Schlinge ziehen wollte. »Wenn Sie unbedingt kommen wollen, morgen um zehn; dann bin ich zu Hause zurück und stelle mich Ihren Fragen. Einverstanden?«

Na gut, überwand ich meinen Groll, der Vorschlag half mir mehr als eine Absage. »Okay.«

Freese verabschiedete sich und legte auf.

Bis zu unserem Treffen musste ich die Zeit nutzen, um mehr über die Vorgänge am Rosenmontag herauszubekommen. Halfen mir die Wäscheliste und Olberts Brief weiter, die vor mir auf dem Tisch lagen? Ich als Laie konnte nicht feststellen, ob die Papiere zwei verschiedene Handschriften zierten oder eine. Aber es blieb dabei, die Antwort auf diese Frage spielte eine untergeordnete Rolle. Wie kam ich diesem verdammten Fischer auf die Spur? Ich zermarterte mir das Gehirn und ließ den Zettel mit den aufgelisteten Wäschestücken durch die Finger gleiten. Plötzlich hielt ich inne – bei dem Blatt handelte es sich um ein Programmblatt, das Freeses Auftritte am Rosenmontag verzeichnete. Ein Blick genügte, um Frau Lans Auskünfte bestätigt zu bekommen: Bis dreiviertel zwei war der singende Seemann im Hotel Baltic aufgetreten und hatte ab 16 Uhr in Greifswald im Volkshaus eine Veranstaltung. Wie ich die Aufstellung so betrachtete, kam mir ein Gedanke: Irgendwie musste ich Olberts Engagements herausbekommen und mit denen von Freese abgleichen. Ich griff zum Telefonhörer.

Eine Stunde später hatte ich es geschafft und den Tagesablauf des getöteten Opfers rekapituliert:

Klubhaus Ernst Thälmann	*12.00 – 12.45 Uhr*
Gaststätte Ventspils	*13.30 – 14.15 Uhr*
Restaurant Scheele-Haus	*15.00 – 15.45 Uhr*
Ratskeller	*16.30 – 17.15 Uhr*
Haus der Armee	*18.00 – 18.45 Uhr*
Hotel Baltic	*20.00 – 20.30 Uhr*
Nachtklub Trocadero	*21.00 – 21.30 Uhr*
Nachtklub Störtebeker-Keller	*21.45 – 22.15 Uhr*
Hotel Schweriner Hof	*23.30 – 24.00 Uhr.*

Einmal davon abgesehen, was sich Olbert da für ein immenses Pensum auferlegt hatte, deckte die Liste die Machenschaften von Freese auf: Selbst wenn Olbert im Thälmannhaus oder im Ventspils, die praktisch nebeneinander am Thälmannufer lagen, ein Malheur mit seinen Sachen passiert wäre, hätte der Fischer nicht dabei sein können, der stand zu der Zeit im Hotel Baltic auf der Bühne, mindestens zwei Kilometer entfernt. Und halb drei war er in Greifswald angekommen, konnte somit unmöglich vorher in die Innenstadt zu Olbert gefahren sein. Die 45 Minuten für die Fahrt über Land waren ohnehin sehr knapp bemessen.

Ich schaute mir noch einmal genau das Programm von Freese an jenem Rosenmontag an:

Hotel Baltic	*13.00 – 13.45 Uhr*
Gaststätte Volkshaus – Greifswald	*16.00 – 16.45 Uhr*
Haus der Armee – Stralsund	*18.30 – 19.15 Uhr*
Restaurant Scheele-Haus	*20.00 – 20.30 Uhr*
Hotel Schweriner Hof	*23.00 – 23.30 Uhr.*

Der singende Fischer hatte sich an diesem Tag wesentlich weniger zugemutet als sein Kumpel Olbert. Und beide hätten sich während des Tages kaum über den Weg laufen können. Wie kam da die Wäscheliste von Olbert auf eine Programmkarte von Freese? Weil der diese selbst geschrieben hatte. So erklärte sich auch dieser Ausflug des singenden Fischers nach Greifswald. Unterstellte ich ihm die Tötung des Operettensängers und den Diebstahl dessen Testaments, hatte er einen wohlkalkulierten Umweg eingelegt, um *by the way* Phan Thi Lan aufzusuchen. Was ebenso auffiel: Freese hatte am späten Abend genügend Zeit gehabt, sich im Schweriner Hof um seinen Freund zu »kümmern«. Dazu müsste man wissen, ob jemand den vermeintlichen Täter zwischen 21 und 23 Uhr im Hotel gesehen hatte. Um das nachzuprüfen, musste ich in den Schweriner Hof. Am besten, ich fuhr umgehend hin.

»Erst vor zwei Stunden hat mich eine Dame nach Herrn Olbert und den Ereignissen vom Rosenmontag befragt«, verriet mir Roswitha Paulke, die junge Angestellte an der Rezeption.

»Frau Kessler, ich weiß«, entgegnete ich, um kein Misstrauen bei ihr aufkommen zu lassen. »Spielte der Name Arthur Freese auch eine Rolle?«

»Frau Kessler wunderte sich nur, dass der das Zimmer für Herrn Olbert bestellt hatte.«

»Ach so?« Schon wieder ein Mosaiksteinchen, das in mein Bild passte. Aber darauf wollte ich jetzt nicht hinaus. »Bitte überlegen Sie gründlich; wissen Sie, zu welchem Zeitpunkt Freese hier im Hotel angekommen war oder wann Sie ihn im Vorfeld seiner Darbietung gesehen haben?«

»Der singende Seemann war vor Olbert aufgetreten.«

»Daran erinnern Sie sich noch so genau?«

»Ja. Er hatte unbedingt dieses Zeitfenster gefordert. Das hatte ich zufällig gehört, als er mit der Chefin gleich nach Neujahr sein Engagement besprochen hatte – die Tür zu deren Büro steht meistens offen. Er hatte als Belohnung sogar einen Fünfziger spendiert, für die Kaffeekasse. Mich hat dann auch nicht mehr gewundert, als er das Zimmer für seinen Kumpel bestellte.«

Das Mädchen war Gold wert. »Ihre Aussage entspricht den Tatsachen?«

Roswitha Paulke stutzte. »Wollen Sie das in die Zeitung setzen?«

»Nein, nein«, beruhigte ich sie, »ich will nur Frau Kessler helfen und ihr keine Fehlinformationen liefern.«

»Sie können alles so weitergeben, da stimmt jedes Wort.«

»Danke. Und jetzt noch die Frage, wann Sie Arthur Freese an jenem Abend zum ersten Mal gesehen haben?«

»War ziemlich hektisch den Tag. Aber wie war das? Der Olbert kam gegen 22.30 Uhr, möglicherweise etwas früher oder später.«

Eher wäre kaum gegangen, überlegte ich, bis viertel elf hatte er im Störtebeker-Keller zu tun gehabt.

»Die Chefin war gerade hier an der Rezeption, hat ihn begrüßt und ihm den Schlüssel gegeben.«

»Und zur Pünktlichkeit ermahnt?«, ergänzte ich.

»Richtig!« Roswitha Paulke schaute mich auf einmal an, als erinnere sie sich eines entscheidenden Details. »Und keine zwei Minuten später habe ich die beiden Männer oben im ersten Stock quatschen gehört. Ich sehe die Szene wieder deutlich vor Augen. Als der Olbert gekommen war, sah der ziemlich mitgenommen aus. Ein kleines Schläfchen in seinem Zimmer hätte ihm gutgetan. Deshalb hat ihn wohl die Chefin auch zur Pünktlichkeit ermahnt.«

Komm zur Sache, Mädchen, flehte ich in Gedanken.

»Und jetzt klaut der Freese dem armen Kerl noch die Zeit, hab ich bei mir gedacht, als die Unterhaltung scheinbar endlos andauerte.«

»Sie erkannten den Mann an der Stimme?«

Ein roter Schimmer zog auf die Wangen der Hotelangestellten. »Wer mit solch einem sexy Tonfall spricht, den höre ich aus einer Ansammlung von hundert Leuten heraus.«

»Aber gesehen haben Sie den Freese nicht?«

»Doch, die Chefin hatte mich mit einer Flasche Wasser hochgeschickt. Ich sollte kontrollieren, ob die Herren Künstler Alkohol trinken.«

»Und da haben beide beisammengesessen?«

»Nein. Freese war ins Bad geflüchtet. Ich entdeckte ihn, als ich die Gläser auf den Tisch gestellt hatte – die Badezimmertür schließt nicht, es bleibt immer ein Spalt von der Breite einer Weinflasche. Im Spiegel habe ich gesehen, wie er seinen Körper gegen die Wand presste.«

Was Roswitha Paulke mir da berichtete, waren objektive Fakten, die sich leicht nachprüfen ließen. »Kann ich das Zimmer sehen?«

»Natürlich.«

Gemeinsam gingen wir hoch in den ersten Stock, und die Hotelangestellte demonstrierte mir die Gegebenheiten, die ihre Schilderungen haargenau bestätigten. Ich bedankte mich und verließ das Hotel. Die Uhr zeigte mittlerweile zehn nach vier. Wie hatte Freese sich bei unserem Telefonat geäußert? Er werde mit einem Freund auf See hinausfahren. Der wollte abhauen. Stand ich dann morgen Vormittag vor seiner Tür, öffnete niemand.

Ich musste etwas unternehmen, aber was? Ich würde Moltner nötigen, den Feierabend zu verschieben. Stimmte mein Verdacht, hatte der Genosse Oberleutnant absoluten Mist gebaut und den Mörder von Olbert bewusst oder unbewusst verschont. Jetzt konnte er diese Scharte auswetzen.

14 – LEBENDES SCHUTZSCHILD

Sonnabend, der 28.10.1989

Die Zugfahrt nach Saßnitz war problemlos verlaufen. Beim Überqueren der Ziegelgrabenbrücke hatte Katja sehnsüchtig zu den Freunden an der Blockade hinübergesehen. Dort schien alles seinen gewohnten Gang zu gehen – an der Nord- und Südseite standen je zwei Kameraden Wache und dazwischen unterhielten sich einige mit Thomas. Aus den Zelten war jeweils eine feine Rauchsäule aufgestiegen. War doch eine schöne Zeit gewesen, die wenigen Stunden, die Katja bei den Aktivisten hatte mitmachen dürfen.

Soweit sie wusste, erduldeten die Stralsunder und Rüganer so leidlich die gekappte Straßenverbindung. Wer sein Auto nicht unbedingt benötigte, benutzte die Eisenbahn. Zwischen dem Rügendammbahnhof und dem Bahnhof Altefähr pendelten Kurzzüge, die sehr gut angenommen wurden, weil die Reisenden auf großen Parkplätzen ihre Fahrzeuge abstellen konnten.

In den ersten Stunden, nachdem die Polizei ihre Absperrungen beseitigt hatte, waren zahlreiche Bürger direkt bis zur Blockade gegangen, um den Aktivisten ihren Unmut zu bekunden oder um sie zum Durchhalten anzuspornen, je nach Überzeugung der »Besucher«. Aber auch diese Begleiterscheinung der Blockadeaktion war mittlerweile eingeschlafen.

Bei ihrer Ankunft in Saßnitz zeigte die Uhr zehn vor vier. Peter hatte Katja am Mittag geraten, keinesfalls zu früh zu der Verabredung zu gehen, das sehe übereifrig aus. Also drehte sie noch eine Runde durch die Straßen in der Nähe der Seestraße. Ihr väterlicher Vertrauter hatte sich gefreut, dass ihre Bemühungen nun wohl erfolgreich verliefen. Er hatte ihr dringend zugeraten, Freeses Einladung anzunehmen. Das zu erwartende Honorar, 15 Prozent von 345.000 Mark summierten sich auf stattliche 50.000 Mark, würde ihr den Weg in die Selbstständigkeit ermöglichen. Damit gäbe das Amt für Arbeit endgültig Ruhe. Vorerst habe Peter die Behörde beruhigt, sodass Katja sich voll auf ihre Aufgabe konzentrieren könne. Das Missverständnis bezüglich der Beziehung des singenden Fischers zu Olbert, um ein solches müsse es sich handeln, könne Katja bei der Gelegenheit auch gleich klären.

Jetzt, zehn nach vier, konnte sie zu Freeses Haus gehen. Das Anwesen vermittelte keinen protzigen Eindruck, wirkte aber peinlichst sauber; der kurze Rasen und die Blumenrabatten entlang des Zauns schienen von professioneller Hand gepflegt, nirgends lag Laub herum, und die abgeblühten Pflanzen waren allesamt ordentlich verschnitten. Die Wände des großen Einfamilienhauses zierte nicht der übliche graue Rauputz, sondern erstrahlten in hellem Weiß und hoben sich wohltuend gegenüber den anderen Gebäuden in der Straße ab, wirkten beinahe wie ein Leuchtfeuer in der Dämmerung des heraufziehenden Herbstabends.

Katja klingelte an der Tür. Freese erschien auch sofort, begrüßte seine Besucherin freudestrahlend und bat sie herein. Im geräumigen Korridor wies er auf das geöffnete Zimmer am gegenüberliegenden Ende; Katja möge vorausgehen, er wolle nur schnell in der Küche einen Kaffee kochen.

Das Wohnzimmer, dessen Möblierung Geschmack und Geld verriet, vermittelte die Atmosphäre eines hellen, modernen Museums. Zwei Fenster über Eck ließen auch jetzt noch Tageslicht herein, wo es draußen merklich dämmerte. An der fensterlosen Längsseite standen zahlreiche gläserne Vitrinen, die hell erleuchtet waren. Darin bewahrte der Hausherr eine Unzahl alter Fotoapparate auf, jeder mit einem Schildchen versehen, das Typbezeichnung, Hersteller und Herstelldatum verriet. Katja verstand davon nichts, doch die Art der Präsentation ließ eine Reihe von teuren Stücken unter all den Exponaten vermuten.

»Mein ganzer Stolz«, erklärte Freese, als er hereinkam, ein großes Tablett auf den Händen balancierend. Würziger Kaffeeduft erfüllte sofort den Raum. »Habe ich über Jahre in den Häfen der Welt erworben. Manche Apparate waren arg ramponiert, aber ich habe sie wieder auf Vordermann gebracht. Einer Leidenschaft muss der Mensch ja frönen. Sie interessieren sich ebenfalls für Kameras und Fotozubehör?«

»Nein, ich verstehe kein bisschen davon. Ich bewundere nur die Art, wie Sie hier alles ausstellen.«

»Teure Technik verlangt nach einer ebenbürtigen Präsentation.« Er räumte das Geschirr und die Kaffeekanne auf den kleinen Tisch vor der dreisitzigen Couch und schenkte ein. »Wegen meiner Schätze sind Sie aber nicht gekommen. Bitte, nehmen Sie Platz.« Er deutete auf das Sofa und Katja setzte sich. »Sie wollen bestimmt das Testament sehen. Mich hat's ganz schön überrascht, das Ding aufgeschwatzt zu bekommen.«

»Wer hatte es denn in Verwahrung?«

»Ein ehemaliger Kollege von Herrn Olbert, der in einem Feierabendheim wohnt, hatte den Tod seines Freundes nicht mitbekommen. Dieser Tage hatte er gegenüber Annegret

Becker bemängelt, die Volkssolidarität boykottiere wohl den guten alten Olbert.« Als sie ihn über dessen Ableben informiert habe, sei das Testament zur Sprache gekommen, das der Mann aufbewahre. »Daraufhin hatte Annegret mich angerufen. Ich nahm das Dokument aber nur unter der Bedingung entgegen, es an Sie weiterleiten zu dürfen.«

»Ihr Vertrauen freut mich natürlich, und ich werde mich um das Vermächtnis von Herrn Olbert kümmern.«

»Davon bin ich überzeugt.« Freese hob seine Tasse. »Jetzt genießen wir den Kaffee, und anschließend hole ich das so wichtige Testament.«

Beide nahmen einen großen Schluck. Der Hausherr stand auf, ging kurz hinaus, kam mit dem Papier zurück und reichte es Katja. »Bitte schön.«

Ihr zitterten vor Aufregung die Hände, sodass sie das Dokument zunächst auf dem Tisch ablegte. In der rechten oberen Ecke der ersten Seite prangte ein blauer Stempel ›Beglaubigtes Original‹. Es folgten notarielle Formalien. Auf dem zweiten Blatt stand das eigentliche Vermächtnis:

›Vorsorglich hebe ich hiermit alle früheren letztwilligen Vermächtnisse auf. Ich setze meine uneheliche Tochter Marie Tauber, geboren am 21. Oktober 1986 in Stralsund als Tochter von Eva Tauber, als alleinige Erbin meines Vermögens ein. Sie darf erst nach Vollendung ihres 18. Lebensjahres über die Finanzmittel und Anlagegüter verfügen. Ihre Mutter, Frau Eva Tauber, hat als Treuhänderin das Geld ihrer Tochter zu wahren, erhält aber keinerlei Verfügungsgewalt darüber. Im Wege dieses Vermächtnisses bestimme ich weiterhin, dass meine langjährige Haushälterin, Frau Phan Thi Lan, geboren am 25. August 1963 in Hanoi/Vietnam, meinen gesamten künstlerischen Nachlass, bestehend aus Manuskripten, Noten und Kostümen, dem Theater Stralsund, Olof-Palme-Platz, übergibt.‹

Die Festlegungen entsprachen den Regelungen, die Bernd Poschmann getroffen hatte. Dazu hätte es keines Testaments bedurft; es verhinderte allerhöchstens, dass die Mutter das Vermögen anrührte.

In dem Schriftsatz folgte noch die Erklärung, dass der Wert des Nachlasses im Kosteninteresse mit 345.000 Mark entsprechend der beigefügten Aufstellung angegeben werde.

Auch diese Zahl stimmte. Mal sehen, welche Posten die … Katja fühlte sich auf einmal so müde. Sie wendete das dritte Blatt des Testaments um, das allerdings völlig leer war.

Sie schaute Freese an. »Die Liste …« Verdammt, die Augen fielen immer wieder zu.

»Was meinen Sie?«, fragte der erstaunt.

»Im Vermächtnis steht … eine Aufstell…« Sie konnte dem Schlafverlangen nicht länger widerstehen. Ihr sank der Kopf auf den Tisch, und sie ließ sich sanft in das Traumland entführen.

*

Ich machte Moltner ganz schön Dampf unterm Deckel, als ich ihm meine Erkenntnisse und Schlussfolgerungen zu Olberts Tod um die Ohren schlug. Am Ende meiner Anklage flatterte er am gesamten Körper und fragte blöd, was er tun solle. Zuerst verlangte ich eine schriftliche Erklärung, in der er seine mangelhaften Ermittlungen bestätigte. Der Kommissar ließ sich nur widerwillig erweichen, unterschrieb aber schließlich. Diesen »Schuldschein« wollte ich ihm zurückgeben, wenn alle Schlampereien und Verfehlungen offen auf den Tisch kamen. In der Zwischenzeit würde mir der Kriminalist als verlässlicher Helfer zur Seite stehen. Nachdem diese Details geklärt waren, *bat* ich ihn, mindestens bis 18 Uhr im Büro zu bleiben. Moltner willigte mürrisch ein und ich machte mich auf den Weg, traf Katja allerdings nicht an. Mir fiel ein, dass sie diesen Peter Schwarz als ihren Freund bezeichnet hatte, der sie doch für die Recherchen um Olberts Tod engagiert hatte. Telefonisch erfragte ich von meinem Helfer im VPKA dessen Adresse und fuhr hin, wieder umsonst. Arbeitete der Mann sonnabends? Die Antwort würde ich nur auf dem Zentralfriedhof finden, also machte ich mich auf den Weg. Der leichte Nieselregen, der vor einer halben Stunde eingesetzt hatte, lud zwar nicht gerade zur Gartenarbeit ein, aber vielleicht steckte in Katjas Freund ein Arbeitstier. Der Parkplatz am Haupteingang lag erwartungsgemäß völlig verlassen da. Ich stellte meinen Trabi ab und stieg aus. Im selben Moment verließ ein Mann das Friedhofsgelände. Er lehnte sein Fahrrad an das Eisentor und schloss ab. Ich lief zu ihm hinüber.

»Entschuldigen Sie, sind schon alle weg?«

Der Mann musterte mich aufmerksam. »An Sonnabenden im Winterhalbjahr schließen wir um vier.«

»Verdammt!« Die Uhr zeigte zehn nach halb fünf. »Wo finde ich Peter Schwarz? Ich muss ihn dringend sprechen.«

»Dann legen Sie mal los, Peter Schwarz steht vor Ihnen.« In aller Ruhe zog er den übergroßen Schlüssel aus dem Schloss, verwahrte das Bund umständlich in die Jackentasche und ging zu seinem Fahrrad.

»Wo steckt Katja? Ich suche sie.«

»Lassen Sie mich raten – Holger Bräsig? Katja hatte über Sie gesprochen.« Wir gingen langsam in Richtung Straße.

»Entschuldigung, ich vergaß, mich vorzustellen. Ja, ich bin Holger Bräsig. Wo finde ich Katja?«

»In Saßnitz. Arthur Freese besitzt einen schriftlichen Nachlass von Herrn Olbert. Sie soll ihn abholen.«

Vor Schreck blieb ich stehen. »Wann ist sie hingefahren?«

»Um vier sollte sie da sein.«

Ich starrte auf meine Armbanduhr – 16.43 Uhr. Stimmten meine Vermutungen, schwebte Katja in Gefahr. Freese würde niemals das Testament rausrücken, wenn er sich das Erbe unter den Nagel gerissen hatte. Womöglich hatte er sie in eine Falle gelockt. Das Warum konnte ich später klären, zuerst galt es, Katja zu helfen. Moltner musste ran.

»Was ist eigentlich los?«, wollte Schwarz wissen.

»Kann ich irgendwo telefonieren? Es wäre dringend.«

»In der Verwaltung.« Schwarz deutete in den Park hinein.

»Dann lassen Sie uns schnell reingehen. Unterwegs erkläre ich Ihnen alles.«

Schwarz zögerte nicht lange. Zehn Minuten später standen wir in einem kleinen Büro im Zentralgebäude des Friedhofs. Auf dem Weg hierher hatte ich ihm die wichtigsten Zusammenhänge erklärt; versuchte dabei aber, die Sachlage weniger dramatisch darzustellen, als ich sie empfand. Hastig wählte ich die Nummer von Moltner, der sich auch prompt meldete.

»Frau Kessler besucht gerade Herrn Freese«, platzte ich sofort heraus.

»Scheiße! Und nun?« Die Stimme des Polizeibeamten verriet, ihm war seine Situation voll bewusst: Passierte Katja etwas, ging es ihm an den Kragen.

»Schicken Sie jemanden hin, der sie bei dem Mistkerl rausholt. Sie muss mich umgehend anrufen.«

»Okay. Ich alarmiere den ABV.«

»Gute Idee. Aber der soll behutsam vorgehen, ohne den Fischer zu warnen. Ich lege jetzt auf, damit Sie sofort Saßnitz anklingeln können. Falls etwas schiefgeht, rufen Sie bitte zurück. Ich warte hier auf dem Friedhof, unter der Nummer …« Ich schaute zu Schwarz, der schrieb mir die Ziffern auf einen Zettel. »9966. Beeilen Sie sich.« Ich legte auf.

Die folgenden Minuten unterhielt ich mich mit Peter Schwarz. Das Gespräch tröpfelte nur zögerlich dahin, immer wieder blickten wir zum Telefon, beide wohl hoffend, es möge klingeln und Katja am Apparat sein. Nach und nach erfuhr ich viele Einzelheiten zur Freundschaft zwischen Katja und Peter Schwarz. Er berichtete gerade, wie sie sich kennengelernt hatten, da klingelte das Telefon endlich, genau zwölf Minuten, nachdem ich Moltner alarmiert hatte.

»Ja?«, rief ich in den Hörer.

»Bei Freese ist niemand zu Hause.« Der Kommissar klang niedergeschlagen.

Ich überlegte blitzschnell. »Sie lassen Ihre Kollegen in Saßnitz nach dem Kerl suchen und ich fahre hin.«

»Fahndung?«

»Nein, vorerst können wir kein Aufsehen gebrauchen. Die Genossen sollen unauffällig vorgehen.«

»Wo erreiche ich Sie? Bis Sie in Saßnitz ankommen, vergehen einige Stunden, der Rügendamm ist blockiert.«

Verdammt. Jetzt geriet die Aktion, die Katja so unterstützt hatte, zu ihrem Nachteil. Aber ich musste es versuchen, und eine Lösung für den Telefondienst fiel mir auch ein. »Moment«, sagte ich in den Hörer und schaute mein Gegenüber an. »Können Sie hierbleiben, gewissermaßen als telefonischer Ansprechpartner, für jedermann erreichbar?«

»Ich wollte mitkommen.« Schwarz' Stimme verriet seine Enttäuschung.

»Bitte, wir brauchen eine Schaltzentrale. Was, wenn Moltner wegmuss?«

Schwarz zierte sich ein wenig, gab aber nach. »Okay, ich bleibe da.«

Ich erklärte Moltner unser Vorgehen, bat ihn, die 9966 in Stralsund überall bekannt zu machen, legte auf und rannte vor zum Parkplatz.

*

Die Lider schmerzten, als Katja zu sich kam. Sie wollte die Hände heben, um die Augen zu reiben, aber die Arme klebten fest auf dem Rücken. Schließlich gelang es ihr, ihre Umgebung wahrzunehmen: Es stank nach Fisch und um sie herum herrschte Dunkelheit. Bestimmt einen Meter über ihrem Kopf ließen links, vorn und rechts viereckige Fenster fahles Licht herein. So ziemlich mittig im Raum erkannte Katja ein Steuerrad mit dem Durchmesser eines großen Globusses. Ihr Gefängnis schien völlig aus Holz zu bestehen. Sie war hier wohl im Steuerstand auf einem Fischkutter gefangen. Ihre Sitzhaltung konnte Katja kaum variieren, da ihre Füße an der Wand gegenüber fixiert waren und sich die auf dem Rücken gefesselten Hände ebenso wenig bewegen ließen. Erst als sie die Lippen öffnen wollte, spürte sie das Textilband, das ihr um den Kopf gebunden war, die Nase aber frei ließ. Glücklicherweise steckte ihr kein Knebel im Mund. Allein der Gedanke daran löste einen Brechreiz aus.

Doch was war passiert? Was hatte sie in diese missliche Lage gebracht? Sosehr Katja überlegte, ihr Gehirn blieb leer, als sei sie gerade erst geboren. Erneut musterte sie die Umgebung, aber die Details des Steuerstands ließen die Erinnerung ebenso wenig zurückkehren. Bei ihrem Blick ringsherum entdeckte sie eine Uhr, die über dem Frontfenster hing. Welche Zeit zeigte die an? Fünf vor halb neun? Wann war sie hier eingesperrt worden? Und wie lange noch? Nicht einmal der Ort fiel ihr ein, an dem sie festsaß. Was sollte überhaupt werden?

Ein kalter Lufthauch weckte Katja aus ihren Gedanken. Auf der gegenüberliegenden Seite des Steuerstandes stand die Tür offen. Ein Mann kam herein. Im Gegenlicht der diffusen Beleuchtung draußen sah Katja nur einen Scherenschnitt, erkannte ihn aber sofort – Arthur Freese. Im selben Moment erinnerte sie sich, wie sie hierhergekommen war und warum. Ihr Entführer musste K.-o.-Tropfen in den Kaffee gemischt haben; und während sie das Testament gelesen hatte, war sie eingeschlafen.

Freese schloss die Tür. Er kam zu Katja und kontrollierte die Fesseln. »Alles in Ordnung«, stellte er befriedigt fest und richtete sich auf. »Entschuldigen Sie bitte die Unannehmlichkeiten, die Sie auch während der Reise erdulden müssen. Ich brauche meine Hände für den Kahn und einen klaren Kopf für die Navigation.«

Mit dem Mut der Verzweiflung versuchte Katja, durch das Tuch auf ihrem Mund ein paar Worte herauszuwürgen.

Freese schüttelte den Kopf. »Genau deshalb lasse ich Sie auch so eingeschnürt, ich möchte mir Ihre nervtötenden Fragen ersparen. Doch seien Sie beruhigt, einige Erklärungen bin ich Ihnen schuldig, und die werden Sie bekommen. Jetzt müssen wir aber erst einmal los.« Er betätigte einen kleinen Hebel neben dem Steuerrad, und im Bauch des Kutters startete ein Dieselmotor.

*

Vor Sagard fuhr ich geradeaus in Richtung Saßnitz. Das Straßenschild bezifferte die verbleibende Distanz auf sechs Kilometer. Mittlerweile zeigte die Uhr zehn nach halb neun. Leider war ich am Rügendamm länger aufgehalten worden als gedacht. Thomas hatte Verständnis für meinen Wunsch aufgebracht, allerdings dann doch Gewissensbisse bekommen – wenn sie mich durchließen, sei das ein Tabubruch, und es könne anschließend jeder kommen. Als ich ihm versicherte, Katja befinde sich in höchster Gefahr, hatte Thomas mit seiner Mannschaft erst Kriegsrat abhalten müssen. Erfreulicherweise waren die Aktivisten einsichtig gewesen und hatten mich schließlich durchgelassen, aber auch nur unter der Maßgabe, dass mich niemand hatte sehen dürfen. Und so waren noch einmal zehn Minuten vergangen, bis ich meinen Trabi durch die Blockadestellung bugsiert hatte.

Hoffentlich kam ich nicht zu spät! Schwungvoll fuhr ich die abfallende Straße nach Saßnitz hinein und entdeckte vielleicht einen halben Kilometer hinter dem Ortseingang eine Telefonzelle. Ich hielt mit quietschenden Reifen und sprang aus dem Wagen, um bei Peter Schwarz anzurufen.

»Von Freese fehlt jede Spur«, verriet er mir mit einem deutlichen Unterton der Verzweiflung. »Kommissar Moltner fragt an, ob er die Fahndung über die Kollegen auf Rügen einleiten lassen soll.«

Darum dürften sie wohl kaum mehr herumkommen. Aber vorher fiel mir noch etwas anderes ein. Der Kerl hatte meinen Interviewwunsch doch abgewimmelt, weil er mit einem Freund auf See rausfahren werde. Das war eine letzte Möglichkeit, bevor Polizei auf der Insel von der Kette gelassen wurde.

»Zuvor sollten wir feststellen, welche Fischkutter in den zurückliegenden Stunden ausgelaufen sind und ob auf einem Kamerad Freese stecken könnte. Klären Sie das?«

»Mach ich.« Peter Schwarz klang so, als freue ihn jeder

Auftrag, um die Grübeleien über Katjas Schicksal aus den Gedanken zu vertreiben.

»Ich fahre inzwischen zum Hafen runter und melde mich wieder.«

*

Katja schmerzten mittlerweile die Handgelenke, die ihr auf dem Rücken zusammengebunden waren. Die Wanduhr über dem Frontfenster zeigte 20.50 Uhr. Freese stand am Steuerrad und bugsierte den Kutter durch die ruhige See. Der Motor im Rumpf blubberte gleichmäßig. Wie weit sie bereits vom Ufer entfernt waren, konnte Katja nicht sehen. Das Schweigen des Fischers bereitete ihr zunehmendes Unbehagen. Welches Schicksal hatte er ihr zugedacht? Warum hatte er sie überhaupt nach Saßnitz, in diese Falle gelockt? Sie hielt die Ungewissheit kaum mehr aus. In der Art eines trotzigen Kindes schlug sie die Füße auf den Boden, soweit das die Fesseln zuließen, und schrie mit Leibeskräften in das Tuch um den Mund.

Freese schaute zu ihr herunter und grinste. »Na, was gibt's? Krakeelen Madame herum? Noch eine kleine Betäubung gefällig?« Er zog ein braunes Medizinfläschchen aus der Tasche.

Nein, nicht!, rebellierte es in Katja – sie schüttelte heftig den Kopf.

»Dann geben Sie Ruhe. Essen und Trinken habe ich keins an Bord. Sie müssen weiter in Demut ausharren.« Freese rieb sein unrasiertes Kinn, was ein raschelndes Geräusch verursachte. »Der Luxus einer Toilette fehlt auf dem Kutter, falls Sie das meinen.«

Katja wäre zwar gern austreten gegangen, aber sie hielt

es wohl noch eine ganze Weile aus. Sie schüttelte erneut den Kopf.

Freese warf einen Blick auf das Armaturenbrett, vermutlich kontrollierte er den Kompass, und korrigierte ein wenig den Kurs. Schließlich machte er einen Schritt nach links und blickte hinaus, beugte sich zum Frontfenster vor und schaute auf die See, kam auf die rechte Seite, stieg über Katjas Beine und musterte neuerlich die Umgebung draußen. Letztendlich nahm er wieder die Position hinter dem Steuerrad ein und begann zu sprechen, ohne seine Gefangene eines Blickes zu würdigen. »Ihnen brennen diverse Fragen auf der Seele?« Jetzt sah er doch zu Katja herunter, die heftig nickte. »Na gut, wollen wir mal sehen, was ich verraten kann.« Die Augen richtete er auf die See jenseits des Frontfensters hinaus. »Sie sind mir zu schnell zu nahe gekommen! Und so musste ich meine Pläne ändern.«

Froh, endlich etwas über die Motive ihres Entführers zu erfahren, blieb Katja mäuschenstill.

»Ein wenig trug ich wohl selber Schuld, Ihr Misstrauen geweckt zu haben: Aber woher hatte ich wissen sollen, dass Sie hinter Olberts Erbschaft herjagten und nicht den Nachlass von Wastler klären wollten. Ich hätte auch besser daran getan, meine Bekanntschaft mit dem guten Franz zuzugeben.« Der Fischer rieb erneut über sein Kinn.

Katja hoffte inständig, ihr Peiniger möge weiterreden. Sie hielt die Luft an und wagte keinen Muskel zu regen – musste jede Handlung vermeiden, die Freese gänzlich verärgerte.

»Den Kontakt zu Ihnen zu suchen, erwies sich im Nachhinein als glückliche Fügung. Garantiert wissen Sie längst, von wem die nette Einladung zur Volkssolidarität stammte?«

Wie ein naiver Backfisch war sie in die Falle getappt.

»Wer mich auf Ihre Spur gebracht hatte, muss ich für mich behalten. Oder wollen Sie es hören?«

Katja traf ein eisiger Blick des Kerls. Am liebsten hätte sie genickt, wartete aber ab, was die Fangfrage bedeutete.

»Dann müsste ich Sie allerdings anschließend der kalten See übergeben, mit einem Grundgewicht an den Füßen. Wäre Ihnen das recht?«

Ob der makabren Frage schauderte es Katja. Rein mechanisch bewegte sie den Kopf hin und her.

»Sehr vernünftig. Wir sollten auch lieber nach vorn schauen.« Als sei die Bemerkung wörtlich gemeint, sah er wieder in Fahrtrichtung. »Ich lege in dieser Nacht in Klintholm Havn in Dänemark an.« Von dort fahre er einige Tage später in den Westen. Die deutsche Wiedervereinigung komme über kurz oder lang, er für seinen Teil werde diesen historischen Moment für sich vorverlegen. Die Genossen der Küstenwache seien nicht mehr so scharf wie noch vor einem Vierteljahr, da könne ein Kutter in Seenot schon mal durchrutschen. Freese grinste. »Keine Angst, Ihnen erspare ich die Reise zu den bösen Westgermanen. Sie bekommen das kleine Beiboot draußen. Damit treiben Sie bei dem zurzeit vorherrschenden Wind wieder in Richtung Heimat.« Er nickte in sich hinein. »Das mag zwar etwas dauern, aber Sie stellen die verlorene Zeit bestimmt Ihrem Klienten in Rechnung.«

Auch wenn die Aussicht keineswegs verlockend klang, in einem winzigen Kahn mitten auf dem Meer ausgesetzt zu werden, wahrte ihr diese Variante ein wenig Hoffnung, anstatt alternativ in der Ostsee zu ertrinken.

»Bitte ersparen Sie den Genossen von der Volkspolizei den Aufwand, die Kollegen im Westen nach mir suchen zu lassen – ich ändere in Kürze Namen und Lebenslauf.« Der

Fischer wandte seine Aufmerksamkeit wieder dem Kompass und der See vor dem Kutter zu. »Bis ich Sie entlasse, werden Sie meinen Rückzug decken. Kommt mir jemand ernsthaft in die Quere, müssten Sie es ausbaden.« Er kicherte hämisch. »Im wahrsten Sinn des Wortes, mit besagtem Grundgewicht an den Beinen.«

*

Peter Schwarz hatte in den zurückliegenden zehn Minuten offensichtlich gute Arbeit geleistet – am Haupttor des Fischereihafens erwartete mich ein Oberleutnant von der Wasserschutzpolizei. Er stieg zu mir in den Wagen, lotste mich in die Nähe einer Pier und mahnte zur Eile. Wir verließen meinen Trabi und rannten zum Polizeiboot, das sofort auslief.

Noch ganz außer Atem bat mich mein Begleiter, mit auf die Brücke zu kommen.

»Arthur Freese verließ um 20.39 Uhr mit dem Kutter SAS 89 den Hafen«, erklärte der Oberleutnant.

»Allein?«

»Allein, soweit wir wissen. Möglicherweise hat er aber die gesuchte Katja Kessler an Bord.«

»Ein zweiter Fischer ist nicht dabei?«

»Nein. SAS 89 gehört einem Wilhelm Pfeiffer – der sitzt zu Hause hinter dem Ofen. Sein Kumpel Freese leihe sich ab und zu den *Kahn*, das sei nichts Ungewöhnliches.«

»Mist.« Dann bestand für Katja höchste Gefahr. »Kennen wir Kurs oder Ziel des Fischkutters?«

»Nach dem Auslaufen hat er schnell das Landradar verlassen. Aber die Genossen der Volksmarine kümmern sich gerade um ihn. Wenn sie SAS 89 orten, hören wir von ihnen.«

»Und bis dahin?«

»Sie verschnaufen bei einem heißen Kaffee, und wir suchen in Richtung der Fischfanggebiete.«

Da standen mir bange Minuten oder gar Stunden bevor.

Kurz darauf brachte mir ein junger Mann mit einer Kochmütze auf dem Kopf eine Tasse duftenden Kaffee. Ich zog mich in den hinteren Bereich des Fahrstandes zurück, während die Besatzung zur seemännischen Routine überging.

In meiner Ecke war ich beinahe eingeschlafen. Die wohlige Wärme und der gleichmäßige Ton der Maschinen wirkten wie eine Hypnose. Der Oberleutnant, wohl der Kommandant des Polizeibootes, und sein Genosse am Ruder gingen schweigend ihrer Arbeit nach.

Plötzlich schreckte ich auf. »Toni 02! Toni 02 für Cäsar 454 kommen!«, quakte ein Gerät neben mir. Der Oberleutnant kam herüber zum Sprechfunk und nahm das Mikrofon in die Hand, das einem übergroßen schwarzen Stopfpilz ähnelte. »Hier Toni 02! Hier Toni 02! Kommen!«

Aus dem Lautsprecher erklang ein kurzes Rauschen, dann schnarrte eine Männerstimme: »Cäsar 454 an Toni 02! Haben Objekt auf Position 54°41'47" Nord und 13°27'8" Ost aufgefasst. Kurs 305 Grad, Geschwindigkeit 13 Knoten. Verfolgen Ziel. Ende!«

»Danke, Cäsar 454. Ende!«

Der Oberleutnant deutete in Richtung Kartentisch, zu dem wir beide hinübergingen. Der Kommandant beugte sich über die Karte, die auf dem überdimensionalen Tisch lag. Ein Mann der Besatzung reichte ihm einen Zettel, offensichtlich die Koordinaten, die gerade durchgegeben worden waren. Mit flinken Fingern, als mache er den ganzen Tag nichts anderes, schob der Oberleutnant zwei Dreiecke auf der Seekarte zurecht und markierte ein Kreuz in dem Seegebiet nordöstlich von Kap Arkona.

»Der läuft dicht unter Land.«

»Scheint mir verdächtig?«, fragte ich, um überhaupt einmal etwas zu sagen. »Fischer operieren doch weiter draußen?«

»Aber nicht, wenn sie schnellstmöglich Rügen umrunden wollen – der wählt den kürzesten Weg.« Der Oberleutnant schob die Dreiecke zur Seite, ging zum Radar und drückte die Augenpartie auf den Gummitubus. Ohne den Kopf zu heben, gab er das Kommando: »Neuer Kurs 335 Grad. Beide Maschinen volle Fahrt voraus.«

Der Mann am Ruder wiederholte die Weisung, bewegte die zwei Hebel zu seiner Rechten bis an den Anschlag nach vorn und drehte das Steuerrad entgegen dem Uhrzeigersinn. Das Polizeiboot beschleunigte merklich und ließ mich auf die Steuerbordseite taumeln. Der Handlauf am Kartentisch half mir, wieder Halt zu finden. Der Oberleutnant kam mit schwankendem, aber festem Schritt zu mir.

»In 20 Minuten haben wir ihn im Radar, und in knapp einer Stunde gehen wir längsseits.«

»Falls Freese das zulässt – vergessen Sie nicht die Geisel in seiner Gewalt.« Ich sorgte mich um Katja; beinahe bereute ich es, die Polizei alarmiert zu haben.

»Keine Angst. Zuvorderst steht die Sicherheit von Frau Kessler im Zentrum aller Anstrengungen, und dann erst kommt die Jagd des Verbrechers. Aber die operativen Maßnahmen legen wir fest, sobald unser Boot den Kutter erreicht.«

15 – DER VERRÄTER VERACHTET DIE VERRÄTER

Sonnabend, der 28.10.1989

»Das kann doch unmöglich wahr sein!« Viktor schaute von dem Papier auf.

»Glaub's nur«, versicherte Charlie. »Ich habe extra eine zweite Quelle gegenchecken lassen. Deshalb liegt dir das Ergebnis auch erst heute vor.«

Dennoch, Viktor hätte sich niemals vorstellen können, was er da las: Gorbatschow verkaufte die DDR an Kohl. Während des Staatsbesuchs in Bonn im Juni dieses Jahres waren die Verträge unterzeichnet worden. Der Kreml-Chef sicherte den gewaltfreien Wandel in der Ostzone und übergab den westlichen Vorposten des Sozialismus zur vereinbarten Zeit an die BRD. Der Genosse Generalsekretär der KPdSU kassierte dafür Kredite in Höhe von drei Mal 20 Milliarden D-Mark.

Viktor klopfte den Knöchel des rechten Zeigefingers auf das Papier. »Da muss man auf so schäbige Weise den wahren Kaufwert der DDR kennenlernen – Moskau staubt 60 Milliarden ab, damit Kohl uns heim ins Reich holen darf.«

Charlie zuckte die Achseln. »Ich überbringe lediglich die schlechte Nachricht. Doch wenn's …«

Viktor schoss ein furchtbarer Gedanke durch den Kopf: »Ob unser Alter in dem Deal drinsteckt?« Brandstätter hatte sich zwar über die Kontakte von Krenz, Herger und Markus Wolf zu Gorbatschow mokiert, aber das hatte Tarnung sein können. Ihn verband mehr als eine innige Skat-Bruderschaft mit Herger. Viktor sah seinen Mitarbeiter an. »Was meinst du?«

Charlie schüttelte den Kopf. »Du liegst knapp daneben.«

»Ach so?«

»*Schürle* spielt ein doppeltes Spiel. Er hatte mich zu einem Spaziergang nach Treptow eingeladen.« Der Kerl habe Charlie im Wesentlichen die Geschichte erzählt, die dieser von seinen Informanten bekommen und in dem Dossier zusammengefasst habe. Offensichtlich sollte das Gespräch aber nur als Lockangebot dienen. »Ich habe den lieben guten Alexander an der Zunge gezupft. Wichtige Details stellte er abweichend zu meinen eigenen Informationen dar.«

Viktor nickte kurz. »Weiter.«

»Schürle betonte beinahe beiläufig, wie er die Verräter verachte. Man müsse doch etwas unternehmen.«

»Was hast du geantwortet?«

»Ich werde mich mit dir beraten.«

»Hm.« Charlie war kein Dummkopf, auf seine Instinkte konnte Viktor bauen. »Welches Ziel verfolgt der Mistkerl durch das Manöver?«

»Während des Gesprächs wurde ich das Gefühl nicht los, dieser Schürle möchte uns aus der Reserve locken. Wir sollen handeln.«

Dieser Gedanke drängte sich auf.

»Ob der Alte in der Affäre mit drinhängt, weiß ich nicht«, bemerkte Charlie. »Wie der allerdings seinen Wunderknaben hofiert, könnte man es bald vermuten. Er will uns loswerden, wir wissen zu viel von ihm.«

Viktor fiel die Diskussion über die Blockade des Rügendamms ein: Der Chef hatte ihm in der Sache Recht gegeben, doch gleichzeitig dem Jüngling den Weg zu dessen Stillhaltelösung gewiesen, in Viktors Beisein – als Provokation? Am Tage darauf hatte der Alte ihm groß und breit erklärt, Schürle habe jeglicher Anlass zum Eingreifen gefehlt – diese Katja Kessler sei in der Blockadestellung nicht angetroffen worden. Auch diese Nachricht hatte Viktor als Brüskierung empfunden, jedoch keinen Hehl daraus gemacht. Da er sich nicht provozieren ließ, waren sie auf seinen besten Mann zugegangen und hatten dem eine Geschichte erzählt. Aber wartet, ihr sollt mich kennenlernen.

»Wie können wir den Chef checken?«

Charlies Frage wirkte als Initialzünder für Viktors Entschluss: »Gar nicht!«

»Ist das dein Ernst? Wir müssen doch wissen …«

»Wir wissen genug.« Viktor wedelte mit dem Dossier. »Zuerst kaufen wir uns diesen Musterknaben, und anschließend spucken wir Moskau in die Suppe.«

»Geht's auch 'ne Nummer größer?« Charlie schien der Gedanke so absurd, dass er grinste. »Wir ärgern Seine Hoheit Zar Gorbatschow I.? Da bin ich mal auf deinen Plan gespannt.«

»Für den Schürle weiß ich bereits eine tolle Lösung. Über die andere Aktion müssen wir noch ein wenig nachdenken.«

16 – VERFOLGUNGSJAGD

Sonnabend, der 28.10.1989

Bereits eine halbe Stunde zuvor hatte Freese den großen schwarzen Gummitubus vom Radargerät abgenommen. Die Anzeige konnte Katja nicht sehen, aber den grünen kreisenden Widerschein des Anzeigestrahls. In unregelmäßigen Abständen warf der Fischer einen Blick auf das Gerät und konzentrierte sich anschließend wieder auf das Seegebiet vor dem Kutter. Während der gesamten Zeit geisterte Katja immer wieder die Frage nach ihrem Schicksal im Kopf herum – würde der Kerl sein Versprechen einhalten? Der schien etwas auf dem Radar entdeckt zu haben. Er arretierte das Steuerrad, stellte sich an den Apparat und beobachtete die Anzeige.

»Weiß jemand von Ihrem Besuch bei mir?«, fragte er in ruhigem Ton und schaute zu Katja herüber.

Sie erschrak. Was sollte die Frage? Sie hatte lediglich mit Peter über die Fahrt gesprochen. Vorsichtshalber schüttelte sie den Kopf.

»Sie haben mein Telegramm bekommen, sind danach direkt zum Zug und haben niemandem etwas erzählt?«

Katja nickte.

»Keinen Menschen angerufen?«

Katja verneinte entschieden.

Freese schaute wieder auf sein Radarbild. »Da hat sich jemand an unsere Fersen geheftet. Läuft ziemlich schnell, der

Kahn. Sie sollten beten, dass die Bullen nur auf einer Routinefahrt hier draußen rumschippern.« Er schwieg eine Weile und beobachtete dabei das Geschehen auf dem Leuchtschirm.

Nach unendlich langen Minuten hüstelte der Fischer. »Ihre Gebete wurden wohl nicht erhört. Da folgt uns einer, und in einer halben Stunde stehen die querab.«

Katja überkam Angst. Die Furcht vor dem Unvorhersehbaren verdrängte die Magenschmerzen des Hungers.

Freese kam zu ihr herüber, hockte sich hin und schaute sie eindringlich an. »Ich werde kein Verstecken mit denen spielen. Die erfahren gleich am Anfang, was Ihnen blüht, wenn die mir an den Kragen wollen.«

Katja verstand das nicht – wer hatte denn die Polizei informiert? Von ihrem Ausflug nach Saßnitz wusste nur Peter, und warum sollte der Alarm schlagen?

Freese stand auf, löste Katjas Fußfesseln und zog sie in die Höhe. Dann warf er ihr eine schwere Gummijacke über die Schultern, die auf einem Haken an der Rückwand gehangen hatte. »Ich halte mein Wort. Lassen die mich ziehen, krümme ich Ihnen kein Haar. Bekomme ich Ärger mit den Bullen, gehen Sie zu den Fischen.«

Katja knickten die Knie ein.

Freese fing sie auf und schob sie auf einen kleinen Schemel, der gleich neben der Seitentür stand. »Die nächste Zeit müssen Sie aber tapfer sein.« Er fesselte ihr erneut die Füße und verließ das Ruderhaus.

Die Angst in Katja wuchs ins Unermessliche.

*

Der Oberleutnant kam vom äußeren Seitengang wieder herein und legte das Fernglas auf dem Kartentisch ab. »Der erwartet uns bereits. Die Steuerbordseitentür zum Ruderhaus steht offen. Wir werden bis auf Rufweite querab gehen.«

»Und dann?« Die Anspannung in mir quälte mich jede Sekunde mehr. Ich sehnte die Begegnung mit Freese regelrecht herbei, um endlich Gewissheit über Katjas Schicksal zu bekommen. Allerdings verstärkte unsere Anwesenheit die Gefahr für sie. Ihr Entführer war garantiert nicht der Mann, der einfach aufgab, zumal er bereits einen kaltblütigen Mord begangen hatte.

»Wenn wir auf Rufweite heran sind, fordern wir den Kutter auf zu stoppen.«

»Aber er wird der Weisung schwerlich nachkommen«, wandte ich ein.

»Dann entscheiden wir je nach Lage. Sie halten sich im Hintergrund. Auch wenn Ihnen das untätige Zusehen schwerfällt – bitte gefährden Sie nicht unsere Aktion. Versprechen Sie mir das?«

Schweren Herzens stimmte ich zu.

Der Kommandant ging an das Fahrpult und nahm das Mikrofon, das dort steckte. »An alle! Stationen besetzen und Bereitschaft herstellen.«

Der Oberleutnant drehte sich zu mir um. »Wie verabredet bleiben Sie im Hintergrund!«

Ich nickte.

*

Hier draußen im Seitengang an Backbord fror Katja bitterlich. Selbst wenn das Deckshaus sie ein wenig gegen den Fahrtwind abschirmte und Freese ihr die dicke Jacke übergezogen hatte, spürte sie die nächtliche Kälte wie einen Eispanzer auf der Haut.

Nachdem der Fischer vorhin zurückgekehrt war, hatte er sie an Oberdeck an das Schanzkleid gefesselt und eines der bereits erwähnten Grundgewichte an ihren Beinen befestigt. Genau hinter ihr befand sich eine stählerne Pforte im Schanzkleid, die ein dicker Bolzen geschlossen hielt. Sollte die Polizei auch nur einen Fuß auf seinen Kutter setzen oder ihn stoppen, so hatte Freese ihr gänzlich emotionslos klargemacht, werde er die Stahlpforte öffnen und Katja auf Nimmerwiedersehen in die nächtliche Ostsee stoßen. Selbst wenn die Bullen Taucher an Bord hätten, kämen die nie schnell genug ins Wasser, um sie zu retten. Die Worte des Verbrechers hatten Katjas Hoffnung auf einen gütlichen Ausgang dieser Odyssee endgültig zerstört.

*

Das Polizeiboot schloss zum Fischkutter auf. Ich hatte mich draußen auf den Seitengang zurückgezogen, wie mir befohlen worden war. Auf dem Kutter trat Freese aus seinem Fahrstand, schaute zu uns und zuckte die Schultern, als frage er, was die Wasserschutzpolizei wolle. Mit einem Fernglas suchte ich drüben nach Spuren von Katja, konnte aber keine entdecken.

Der Oberleutnant, der vorn auf der Back gestanden hatte, zog sich auf die Brücke zurück. Kurz darauf hörte ich. »SAS 89 für Toni 02! SAS 89 für Toni 02! Bitte kommen!« Offensichtlich rief er Freese über Sprechfunk.

»Hier SAS 89! Was gibt's?«

Der Kommandant wies einen Kanalwechsel an und verlangte, der Fischkutter solle stoppen.

»Worum geht es?«, kam als trotzige Antwort.

Ich hatte mich bis zur Tür des Deckshauses vorgepirscht, traute mich aber nicht hineinzugehen.

»Das erfahren Sie, wenn wir zu Ihnen an Bord kommen. Stoppen Sie!«

Drüben auf dem Kutter gab's keine Reaktion, im Gegenteil, Freese erhöhte sogar noch die Fahrt.

»Toni 02 an SAS 89! Stoppen Sie! Stoppen Sie!«

»Lasst mich in Ruhe!«, quakte es aus dem Lautsprecher des Funkgerätes. »Andernfalls kriegt's meine Geisel zu spüren. Schaut mal her.«

Ich riss das Fernglas so heftig hoch, dass ich mir mit den Okularen in die Augen stieß. Unentwegt musste ich blinzeln, um die Tränen wegzudrücken. Auf dem verdammten Kutter zerrte Freese Katja hinter dem Ruderhaus hervor, sodass sie deutlich zu erkennen war. In ihrem Gesicht zeichneten sich Spuren des Schmerzes ab, die er ihr bereitete. Nach wenigen Sekunden schob der Kerl seine Geisel wieder in Deckung. Die obskure Szene wirkte so, als müsse Freese sein Faustpfand vor uns verbergen.

Kurz darauf quakte neuerlich die Stimme des Fischers im Funkgerät: »Kommt ihr mir zu nahe oder schneidet ihr mir den Weg ab, landet die junge Frau im Bach, mit einem schönen schweren Gewicht an den Beinen. Die holt danach niemand mehr raus, höchstens als Wasserleiche.«

Wut und Angst kämpften in mir. Ich stellte mich in die Tür und schaute zum Oberleutnant, der noch am Sprechfunk stand und zu überlegen schien. »Wir unternehmen doch nichts, was Katjas Leben gefährdet?«, bettelte ich.

Ohne auf meinen Einwand einzugehen, gab der Kommandant über Funk an Freese: »Verstanden.«

Ich betrat den Fahrstand. »Wir vermeiden jedes Risiko! Oder?«

Der Oberleutnant wechselte Blicke mit einem Mann, den ich zuvor noch nicht gesehen hatte. Der nickte kaum wahrnehmbar. Der Oberleutnant kam zu mir. »Sie gehen runter in die Messe. Hier stehen Sie im Wege.«

»Wobei? Was ... was unternehmen Sie? Planen ... Sie eine gefährliche Aktion?«, sprudelte ich so schnell heraus, dass sich meine Stimme beinahe überschlug.

»Wir schützen Ihre Freundin, so gut es geht! Glauben Sie mir. Aber wir dürfen den Verbrecher unmöglich gewähren lassen. In drei Stunden erreicht er die dänischen Hoheitsgewässer.«

»Sie hatten versprochen, ...«, protestierte ich.

Der Oberleutnant packte meine Oberarme und schob mich an den Niedergang, der in der Mitte des Fahrstandes ein Deck tiefer führte. »Gehen Sie runter in die Messe. Von dort aus können Sie den Kutter beobachten. Wenn Sie sich meiner Anweisung widersetzen, muss ich Sie einsperren lassen.«

Was sollte ich tun? Ich gehorchte. Unten angekommen ging ich zu einem der drei Bullaugen und sah mit dem Fernglas zum Fischkutter hinüber. Die Szenerie erfuhr auch in den folgenden Minuten keinerlei Veränderung – beide Schiffe liefen parallel in gleichbleibender Distanz nebeneinander her, Freese stand in seinem Fahrstand und schaute in regelmäßigen Abständen zu uns herüber. Katja blieb auf der abgewandten Seite verborgen.

In meiner Verzweiflung hörte ich plötzlich oben Schritte. Ich schlich zur Tür und öffnete sie einen Spalt.

»Mach dir keine Sorgen«, sagte eine unbekannte Männerstimme, »befolge alle Absprachen bis ins kleinste Detail, dann klappt der Plan.«

»Bist du sicher?« Die krächzenden Worte des Oberleutnants machten mir Angst. Er klang wie ein übernervöser Schauspieler, der vor dem wichtigsten Vorsprechen seiner Karriere stand. »Ich verlass mich auf dich.«

»Kannst du.« Der Fremde strahlte eine große Ruhe aus. »Und jetzt los, bringen wir es hinter uns.«

*

Die Polizisten schienen auf Distanz zu bleiben, stellte Katja immer wieder fest. Vorhin, als Freese sie als Geisel präsentiert hatte, hätte sie vor Schmerzen am liebsten losgeschrien – die Fessel um die Handgelenke war so kurz gebunden, dass ihr beim Hochheben beinahe die Arme ausgekugelt worden wären. Die Stiche in den Schultern hatten sie kaum die Umgebung wahrnehmen lassen, und dennoch hatte sie geglaubt, auf dem Polizeiboot Holger zu entdecken. Er hatte draußen auf dem Seitengang gestanden und mit einem Fernglas herübergeschaut. Hatte er die Polizei alarmiert? Aber woher wusste er, dass sie in Gefahr schwebte?

Diese Gedanken beschäftigten Katja nur kurz – jetzt fragte sie sich immer wieder, welchen Plan die da drüben verfolgten. Die würden doch Freese niemals nach Dänemark entkommen lassen. Plötzlich schreckte sie aus ihren Grübeleien auf. Deutlich hörbar heulten die Motoren des Polizeiboots auf. Katja streckte den Oberkörper und konnte so durch den Fahrstand des Kutters hinüberschauen. Das Polizeiboot schlug einen Haken – schwenkte in ihre Richtung ein – beschleunigte weiter – eine hohe weiße Bugwelle beleuchtete die Nacht.

Die wollen uns rammen, schrie es in Katja. Sie sackte in sich zusammen. Ging der Fischkutter unter, war sie verloren, gefesselt, mit Grundgewicht an den Beinen. Doch der jeden Augenblick erwartete Rammstoß blieb aus. Stattdessen tauchte das Polizeiboot wie ein heranjagendes Seeungeheuer vor dem Bug des Kutters auf.

Nur wenige Sekunden später reagierte Freese, er schleuderte die Seitentür auf und sprang heraus. »Sorry, Lady! Die wollen's so!« Er riss an Katjas Fesseln. In der höchsten Not kam ihr ein verzweifelter Gedanke, sie musste ihr Verderben hinauszögern, so lange, bis Rettung eintraf. Sie wehrte sich unter Aufbietung aller Kräfte gegen den Peiniger und schob ihren Körper immer wieder vor den Verschlussbolzen der Stahlpforte. Freese zerrte an ihr, doch sie kämpfte mit unbändigem Widerstand.

»Na warte, du Miststück!« Ihr Entführer holte aus und schlug Katja ins Gesicht, so stark, als sollte ihr der Hieb den Kopf von den Schultern reißen.

Sie taumelte, fiel aber nicht, die Fesseln zwangen sie in eine unnatürliche Haltung, den Oberkörper zur Seite gekippt, die Arme auf dem Rücken emporgezogen, die Beine verdreht. Freese hob den Arm zum nächsten Schlag. Der schlägt mich noch tot, fürchtete Katja. Ihr schienen bereits die Sinne zu schwinden, über das Gesicht ihres Peinigers tanzte ein intensiv-roter Punkt. Dann fuhr dessen Hand nieder. Sie wandte den Kopf ab, erwartete den Hieb, spürte aber keinen Schmerz. Katja schaute wieder hin – der Verbrecher war zu ihren Füßen niedergestürzt. Sie versuchte, auf die Beine zu kommen, um sich aus ihrer schmerzhaften Haltung zu befreien. Freese lag auf der Seite und starrte mit gebrochenen Augen auf das Deck. Unter dem Haarschopf sickerte ein winziges Rinnsal Blut hervor.

*

Um zwei Uhr standen wir wieder auf der Pier im Saßnitzer Hafen, wohlbehalten, beinahe wohlbehalten: Katjas linke Gesichtshälfte zierte ein riesiger Bluterguss, und ihre Handgelenke hatte der Sanitäter des Polizeibootes verbunden. Morgen, vielmehr heute, würde sie deswegen einen Arzt aufsuchen müssen. Aber ansonsten waren wir unbeschadet aus der Schlacht hervorgegangen.

»Danke, Genosse Oberleutnant!« Ich schüttelte ihm die Hand. »Obwohl, die Folter mit meiner Verbannung in die Messe werde ich Ihnen einige Zeit übelnehmen.«

»Herr Bräsig, Sie hätten die Operation nur gefährdet, weil allerhöchste Präzision gefragt war. Alles in allem standen höchstens 100 Sekunden zur Verfügung, und ich hatte unsere ›Toni‹ metergenau manövrieren müssen. Da sollte ich auch noch Sie hüten? Völlig unmöglich!«

»Wie war der verwegene Plan entstanden, um Freese auszuschalten?«

»In der gemeinsamen Beratung unter den Genossen.«

»Die Ihnen Kopfzerbrechen bereitete?«, forschte ich weiter. »Ich hatte aus der Messe heraus einen kurzen Wortwechsel mit einem Ihrer Leute belauscht. Wer war von der Sache so absolut überzeugt gewesen?«

»Unser Scharfschütze.«

»Seine Zuversicht hatte den Plan besiegelt?«

Der Oberleutnant lächelte und schüttelte den Kopf. »Entschieden hatten wir vorher. Die Überzeugung des Genossen hatte es mir erleichtert, die Operation durchzuführen.«

Nach dem gelungenen Schlag auf See war zuerst Katja aus ihrer misslichen Lage befreit und medizinisch versorgt worden. Danach hatten die Besatzungsmitglieder die Leiche des Fischers geborgen und den Kutter in Schlepp genommen. Währenddessen hatte der Oberleutnant die Zeit genutzt, um uns die Aktion zur Befreiung von Katja zu erklären. Der Plan basierte auf der vom Geiselnehmer angedrohten Gegenwehr: Die Polizisten schätzten, dass Freese mindestens eine

Minute benötige, um die Geisel außenbords zu werfen, und zuvor 30 bis 40 Sekunden vergingen, bevor er die Bedrohung erkannte, nachdem das Polizeiboot beschleunigt hatte. Also blieben 100 Sekunden für einen Zugriff – viel zu wenig Zeit, um den Kutter zu entern. Freese durch mehrere Salven aus Maschinenpistolen zumindest handlungsunfähig zu machen, stand nicht zur Diskussion, da die Schüsse Katja gefährdet hätten – schließlich hockte sie, fest fixiert, hinter dem Angriffsziel. Die größten Erfolgsaussichten bot ein Angriff, bei dem das Polizeiboot möglichst schnell auf die Seite des Fischkutters mit der gefesselten Gefangenen wechselte. Freese musste genau dort hinaus, um seine Drohung gegenüber der Geisel wahrzumachen. In dieser Situation sollte der Scharfschütze den Verbrecher ausschalten. Der Kommandant hatte einen Kurs für sein Boot berechnet, der haarscharf am Bug des Kutters vorbeiführte. Auf diese Weise ergab sich ein Zeitfenster von zehn Sekunden für den todbringenden Schuss.

An Bord des Polizeiboots klingelte ein Telefon. Kurz darauf kam der Rudergänger aus dem Fahrstand. »Für Sie, Genosse Oberleutnant.« Er reichte seinem Chef einen Hörer und das dazugehörige Funkgerät, das der über die Schulter hängte.

»Ja, hier Toni 02?« Er hörte aufmerksam zu und schaute dann Katja und schließlich mich an. »Die Kollegen haben in Freeses Wohnung zwei verschiedene Testamente von einem Franz Olbert gefunden.« Einmal sei eine Marie Tauber als Alleinerbin benannt, und das andere begünstige eine Frau Phan Thi Lan sowie das Theater Stralsund je zur Hälfte.

»Letzteres muss das echte sein und ersteres gefälscht«, erklärte ich, und Katja stimmte mir zu. Bereits auf der Rückfahrt hierher in den Hafen hatten wir die Ergebnisse unserer jüngsten Nachforschungen ausgetauscht. »Haben die Genossen vielleicht noch eine beglaubigte Zweitschrift vom zweiten Nachlass entdeckt?«

Der Oberleutnant gab meine Frage durch, lauschte wieder und nickte schließlich. »Verstanden. Ende.« Er nahm den Hörer herunter. »Stimmt, die Kollegen haben eine Kopie gefunden.«

Also hatte Freese die doch aus der Wohnung in Greifswald gestohlen.

»Was passiert mit den Testamenten?«, wollte Katja wissen.

»Die Genossen übergeben die Papiere an die zuständigen Stellen.« Der Oberleutnant sah auf seine Uhr. »Zehn vor halb drei. Ich lasse Sie jetzt ins Hotel bringen – vielleicht finden Sie noch ein wenig Schlaf.«

»Oh nein, vielen Dank, wir machen uns auf den Weg zurück nach Stralsund. In der Nacht gibt es keinen Andrang an der Fähre.« Ich wollte die Blockierer des Rügendamms nicht neuerlich nötigen, meinen Trabi durchzuschleusen.

17 – DAS OPERATIONSGEBIET IN AUGENSCHEIN NEHMEN

Montag, der 30.10.1989

Die beiden Männer begrüßten einander mit Handschlag.

»Wirklich nett von Ihnen, mir bei dem Ortstermin zur Seite zu stehen.« Viktor schüttelte Schürle kräftig die Hand.

»Unter Kollegen doch eine Selbstverständlichkeit.«

Wir und Kollegen?, wehrte sich Viktor im Stillen gegen den plumpen kumpelhaften Ton. Der Schreibtisch in meinem Büro, den du übermorgen beziehen sollst, wird leer bleiben.

»Was möchten Sie sehen?«

»Wir sollten die gesamte Route abgehen, während Sie mir die Absperrmaßnahmen vom vergangenen Donnerstag beschreiben«, erklärte Viktor und deutete zu der Unterführung hin, die unter den Bahngleisen zur Volkswerft führte. Mit dem Vorwand, Katja Kesslers Weg zu den Blockierern auf dem Rügendamm zu besichtigen, hatte er den Günstling des Chefs zu diesem Treffen bewegen können. »Wir wollen doch zukünftig ähnliche Schlupflöcher für renitente Abweichler vermeiden. Oder haben Sie schon ein Konzept?«

Schürle schüttelte den Kopf. »Da die Dame im entscheidenden Augenblick verschwunden war, hat niemand mehr den Vorgang verfolgt.«

Ja, du Intrigant, erwiderte Viktor in Gedanken, du hältst deine schützende Hand über die Frau – hast wohl ihrem Retter versprochen, die Polizei an die Kette zu legen. Aber das war mittlerweile auch egal – in 20 Minuten würde Schürle die gerechte Strafe ereilen.

Viktor fasste seinen Begleiter jovial um die Schulter und zog ihn in Richtung der Unterführung. »Ist ja kein Beinbruch. Wir schauen uns die Sachlage jetzt an und erarbeiten gemeinsam die Schlussfolgerungen – wir als Kollegen.«

»Gern.«

»Also vorwärts.« Viktor ließ die Schulter seines Gefährten wieder los.

Zuerst erklärte Schürle die Absperrmaßnahmen diesseits der Bahnlinie; dann liefen sie in Richtung Unterführung und bogen jenseits des Damms links in einen kleinen Weg ein.

»Dieser Bereich hier war von der Sicherung ausgenommen?«, wollte Viktor wissen.

»Ja. Ohne direkten Zugang zum Rügendamm besaß diese Seite keine Relevanz.« Die Antwort ähnelte der eines Schülers, den der Lehrer beim Abschreiben erwischt hatte.

»Na, sehen Sie, haben wir schon ein erstes Ergebnis unseres Spaziergangs.« Viktor beschleunigte den Schritt. Am Wasser angekommen, kletterte er den Hang hinauf, seinen Begleiter im Schlepptau. »Und da drüben patrouillierten die Posten?«

»Genau. Die Kessler muss eine Lücke in der Überwachung abgewartet haben.«

Viktor nickte. »Sind ja auch nur ein paar Meter bis vor zur Trennwand.« Er schaute in die Runde. »Ein einziger Genosse an dieser Stelle, und die Delinquentin hätte keine Chance gehabt. Das wäre wohl unsere zweite Erkenntnis.«

»Jetzt, wo ich hier stehe, wird mir das ebenso klar.«

Du machst's mir richtig leicht, frohlockte Viktor. »Eine meiner Maximen: Das Operationsgebiet stets selber in Augenschein nehmen.«

»Verstehe.«

Viktor betrat die Gleise.

»Wo wollen Sie hin?« Schürle schien wirklich irritiert.

»Das Operationsgebiet zu Ende ansehen.« Viktor blickte auf die Uhr. »Nach meiner Kenntnis kommt der nächste Zug in acht Minuten. Da sind wir längst auf der anderen Seite.« Na los, entscheide dich, ein letztes Mal in deinem Leben. »Drüben plauschen wir dann ein wenig mit den Revoluzzern.«

Schürle zögerte nur noch wenige Sekunden, kam dann ebenfalls auf das Gleisbett und lief voraus. Sein schneller Schritt, den er anschlug, war bestimmt der Furcht vor dem Güterzug geschuldet, der in 6:55 Minuten kommen würde.

»Was machen die Kommunarden? Wie geht's denen?«, fragte Viktor, der seinem Vordermann möglichst eng auf den Fersen blieb.

Die Blockierer seien gut organisiert und verhielten sich sehr diszipliniert, einer der Gründe, die ihren Zusammenhalt fördern. Gestern sei eine Delegation der Stadt in der Blockadestellung gewesen, darunter ein Psychologe. Dessen Einschätzung zufolge hielten die noch wochenlang durch.

Während Schürle plapperte, richtete Viktor seine Aufmerksamkeit nach unten. Das leise Zirpen der Gleise klang ihm wie Musik in den Ohren – der Güterzug würde pünktlich in 2:35 Minuten kommen, und so konnte er Plan A umsetzen.

Das Ende der Trennwand rückte näher, und das Geräusch in den Schienen war mittlerweile deutlich zu hören, offenbar auch für Schürle. Der beschleunigte den Schritt. »Los, schnell!«, rief er über die Schulter. »Der Zug nähert sich. Wir müssen von den Gleisen runter.«

Noch 1:55 Minuten. Der Musterknabe des Chefs lief die letzten Meter vor und sprang dann auf die Seite zur Straße hin. Viktor folgte ihm.

»Da hinten liegt die Blockadestellung.« Sein Begleiter zeigte zu dem Lager, das gut zu erkennen war. Er hopste vom Schotter des Gleisbettes herunter.

Viktor sah auf die Uhr: noch 1:25 Minuten. »Halt, warten Sie!« Er stellte sich neben das Ende der hohen Trennwand, sodass ihn die Männer im Führerstand der Lok nachher nicht sehen konnten.

»Wie?« Schürle blieb verblüfft stehen.

»Das Operationsgebiet vollständig in Augenschein nehmen! Katja Kessler entkam dem Güterzug ja wohl im letzten Moment, habe ich im Vernehmungsprotokoll des Lokführers gelesen. Jetzt möchte ich die Stärke des Luftsogs spüren.«

Schürle schaute ungläubig, als überlege er, ob der Verrückte seine Worte ernst meinte.

Noch 0:50 Minuten. Die Lok musste jeden Augenblick am jenseitigen Ufer auf die Ziegelgrabenbrücke auffahren.

»Kommen Sie schnell hoch«, lockte Viktor, »oder haben Sie Bedenken? In Berlin brauchen Sie ein hohes Maß an Courage.«

Jetzt konnte der Musterknabe nicht mehr zurück. Er stolperte den Schotter wieder herauf.

Noch 0:25 Minuten.

Das Zirpen der Schienen verstärkte sich und kündete vom herannahenden Zug.

Viktor zog den Begleiter an seine Seite. »Sie werden sehen, wir machen hier eine unglaubliche Erfahrung.«

Noch 0:15 Minuten.

»Ach so?« Die Stimme des Musterknaben klang ängstlich.

Viktor blinzelte kurz um die Trennwand herum, schätzte die Entfernung zur Lokomotive und zählte: acht, sieben, sechs, fünf, vier, … Blitzschnell packte er Schürle an den Schultern und schubste ihn kraftvoll nach vorn. Der Mann ruderte mit den Armen, stolperte zum Gleis hin. Genau in der Sekunde raste die Diesellok hinter der Schutzwand hervor. Der Sog riss Schürle fort, beendete dessen Kampf um das Gleichgewicht. Er prallte gegen die stählerne Seitenwand der Lokomotive und drehte eine Pirouette um die eigene Längsachse. Eine unsichtbare Kraft zerrte ihn zu Boden, wo sein Kopf an den Rädern der letzten Achse zerschellte.

Viktors Mission war erfüllt. Er verließ die Gleisanlage, rannte zur Straße, wo ihn ein unscheinbarer Trabi aufnahm und zum Bahnhof brachte. Seinen Zug nach Berlin würde er spielend erreichen.

*

Über den Trubel des Wochenendes hätte ich um ein Haar die Verabredung mit der »besorgten Bürgerin« vergessen. Aber wie sie versprochen hatte, fand ich heute Morgen einen Zettel in meinem Briefkasten: ›14.30 Uhr im Ventspils‹, hatte die lapidare Nachricht gelautet.

Und so betrat ich jetzt pünktlich den Gastraum, der bis auf wenige Gäste beinahe leer war. Ganz hinten an einem Fenstertisch machte sich eine Frau bemerkbar. Sie schien Mitte 30 zu sein, hatte ein ebenmäßiges Gesicht und trug einen kräftigen blonden Pferdeschwanz. Als ich näher kam, strahlten mich zwei blaue Augen an.

Die Frau stand auf und reichte mir die Hand. »Schön, dass Sie meiner Einladung gefolgt sind.«

»Gern, wenn mich solch eine attraktive Informantin einlädt. Meinen Namen, Holger Bräsig, kennen Sie ja bereits. Dürfte ich erfahren, wer mich hergebeten hat? Oder wollen Sie die ›besorgte Bürgerin‹ bleiben?«

»Nein, was denken Sie? Bitte nehmen wir erst einmal Platz.« Wir setzten uns. »Ich heiße Liesa Clemens und bin Oberleutnant der K.«

Die Überraschung war der Dame gelungen. »Eine Kollegin von Freund Moltner?« Ich überlegte. »Sie haben mich auf seine Spur gehetzt!«

»Ja, das habe ich.«

»Und nun?«

»Jetzt beschwere ich mich bei Ihnen.«

So langsam dämmerte mir, was die gute Liesa mit ihrem Anruf bezweckt hatte – ich sollte die Machenschaften zwischen Schürle und Moltner an die Öffentlichkeit bringen und den Kriminalisten auf diese Weise beseitigen helfen? Dabei fiel mir ein, Moltner schuldete mir noch immer die Berichte, die er für Schürle erstellt hatte, da musste ich wohl bei Gelegenheit entschieden nachhaken.

»Welches Leid hat Ihr Kollege Ihnen getan?«, fragte ich offen heraus.

»Donnerwetter, stets um ein klares Wort bemüht. Doch Frieder fassen Sie mit Samthandschuhen an.« Frau Clemens lächelte. »Also gut, Sie sollen die Geschichte hören, spielt ja jetzt eh keine Rolle mehr.«

Ihr ›spielt ja jetzt eh keine Rolle mehr‹ hätte mich interessiert, aber sie sollte erst einmal erzählen.

Die Kriminalistin sei sauer auf den Kollegen gewesen, weil er im September 1987 in die MUK berufen wurde und nicht sie, obwohl sie nach den Reglements eher an der Reihe gewesen sei. Stattdessen habe sie noch 18 Monate warten müssen, um endlich in Mordfällen ermitteln zu dürfen. Clemens habe sich keinesfalls geschlagen geben wollen und habe den Konkurrenten im Auge behalten, um eine Schwachstelle zu entdecken. Im Herbst 1988 habe sie mitbekommen, wie Moltner einem Zirkel Verbündeter um Schürle beigetreten sei. Während der Weihnachtsfeier und in der Nacht darauf, der Kollege sei Clemens' Avancen gefolgt, habe sie andeutungsweise von den Diensten erfahren, die Moltner dem Politiker erwies.

»Welche waren das?«, unterbrach ich den Redefluss jetzt.

»Frieder schrieb Berichte und Dossiers über interessante Ereignisse und Personen.«

13 Monate lang, wie ich bereits wusste. »Verstehe. Bitte erzählen Sie weiter.«

Um keinen Fehlinformationen aufzusitzen, habe Clemens sich abgesichert und die Freundschaft zu Schürles Sekretärin gesucht. So habe sie später auch vom bevorstehenden Wechsel des Politikers in die Hauptstadt erfahren. Aus Schadenfreude habe sie Moltner *vertrauensvoll*, von Kollegin zu Kollege, über die Absichten des Kreissekretärs informiert. Zur Freude des Racheengels sei der Genosse Oberleutnant zutiefst deprimiert gewesen. Um ihn noch ein wenig zu quälen, habe sie ihm einen Wochenendausflug am 07./08.10. nach Rügen vorgeschlagen. Moltner habe abgelehnt, da er Schürle treffen wolle. »Und da habe ich Sie angerufen.«

»Damit ich die beiden belausche und anschließend den dreckigen Teil der Angelegenheit erledige.«

»Was Sie offensichtlich versäumten!« Liesa Clemens fixierte mich mit ihren Blicken. »Frieder hat Ihnen bestimmt einen Deal angeboten, sodass Sie ihn verschonen?«

Das führte jetzt aber zu weit – ich musste den Spieß umdrehen. »Gegenfrage: Welche Verfehlungen werfen Sie ihm vor?«

»Schlampige Arbeit!« Die Empörung in der Stimme der Frau klang so echt, als hätte ich ihr selbst Unredlichkeit vorgeworfen. »Sie waren doch dabei, als der Mörder Freese entlarvt wurde. Der konnte nur morden, weil mein Herr Kollege sich seinem neuen ›Dienstherrn‹ anbiederte. Anstatt beispielsweise Franz Olberts Tod aufzuklären, hat er in der Sache des getöteten Hundes vom Landrat ermittelt.«

Ich erinnerte mich an den Fall, der im Februar kurz für Aufmerksamkeit in der Redaktion gesorgt hatte. Letztendlich war herausgekommen, das Tier hatte einen vergifteten Rattenköder gefressen, der von einem Nachbarn ausgelegt worden war.

»Wer weiß, wen dieser Freese noch ermordet hat?«, schimpfte Liesa Clemens.

»Gibt es Anhaltspunkte?«

»Bestimmt! Frieder müsste nur einmal gründlich nachforschen. Aber er fühlt sich ja wieder zu Höherem berufen.«

»Ein spektakulärer Fall?«

Meine Gesprächspartnerin lachte auf. »Kann man wohl sagen. Meinem Kollegen steht eine stattliche Anzahl von Kräften zur Verfügung, um Schürles Ableben aufzuklären.«

Ich verstand kein Wort. »Alexander Schürle? Der Sekretär des Kreises ist tot?«

»Ja. Vor gut einer Stunde hat ihn eine Diesellok auf der Ziegelgrabenbrücke erwischt.«

Deshalb dieses ›spielt ja jetzt eh keine Rolle mehr‹. Mir trat der Schweiß aus allen Poren. In unserer Redaktion dürfte gerade der Teufel los sein. Und ich saß hier herum.

»Wenn ich Sie nicht schon vergangene Woche um ein Treffen gebeten hätte, heute wäre ich zu Ihnen gekommen. Mich kotzt das langsam an, wie Frieder sich immer wieder in den Vordergrund drängt, aber nur Mist baut.«

Wir mussten schnellstmöglich zu einem Ende kommen. »Was verlangen Sie von mir?«

»Veröffentlichen Sie all Ihr Wissen über die Schlampereien meines Kollegen. Dann zieht im VPKA Gerechtigkeit ein.«

Und ich verlor eine wichtige Quelle, befürchtete ich. »Sind Sie sicher? Ich kann Sie als Stein des Anstoßes zwar raushalten, aber spürt wirklich niemand Sie als Urheber des Ungemachs auf?«

Dieser erste Schuss vor den Bug schien zu wirken – Liesa Clemens überlegte.

»Fliegt Moltner raus, folgen Sie ihm dann automatisch auf den lukrativen Posten?«, wusch ich scharf nach. »Es gibt eine alte Weisheit: Wer auf Rache sinnt, soll gleich zwei Gräber ausheben. Verstehen Sie?«

»Natürlich. Welche Alternative empfehlen *Sie* stattdessen?«

Meine grauen Zellen arbeiteten auf Hochtouren.

»Frieder muss einen Denkzettel bekommen!« Clemens schien fest entschlossen, dem Kollegen in die Parade zu fahren.

Mir kam eine andere Idee: »Was, wenn Moltner die alten Geschichten um den Mörder Freese aufzuarbeiten hätte und keine Zeit für die Ermittlungen im Fall Schürle fände? Bestände dann die Möglichkeit, dass Sie einspringen?«

Liesa Clemens schaute mich misstrauisch an. »Jemand müsste meinen Namen ins Spiel bringen?«

»Der jetzt ermittelnde Kriminalist selbst.«

»Das macht der nie!«

»Ich werde ihn ›überzeugen‹. Klappt der Coup, vergessen Sie alle Schweinereien, die Ihnen quer im Magen liegen. Immerhin haben Sie dann die Möglichkeit, sich zu beweisen.«

»Klappt Ihr Deal, gebe ich Ruhe.« Die »besorgte Bürgerin« schien zu überlegen, als wolle sie einen Rückzieher machen. »Ja, Ihr Vorschlag klingt vernünftig. Falle ich tatsächlich die Karriereleiter nach oben, zeige ich mich erkenntlich.«

»Da bin ich ja gespannt.«

»Sie bekommen den Tipp auf eine Quelle, die ich andernfalls selbst nutze.«

»Um was aufzuklären?«

»Durch Freeses Ableben blieben zahlreiche Fragen offen. Die könnten Antworten finden.«

»Klingt interessant. Dann hoffe ich mal auf Ihren Erfolg.« Ich streckte die Hand über den Tisch. »Abgemacht?«

Liesa Clemens schlug ein. »Abgemacht!«

*

Zu dieser abendlichen Stunde lag der Treptower Park verwaist vor den beiden Männern. Sie waren gerade an der riesigen Statue des sowjetischen Soldaten mit dem Kleinkind auf dem Arm zusammengetroffen. Jetzt schickten sie sich an, über den linken Seitengang, im Schutz der dort aufgestellten Gedenksteine und Büsche, zurück zum Eingang zu gehen.

»Die letzten Vorbereitungen für Operation ›Bahnschranke‹ laufen planmäßig«, erklärte Charlie.

Viktor nickte. »Sehr schön. Bei völliger Geheimhaltung?«

»Lediglich Anton, Bruno, Daniel und Emil sind eingeweiht.«

»Wir wickeln ›Bahnschranke‹ auch nur zu sechst ab.«

»So, wie geplant.« Charlie blickte nach vorn. »Hoffentlich dreht niemand von den Grenzern durch.«

»Sie werden keine Munition in ihren Waffen haben – aus Sicherheitsgründen, des hohen Gastes wegen.«

»Und die Freunde? Kidnappen wir deren Botschafter, ziehen die Panzer zusammen und ebnen den Grenzübergang ein.«

Die Einwände des Gefährten freuten Viktor, sie boten eine gute Gelegenheit, alle Details noch einmal zu durchdenken. »Wir ersticken die kleinste Bedrohung im Keim«, erklärte er mit fester Stimme, »und unterbinden so jedwede Eskalation. Beobachten wir auch nur den Anschein einer Gefahr, sterben zwei Mann aus Kotschemassows Begleitung.«

»Und wenn sie dann erst recht stürmen?«

»Um einen Volksaufstand zu riskieren? Vergiss es. Gorbatschow soll in der DDR für Ruhe und Ordnung sorgen. Meinst du, der riskiert 60 Milliarden Dollar?«

»Bleibt die Frage, ob die Grenze wirklich aufgeht.«

»Sie geht auf, und mit ihr fällt die Mauer. Zahlreiche Leute in der zweiten Reihe warten nur auf solch eine Gelegenheit.«

»Und dürfen unsere Landsleute erst einmal zum Kudamm und auf den Funkturm, wollen sie auch nach Hamburg, München und Köln«, ergänzte Charlie.

»Genau! Die offene Grenze bekommt niemand mehr zu. Und ein ungehinderter Verkehr zwischen Ost und West drängt die Heinis in Moskau ins Abseits. Gorbi kann noch Kasse machen und sich anschließend raushalten – wo's langgeht, bestimmt dann Kohl.«

»Und wir?«

Viktor nickte. Ja, ihr eigenes Schicksal hing von zahlreichen Unwägbarkeiten ab. Dieses Problem bewegte auch ihn. »Lass uns ›Bahnschranke‹ durchziehen; danach sehen wir weiter. Uns werden anschließend unzählige Politiker ihren tiefen Dank bezeugen wollen.«

Charlie blieb stehen. »Du hast recht, wird schon schiefgehen. Bleibt es bei der festgelegten X-Zeit?«

»Kotschemassow trifft nächste Woche Donnerstag pünktlich um eins an der Bornholmer Straße ein. Der Termin wurde vom Alten und aus Moskau bestätigt. Damit steht die X-Zeit: 09.11.89 um 13.25 Uhr.«

EINE WOCHE SPÄTER

18 – KEINE HÄNGEMATTE

Mittwoch, der 08.11.1989

»Herr Bräsig? Wann liefern Sie eigentlich wieder einmal etwas ab?« Der Chef stand vor meinem Schreibtisch und trug seine Sorgenfalten auf der Stirn zur Schau. »Heldenruhm verblasst ziemlich schnell.«

Die vergangenen Tage hatten die Nachwirkungen der Ereignisse in Saßnitz geprägt. Katja und ich waren mehrfach durch die Polizei in Bergen auf Rügen und hier in Stralsund vernommen worden. Letztendlich war eine schlüssige Beweiskette zusammengekommen, die Freese als Doppelmörder überführte. In der Wohnung des Fischers hatten die Ermittler bei einer zweiten gründlichen Durchsuchung auch das Testament von Professor Wastler gefunden, der im Nachlass seine ehemalige Herzklinik bedacht hatte.

Oberleutnant Moltner hatte die Ermittlungen beinahe verbissen vorangebracht. Nach meinem Treffen mit Liesa Clemens hatte ich ihm schwer zusetzen müssen, damit er in die alten Recherchen neuerlich einstieg und der Kollegin den Fall von Schürles mysteriösem Ableben überließ. Letztendlich hatte ihn die Aussicht geködert, auf diese Weise seinen vormaligen Pfusch unter der Decke zu halten. Bei Bedarf würde ich ihn aber noch einmal daran erinnern, wie viel Glück er gehabt hatte und wem er das verdankte.

Auch wenn die Beweise für Freeses Schuld am Tod der beiden alten Herren sprach, eins fehlte bis heute – ein Motiv.

Zuerst hatten die Ermittler vermutet, der Mörder habe sich an seinen Opfern bereichert. Diesen Verdacht ließ Moltner jedoch wieder fallen: Bei der Überprüfung der Kontobewegungen des Verbrechers hatte er keine unerklärbaren Geldabflüsse festgestellt. Bernd Poschmann, der Rechtsanwalt vom Nachlassgericht, hatte außerdem bestätigt, ihm sei das gesamte Vermögen der beiden Verstorbenen überwiesen worden.

Während ich in der vergangenen Woche einen einfühlsamen Artikel zur Jagd nach dem mordenden Fischer geschrieben und dafür auch jegliche Anerkennung von allen Seiten erhalten hatte, war ich mit Beginn dieser Tage wieder in den Redaktionsalltag zurückgekehrt. Zu meinem Bedauern hatte mich die Causa Freese so sehr in Atem gehalten, dass ich den Fall Schürle völlig verpasst hatte. Jetzt war es zu spät gewesen, mich dort noch einzubringen. Und so hatte ich das Leben der Aktivisten auf dem Rügendamm neuerlich in einem Artikel beschreiben wollen, was mir vom Chef aber untersagt worden war. Die Bürger der Stadt und auf Rügen hätten sich an den Status quo gewöhnt, so seine Argumentation, und es wachse langsam Gras über die Affäre, da brauchte es keines Kamels, das den Rasen wieder wegfresse.

»Also, wie sieht es aus, woran arbeiten Sie?«, wollte der Alte vor meinem Schreibtisch wissen.

»An den Konzepten für zwei neue Serien«, log ich. »Ich möchte demnächst die Anstrengungen der Mitarbeiter bei Ostseetrans darstellen, die in diesen schweren Zeiten den Verkehr in der Stadt aufrechterhalten.«

»Aha. Und das zweite Thema?«

»Darüber kann ich noch nicht sprechen.«

»Wird wohl wieder ein großer Wurf? Morgen legen Sie mir aber erst einmal einen Bericht über die Hauptversammlung der Kleingartensparte Frohes Schaffen vor.« Ohne eine

Antwort abzuwarten, lief der Chef in Richtung seines Büros.

»Die Leute treffen sich heute um 19 Uhr im Spartenheim in Baabe.« Der Alte blieb stehen und wandte den Kopf zu mir herum. »Und wenn Sie gleich in der Ecke herumkriechen, eine schöne Reportage, die Arbeit und Leben der Küstenfischer von Mönchgut beschreibt, passt gut in die Wochenendausgabe. Morgen Nachmittag um drei erwarte ich Sie zurück.« Er ging weiter. »Aber bitte keine Propaganda oder Hetze!«

Hatten wir wirklich keine anderen Sorgen? Das Klingeln des Telefons enthob mich meiner defätistischen Grübeleien. Ich nahm ab und meldete mich.

»Schön, Sie zu erreichen«, freute sich Liesa Clemens. »Ich rufe aus der Hauptstadt an und wollte mich bedanken.«

Die Frau überraschte mich immer wieder. »Was suchen Sie in Berlin? Schürles Tod bereits aufgeklärt?«

»Ich wurde vorgestern überraschend abgezogen.« Ihr methodisches Herangehen an die Untersuchungen zum Ableben des Kreissekretärs sei höheren Ortes aufmerksam beobachtet worden. Und da in aufregenden Zeiten Mangel an tüchtigem Sicherheitspersonal herrsche, habe man sie versetzt.

»Und der Fall Schürle?«

»Den soll Frieder klären, nachdem er seine Altlasten aufgearbeitet hat. Ich denke aber, wir sprechen von einem Unfall. Warum der Mann dort an den Gleisen rumgeturnt war, entzieht sich allerdings unser aller Kenntnis.«

Unfall? Mir schien langsam, wenn die Kripo keine Lust hatte oder anderweitig beschäftigt war, kehrten die die Theorie eines Unglücksfalls als Taterklärung heraus.

»Jedenfalls wollte ich mich bei Ihnen bedanken«, redete sie munter weiter drauflos, »ohne Ihren Rat wäre ich wohl in Stralsund versauert. Und weil Ihr Plan funktioniert hat, folgt jetzt die versprochene Zugabe, als Sahnehäubchen.«

Ich erinnerte mich. »Eine Quelle, die offene Fragen im Fall Freese klären hilft.«

»Genau. In Saßnitz wohnt ein alter Freund des Verbrechers – Wilhelm Pfeiffer, der Eigner des Kutters SAS 89.«

Der Name war natürlich während der polizeilichen Ermittlungen mehrfach aufgetaucht. »Der weiß nichts«, gab ich lapidar zurück, »die Gesetzeshüter haben ihn längst befragt. Freese hatte den Kahn ab und zu ausgeborgt, die Aktion vergangene Woche war zumindest für Kumpel Pfeiffer eine gewohnte Routine.«

»Tut mir leid, Ihnen eine solche alte Kamelle zu bieten.« In Liesa Clemens' Worten schwang wirklich Bedauern mit. »Dann haben Sie irgendetwas anderes bei mir gut.«

Redete ich gerade mit einer neuen Quelle? »Was machen Sie eigentlich in Berlin?«

»Pst! Geheim!«, lachte sie. »Nein, Quatsch, ich sitze in einer Dienststelle in Grünau und kümmere mich um Sonderaufgaben. So gehöre ich zum Einsatzstab, wenn Botschafter Kotschemassow morgen den Grenzübergang Bornholmer Straße besucht.«

Klang doch interessant. »Wie erreiche ich Sie? Ich meine, damit Sie Ihre Schulden begleichen können.«

»Falls Sie Ihr Job mal in die Hauptstadt führt, kommen Sie ruhig vorbei. Aber bitte vorher anmelden.« Liesa Clemens gab mir ihre Telefonnummer, verabschiedete sich – sie müsse los – und beendete das Gespräch.

*

Katja hatte Poschmanns Einladung gefreut – bekam sie so die Gelegenheit, noch einmal mit ihm zu reden. Gleichzeitig plagte sie das schlechte Gewissen, wusste der Rechtsanwalt zwischenzeitlich bestimmt von ihrem falschen Namen. Hoffentlich akzeptierte er ihre Entschuldigung.

Ein wenig aufgeregt betrat sie den Ratskeller und steuerte auf den Tisch zu, an dem Poschmann bereits saß. Als sie näher kam, stand er auf und reichte ihr zur Begrüßung die Hand.

»Schön, dass Sie die Zeit erübrigen konnten.« Poschmann strahlte übers ganze Gesicht. »Bitte, nehmen Sie Platz.«

Katja setzte sich. Sie musste endlich das flaue Gefühl im Magen loswerden. »Zuerst möchte ich mich entschuldigen.«

Der Rechtsanwalt lächelte. »Ihr Auftritt als Ingrid Müller?«

Katja nickte.

»Diese Schummelei sei Ihnen verziehen. Wäre mir meine Auftragnehmerin damals offen gegenübergetreten, ich hätte aus reiner Abwehr zugeknöpft oder gar unwirsch reagiert. Ihre Notlüge hat mich vor einer Blamage bewahrt. Und so muss *ich* mich bedanken.«

Poschmanns versöhnende Worte verjagten Katjas Unbehagen und nahmen ihr den Druck. »Ihr Auftrag an Peter hatte ja erst meine Nachforschungen in Gang gebracht.«

»Auch das hat sich letztendlich als Segen erwiesen. Aber jetzt Schluss mit der Vergangenheit. Wir sollten bestellen. Zuvor möchte ich Ihnen in aller Form als Beauftragter des Nachlassgerichts für Ihre hervorragende Arbeit unsere Anerkennung aussprechen.« Er reichte Katja einen Briefumschlag. »Bitte betrachten Sie die 500 Mark als bescheidene Anerkennung für Ihren selbstlosen Einsatz.«

Katja freute sich, als hätte sie zum Geburtstag ein wertvolles Geschenk erhalten. »Vielen Dank!« Erst jetzt, nachdem ihre Aufregung langsam abklang, fiel ihr wieder Poschmanns harte Aussprache des »ch« auf. Mal sehen, ob sich heute die Gelegenheit ergab, ihn nach seiner Herkunft zu fragen?

Poschmann holte eine Sektflasche aus dem Kühler, der neben dem Tisch stand, stellte zwei langstielige Gläser auf die blütenweiße Tischdecke und schenkte ein. Dann stießen sie an. »Ohne Ihren Einsatz wäre der letzte Wille der Verstorbenen verfälscht worden. Ich hätte mir das nie verziehen. Also noch einmal, vielen Dank.« Erneut hob er das Sektglas. Schließlich winkte Poschmann dem Kellner, der ihre Bestellung aufnahm.

»Wie sind Sie diesem Fischer eigentlich auf die Spur gekommen?«, führte der Anwalt zwanglos das Gespräch fort.

»Eigentlich war der Mann auf *mich* zugekommen.« Katja sah das Gesicht des Verbrechers auf dem Fischkutter wieder vor sich, wie er ihr seine Fluchtpläne dargelegt hatte. Aber damit wollte sie Poschmann nicht konfrontieren. »Genauer gesagt, hatten sich die Hinweise auf einen schriftlichen Nachlass von Olbert verdichtet. Und da Freese ein guter Bekannter des Verstorbenen gewesen war, hatte ich ihn aufgesucht.«

»Sehr mutig.«

»Wie geht es jetzt eigentlich weiter?«, stellte Katja die Frage, die ihr besonders am Herzen lag.

»Ganz einfach: Ich warte auf das Testament, bis die Behörden dieses freigeben. Danach setze ich die letzten Wünsche der beiden Toten um, wobei natürlich die Pflichtteilsansprüche des Kindes von Olbert berücksichtigt werden. Zum Glück liegt das Geld ja noch auf dem Sperrkonto, sodass eine Neuaufteilung des Erbes ohne Probleme ablaufen sollte.«

»Wer erhält welche Anteile?«

»Weiß ich zurzeit nicht. Und …«, Poschmann legte die Handflächen aneinander, als wolle er beten, »bitte nehmen

Sie es mir nicht übel, ich dürfte Ihnen sowieso keine Auskunft geben.«

»Verstehe.« Katja nickte. »Mich bewegt noch eine andere Frage!« Sie traute sich kaum, das Thema anzureißen.

»Sehr gern. Wenn ich helfen kann.«

»Wie sieht es eigentlich mit einem Finderlohn aus? Gewissermaßen habe ich doch das Testament ans Tageslicht befördert, unter Einsatz meines Lebens.«

»Ja, Sie haben großes Engagement gezeigt, das mit mehr als 500 Mark belohnt werden sollte. Leider kennt das Gesetz keine einschlägige Regelung; sprechen Sie die Begünstigten an. Stoßen Sie bei denen auf Unverständnis … ich meine, könnte ja sein … stehe ich selbstverständlich zu meinem Wort – dann zahle ich Ihnen 2.700 Mark Aufwandsentschädigung.«

Ein schwacher Trost. Aber einen Versuch wollte sie noch wagen: »Den Fall von Professor Wastler, Freese hatte ja auch dessen Testament gestohlen, bearbeiten Sie den auch neu?«

»Natürlich.« Poschmann hüstelte. »Sie erhalten allerdings kein zweites Honorar.«

Na klar. Durch die Tatsachen ernüchtert, verspürte Katja keine Lust mehr weiterzubohren. Der Kellner enthob sie einer neuerlichen Entgegnung – er servierte das Essen.

Poschmanns Auskünfte während des Mittagessens hatten Katjas Stimmung getrübt. Um sich aussprechen zu können, war sie zu Peter gefahren. Da es draußen regnete, saßen sie in dem armseligen Pausenraum beisammen, dessen Atmosphäre ihre Gemütslage weiter dämpfte.

»Eigentlich müsste ich doch stolz sein auf das Erreichte.« Sie drückte ihren Kummer in einem tiefen Seufzer aus.

»Das kannst du auch«, entgegnete der Freund. »Du hast viel zu viel riskiert! Wenn ich an die Nacht dieses verdammten Wochenendes denke, wird mir heute noch übel.«

»Leider hat sich das alles kaum gelohnt.« Katja spielte mit dem Kabel des Telefons.

»Warum so missmutig?«, protestierte Peter. »Du hast maßgeblichen Anteil an dem Auffinden der beiden Testamente. Dadurch kann der letzte Wille der Toten erfüllt werden. Du hast einen Doppelmörder unschädlich gemacht. Insgesamt eine stolze Bilanz.«

»Für mich bringen die *Erfolge* aber keinen Pfennig.« Sie berichtete, was ihr Poschmann erzählt hatte. »Meine 2.700 Mark hätte ich auch so bekommen.«

»Warum resignierst du in dieser Situation?«, empörte sich Peter. »Befolge Bernds Rat.«

»Wie?« Katja verstand kein Wort.

»Geh zu Olberts Erben, biete Ihnen deine Hilfe an, mach mit ihnen einen Vertrag, der dir ein Honorar zusichert.«

Katja lachte bissig. »Nachdem das Testament vorliegt, drücken die keinen roten Heller an mich ab. Vergiss es!«

»Olberts Vermächtnis wird wohl einige Wochen oder gar Monate auf seine Vollstreckung warten lassen; vorher erhalten weder die Haushälterin noch das Theater irgendwelches Geld.«

»Poschmann regelt das doch?«

»Aber bis wann? Warum sollte der sich ein Bein ausreißen? Mit der bisher begünstigten Erbin beziehungsweise deren Mutter stehen ihm unangenehme Gespräche ins Haus. Den Vorgang wird er sehr geruhsam und sachte angehen. Möglicherweise landet der Fall vor Gericht. Und, und, und.«

»Du meinst, ich soll …?«

Peter nickte. »Tritt dem lieben Bernd auf die Füße. Mach dich zur Vertreterin deiner Klienten.«

Peters Drängen verjagte Katjas Missmut. Aber ebenso schnell regten sich Bedenken. »Ich bin allerdings keine Juristin.«

»Mensch, Mädchen, stelle dich nicht so an. Wie ich dich kenne, besitzt du ausgeprägte Fähigkeiten eines Wadenbeißers. Die sind hier gefragt und keine Juristin in schickem Kostüm und Stöckelschuhen.«

Katja schmunzelte. Ihr fiel aber ein neuer Einwand ein: »Selbst wenn ich Poschmann im Auftrag meiner Klienten neuerlich auf den Pelz rückte, er würde mir kein Wort sagen, mir als Nicht-Verwandte des Erblassers.«

»Jetzt habe ich genug! Hast du schon mal den Begriff ›Vollmacht‹ gehört? Da du sowieso einen Vertrag mit deinen Klienten abschließen musst, lässt du dir bei der Gelegenheit eine Vollmacht geben.«

Katja freute sich, so einen Freund und Ratgeber zur Seite zu haben – Peter ließ eben keinen Einwand gelten. »Na gut, ich kann's ja probieren. Lassen die Erben mich abblitzen, bleibt mir ja noch das Honorar von Poschmann.«

»Das vergiss ganz schnell!« Peter schüttelte den Kopf. »Die Hängematte rollt dir niemand aus. Kämst du wirklich mit leeren Händen zurück, rate ich Bernd ab, auch nur eine müde Mark auszuspucken. Du erhältst die Chance, ein mittleres Vermögen zu verdienen, also kümmere dich.«

Alles in allem musste Katja ihrem Sparringspartner wieder einmal Recht geben. Aber wie ein kleines Schulmädchen wollte sie sich nicht abfertigen lassen, und so reizte sie ein letzter Widerspruch: »Selbst wenn ich *meine Klienten* zu einer Unterschrift unter einen Honorarvertrag bewegen kann, würde ich hinterher kein Geld sehen.«

»Ach so?«

»Entwerfe ich als Laie einen Vertrag, kommt am Ende jeder juristische Profi wieder raus! Ich hab doch keine Ahnung!«

Sie schien den Nagel auf den Kopf getroffen zu haben – Peter musste überlegen. Aber nur kurz. Er schaute auf die Uhr. »Wenn wir diese psychiatrische Sitzung jetzt beenden könnten, würde ich dir einen Vertragsentwurf besorgen. Den kannst du gleich morgen früh abholen.«

»Gehst du zu einem deiner Schieberkumpel? Gegen was tauschst du denn diese ›Hilfe‹? Gegen Fliesen oder gegen Zement?«

»Brauchst du nun den Entwurf eines Vertretungsvertrags?«

»Ja, wäre ganz schön.«

»Also Schluss mit dem Lamentieren und raus jetzt.«

19 – WO WOHNT TAUBER?

Donnerstag, der 09.11.1989

Herr Schmalstieg nahm sich auch heute Zeit für Katja und empfing sie in demselben Kontor wie bei der ersten Begegnung – er hinter der Balustrade und sie davor.

»Wenn ich Sie richtig verstanden habe«, rekapitulierte er, nachdem sie den Sachverhalt kurz erklärt hatte, »konnte das Testament dank Ihres Einsatzes gefunden werden. Und von uns fordern Sie jetzt eine Belohnung dafür?«

»Nein, so war das nicht gemeint. Sie erhalten in jedem Fall Ihren Anteil am Nachlass. Aber deswegen befindet sich das Geld noch nicht auf Ihrem Konto.«

»Wie lange dauert das denn?«

»Der Fall ist etwas komplizierter, weil Herr Freese …«

»Bitte keine Details«, unterbrach sie Schmalstieg. »Wann bekommen wir die uns zustehende Summe überwiesen?«

Diese Frage hatte ihr Phan Thi Lan, bei der Katja vorhin gewesen war, auch schon gestellt, was ihr die Antwort aber keineswegs erleichterte. »Gehen Sie ruhig von sechs bis zwölf Monaten aus«, schätzte sie und ergänzte sofort: »Ich könnte Ihnen helfen, die Frist zu verkürzen.«

»Sie garantieren, dass wir das Erbe innerhalb eines Vierteljahres gutgeschrieben bekommen?«

»Garantieren nicht, doch ich unterstütze Sie, die …«

»Wie viel steht uns eigentlich zu?«

Auch diese Frage hatte ihr vor eineinhalb Stunden Olberts

Haushälterin gestellt und sie hatte keine Antwort gewusst, weil ihr die Information über den Pflichtanteil der Tochter fehlte. Also bemühte sie neuerlich eine Schätzung: »Sie erhalten ein Viertel von 345.000 Mark.«

»Das wären ...«

»86.250 Mark«, entgegnete Katja, als hätte sie auf das Stichwort gewartet, um ihre Kompetenz zu demonstrieren.

»Und davon berechnen Sie zehn Prozent für Ihre Dienste?«

»Der reguläre Honorarsatz.« Ungewollt hatte sie die Worte nur geflüstert; sie hielt die Summe auch für ziemlich hoch, aber Peter wollte ihr die Freundschaft kündigen, wenn sie weniger verlangen sollte.

»8.625 Mark dafür, dass wir das Geld schneller bekommen, *vielleicht* schneller bekommen? Nicht schlecht.« Schmalstieg sah Katja an, sie schwieg, um kein Öl ins Feuer zu gießen. »Kann sich unser Anteil durch Ihre *Hilfe*«, er betonte das Wort, als hätte sie ihm für das verlangte Honorar lediglich eine Wettervorhersage für die kommende Woche versprochen, »erhöhen? Ich meine, könnten Sie fürs Theater mehr rausschlagen? Zum Beispiel Ihre Entlohnung?«

»Nein, das wird wohl kaum gehen. Die Aufteilung des Erbes regeln Gesetz und Testament.«

»Hm.« Schmalstieg zog skeptisch das Kinn kraus. »Dann kommen wir schwerlich ins Geschäft – wir brauchen jede Mark. Natürlich werde ich Ihr Angebot an die zuständigen Stellen im Haus weitergeben, bei der Gelegenheit aber meiner Skepsis deutlich Ausdruck verleihen.« Der Theatermann nickte Katja in der Art zu, wie er wohl einen nervigen Theaterfan abservieren würde, der Freikarten für die nächste Opernvorstellung erbettelte. »Wenn es sonst nichts gibt, vielen Dank und auf Wiedersehen.« Er senkte den Blick demonstrativ auf den Ordner, der vor ihm auf dem Tisch lag.

Ungeachtet ihrer Enttäuschung versuchte Katja, sich möglichst freundlich zu verabschieden, und verließ wenig später das Theater. Bei Phan Thi Lan hatte sie am Morgen wenigstens einen Teilerfolg verzeichnet: Frau Lan wollte vor der Unterschrift erst Rat von Herrn Bräsig einholen – dem vertraue sie.

Holger setzte sich schon für Katjas Belohnung ein. Das würde sie noch heute Abend mit ihm besprechen. Gegenwärtig kurvte er allerdings irgendwo auf Rügen umher, hatte sie in der Redaktion erfahren; um 15 Uhr erwarte man ihn zurück. Bis dahin blieb ausreichend Zeit, zu Hause vorbeizufahren – am Morgen hatte Katja vor Aufregung um ihre Betteltour keinen Bissen herunterbekommen, und so verlangte der Magen jetzt nach einem Mittagessen.

Auf den Treppenstufen neben Katjas Wohnung saß ein junger Mann, der ihr bekannt vorkam.

»Frau Kessler, endlich kommen Sie.« Er sprang auf und stürzte ihr entgegen. »Kennen Sie mich noch?«

In dem Moment fiel Katja der Name wieder ein: Kai Blume, der freundliche Lehrling aus dem Bestattungsinstitut. »Natürlich, Herr Blume. Wo brennt es denn?«

»Können wir das drinnen in Ihrer Wohnung besprechen?«

»Na klar.« Katja ließ den jungen Mann herein. In der Küche setzten sie sich an den Tisch.

»Zuerst fehlte mir jeglicher Anhaltspunkt, wo ich Sie finden kann. Dann erinnerte ich mich an Peter Schwarz vom Zentralfriedhof, den Sie bei uns im Geschäft erwähnten. Der gab mir Ihre Adresse. Ich saß schon über eine Stunde vor Ihrer Tür.« Die Worte sprudelten aus dem Mund von Kai Blume wie das überschäumende Kohlendioxid einer geschüttelten Seltersflasche.

»Warum wollen Sie mich unbedingt sprechen?« Die Frage sollte den Redefluss des Besuchers in geordnete Bahnen lenken.

»Wegen des Grabsteins – es wurde wieder einer bestellt, so einer wie die, die Sie mir letztens gezeigt haben.«

»Okay. Ihr Chef verkauft die bestimmt öfter, oder?«

»Selten, aber immer wenn Herr Poschmann eine Beerdigung organisiert, liefern wir solch einen Stein.«

»Das Nachlassgericht hatte doch schon mehrfach Bestattungen in Ihrem Institut bestellt?«

»Jaha!« Der Junge dehnte das Wort, als verliere er bald die Geduld mit seiner begriffsstutzigen Zuhörerin. »Aber immer erst hinterher! Nach einigen Tagen.«

»Wie, hinterher?«

»Nachdem der Betroffene gestorben war.«

Kai Blume musste total durch den Wind sein, er schien albernes Zeug zu reden. Katja holte eine Flasche Wasser, schenkte ihm ein und forderte den Jungen auf, zunächst einen großen Schluck zu trinken, dann tief Luft zu holen und ganz langsam zu erzählen.

Er gehorchte. Als er ausgetrunken und das Wasserglas abgesetzt hatte, putzte er seine Nase und stopfte das Taschentuch in die Tasche. »Max Tauber soll beerdigt werden«, erklärte er etwas ruhiger. »Aber der lebt noch.«

»Das musst du mir erklären«, versuchte sie, Kai Blume so unaufgeregt wie möglich zum Weitersprechen zu bewegen. Das vertrautere Du verringerte die Distanz, hoffte Katja, und brachte ihrem Besucher vielleicht schneller einen klaren Kopf zurück.

»Das geht schnell.« Gegen neun seien ein Grabstein und die üblichen Zusatzleistungen vom Nachlassgericht bestellt worden. »Als mir die Daten des Toten am Telefon durchgegeben wurden, war ich so erschrocken, dass mir der Hörer aus der Hand gefallen ist. Aber es hat gestimmt, Herrn Poschmanns Sekretärin hatte extra noch einmal in der Akte nachgesehen und mir anschließend alle Angaben bestätigt.«

»Was hat dich so beunruhigt?«

»Bei dem Verstorbenen soll es sich um Max Tauber handeln – geboren am 21.10.1917, gestorben am 09.11.1989.«

»Also heute?«

»Genau.«

»Du kennst diesen Max Tauber?«

»Ja, doch.« Der ältere Herr habe eine Autowerkstatt besessen, habe diese aber verkauft, als er vor zwei Jahren in den Ruhestand gegangen sei. Die Arbeitsgemeinschaft, in der ein paar Jungs betagte Autos reparierten, die habe er jedoch weiter geleitet.

»Und da arbeitest du mit?«

»Macht richtig Spaß.« Seine Eltern hätten Kai Blume zur Berufsausbildung als Bestatter gezwungen. Viel lieber habe er Kfz-Mechaniker werden wollen. Seit er vor gut sechs Monaten in der Arbeitsgemeinschaft von Max Tauber Mitglied geworden sei, habe der ihm immer wieder Unterstützung angeboten, nach der Lehre den Beruf zu wechseln.

Irgendwie tat Katja der Junge leid. »Dein Freund war 72 Jahre alt, er kann doch wirklich, … ich meine …«

»Nein, er lebt, ich habe ihn vorhin gesprochen.«

»Wie? Wo? Wann?«

Als Kai Blume die Bestellung angenommen hatte, habe er Zahnschmerzen vorgetäuscht, um sofort zum Zahnarzt gehen zu dürfen. Dann sei er auf kürzestem Wege zur ehemaligen Werkstatt von Tauber gefahren, um nach ihm zu fragen. »Wäre er wirklich tot gewesen, hätte ich es da erfahren.«

»Ja, klar«, bestätigte Katja und ermunterte den Jungen weiterzuberichten.

»Die Erkundigungen konnte ich mir ersparen, ich traf Herrn Tauber höchstpersönlich. Er schwärmte mir vor, am Nachmittag einen tollen Oldtimer zu reparieren. Die Garage bei ihm zu Hause beherbergt eine kleine Werkstatt mit gehobener Ausstattung. Gelegentlich werkelt er dort für Freunde.«

»Wo ist das?«

Kai Blume zuckte die Schultern. »Weiß nicht. Um seine Privatanschrift hat er immer ein großes Geheimnis gemacht. Voriges Jahr hatte ich während einer Zusammenkunft unserer Arbeitsgemeinschaft einmal nach der Adresse gefragt, aber keine Antwort bekommen.«

»Und eure Gruppe hat sich stets im ehemaligen Betrieb von Max Tauber getroffen?«

»Ja, ausnahmslos.«

Wenn der Mörder Arthur Freese nicht gerade gestern beerdigt worden wäre, hätte Katja ihm unterstellt, in dem Rentner ein neues Opfer gefunden zu haben. Nach dem Verkauf einer Kfz-Werkstatt verfügte der über eine gute Stange Geld, die er … »Dein Max Tauber, an wen hat er das Geschäft verkauft? An einen Angehörigen?«

»Nein! Er besaß keine Kinder. Mir hat er mal erzählt, er hatte oft von einem Sohn wie mich oder einer Tochter wie Marie, die macht bei uns mit, geträumt. Seine drei Ehen seien jedoch gänzlich kinderlos geblieben.«

Hm, passte genau in Freeses Beuteschema. Selbst ungeachtet des toten Mörders klang die ganze Geschichte sehr merkwürdig: Warum bestellte Poschmanns Sekretärin eine Beerdigung, wenn der Betroffene noch lebte?

Sie sah Kai tief in die Augen. »Du hast Max Tauber vor zwei, drei Stunden gesehen und gesprochen?«

»Ja, wen denn sonst?«

»Keinen Doppelgänger? Keinen Zwilling? Den Mann, der dich seit einigen Monaten an Autos rumschrauben lässt?«

Der Junge lachte. »Da bin ich mir absolut sicher!«

»Und wie passt dazu der Grabstein? Was denkst du?«

»Ich dachte, Sie wissen eine Antwort.« Aus Kai Blumes Worten sprach seine Enttäuschung. Sein Blick erinnerte Katja an einen Knaben, dessen Eltern einen lange geplanten Zoobesuch platzen ließen. »Sie haben doch den Mörder dieses Theaterschauspielers überführt. Ich habe davon in der Zeitung gelesen. Deshalb bin ich hergekommen.«

»Du denkst, Herrn Tauber wird etwas passieren?«

Kai Blume nickte.

Katja glaubte eher an ein Missverständnis oder an eine andere plausible Erklärung; wahrscheinlich schraubte der Ruheständler jetzt zu Hause an besagtem Oldtimer herum. Um das Mysterium aufzuklären, war es wohl das Einfachste, bei ihm vorbeizuschauen. Poschmann wollte sie vorerst nicht behelligen, um sich nicht doch noch lächerlich zu machen.

Aber wo wohnte Tauber? In dessen ehemaligem Betrieb brauchte sie kaum nachfragen, diesbezüglich hatte Kai garantiert die Wahrheit gesagt. Ein Eintrag im Telefonbuch schied aus, wenn er seine Privatadresse so vertraulich behandelte. Wer konnte ihr helfen? Peter? Peter kannte beinahe jeden Geschäftsmann in Stralsund, und mit Leuten der Autobranche ließen sich besonders gute Geschäfte abwickeln. Bevor sie hier noch länger rumrätselte, sollte sie anrufen.

Sie stand auf, ging zu Kai und tätschelte ihm aufmunternd die Schulter. »Ich schaue mal nach deinem Max Tauber.«

»Aber auch wirklich.« Die Zuversicht schien in den Jungen zurückzukehren.

»Ich versprech's.« Sie verabschiedete Kai Blume und machte sich sofort auf den Weg zur Telefonzelle eine Straße weiter.

»Max Tauber?«, erklärte Peter, als sie den Namen des Rentners erwähnt und nach dessen Adresse gefragt hatte. »Ich habe von ihm gehört, kenne ihn persönlich aber nicht, ebenso wenig dessen Privatadresse.«

»Schade. Wer könnte mir helfen?«

»Michael!«

»Michael?«, fragte sie erschrocken.

»Na klar. Dein Göttergatte pflegt seit jeher enge Kontakte zu allen Autowerkstätten. Und so lange genießt Tauber ja auch noch nicht seinen Ruhestand.«

Der Gedanke an ihren Ehemann bereitete ihr Bauchgrummeln. »Ob mir Michael überhaupt hilft?«

»Du mit deinem Gezicke«, schimpfte Peter. »Fahr hin, dann weißt du's. Mich entschuldige jetzt bitte, ich muss weitermachen.« Und schon hatte er aufgelegt.

Ob sie doch lieber Poschmann aufsuchte? Nein, die Blamage wollte Katja sich ersparen. Also fuhr sie zum Kraftverkehr.

Der Pförtner, den Katja aus ihrer Zeit hier im Betrieb gut kannte, behandelte sie wie eine Aussätzige: Sie dürfe keinesfalls auf das Betriebsgelände oder mit einem Dienstapparat telefonieren. Nach inständigem Betteln erklärte der Sturkopf sich endlich bereit, den Hörer in die Hand zu nehmen, um Michael anzurufen.

Katja wartete ungefähr zehn Minuten draußen auf dem Vorplatz, da sah sie ihren Ehemann über den Betriebshof kommen. Ihr Herz begann wie damals bei der ersten Verabredung zu rasen und ihr Puls trommelte in den Schläfen.

Michael nickte dem Pförtner kurz zu und kam dann zielgerichtet auf sie zu. »Hallo«, begrüßte er seine Ehefrau trocken und reichte ihr die Hand.

Katjas Nervosität wich augenblicklich einer tiefen Enttäuschung. Er hatte ihr immer noch nicht verziehen. »Hallo«, versuchte sie ebenso emotionslos zu erwidern.

»Womit kann ich dir helfen?«

»Kennst du einen Max Tauber?«

Michael nickte. »Du meinst den ehemaligen Chef von der Werkstatt am Bahnhof?«

»Ich brauche seine Privatadresse.«

»Wozu?«

Er kannte die Anschrift, wurde Katja sofort klar. Am liebsten hätte sie ihrem Mann alles erklärt, ihn ins Vertrauen gezogen. Aber sein unnahbares Auftreten ihr gegenüber verletzte sie aufs Schwerste. Unter den Umständen durfte sie nur Gleiches mit Gleichem vergelten. »Bitte, Michael, ich habe keine Lust und Zeit, lange Erklärungen abzugeben. Verrat mir die Adresse oder lass es bleiben.«

»Max hasst es, wenn jemand seine …«

»Verstehe!« Ohne ihn eines weiteren Blickes zu würdigen, machte Katja auf der Stelle kehrt, um zu gehen.

»Warte.«

Die Last des Psycho-Duells fiel von ihr wie ein schwerer Rucksack ab – sie hatte ihre Gefühle bezähmt und Michael dennoch bezwungen. Langsam drehte sie sich ihm wieder zu.

Er kramte ein Notizbuch hervor und blätterte darin. »Siedlerweg, draußen in Devin. Die Hausnummer fehlt mir hier.« Er lupfte kurz das Büchlein. »Ist aber gleich gegenüber der Endhaltestelle der Linie 3.«

Das würde sie finden. »Danke. Und tschüss.« Katja vermied jegliche Andeutung, ihm erneut die Hand zu reichen – sie ging einfach.

»Pass auf dich auf«, hörte sie plötzlich Michaels Stimme.

Katja hielt inne und drehte den Kopf zu ihm.

»War bestimmt gefährlicher in Saßnitz, als es dieser Bräsig in seinem Artikel beschrieben hat.«

Ihr standen die Tränen in den Augen.

»Max ist aber ein ehrlicher Kerl, oder hat er auch jemanden auf dem Gewissen?«

»Nein, nein«, erwiderte Katja. In ihr brodelten die Gefühle; Michael hatte sich Sorgen um sie gemacht, Anteil an ihrer Arbeit und ihrem Schicksal genommen. Warum hatte dieses Treffen so eisig wie zwischen zwei Pinguinen bei minus 50 Grad ablaufen müssen? Sie hätten hier und jetzt den ersten Schritt aufeinander zugehen können. Aber diese Chance war ungenutzt vorübergegangen, ihr blieb ohnehin wenig Zeit.

»Nein, nein«, wiederholte Katja, »ich will ihn nur etwas fragen, er kannte wohl den Erblasser Olbert.« Die kleine Lüge bemühte sie, damit sich Michael keine Sorgen machte.

Er nickte. »Dann grüß Max von mir.«

20 – DER EINSCHREIBEBRIEF

Donnerstag, der 09.11.1989

Der Grenzübergang Bornholmer Straße wirkte so wie immer in den zurückliegenden 28 Jahren – vereinzelt passierten Pkw die Sperranlagen, meist von West nach Ost, und noch seltener überquerten Fußgänger die Grenze. Nichts, aber auch gar nichts deutete darauf hin, dass hier in weniger als einer Stunde die deutsche Zukunft eine neue Richtung bekam.

Viktor stand etwas abseits und wartete auf Charlie, der soeben aus der Abfertigungsbaracke heraustrat und auf ihn zukam. Die beiden Männer begrüßten einander.

»Bei uns läuft alles nach Plan«, erklärte Charlie. »Die vier Kollegen haben ihre Plätze eingenommen, und Kotschemassow fährt in diesen Minuten an der Botschaft los.«

Die letzte Information deckte sich mit den Meldungen, die Viktor gerade eben bekommen hatte. »Meine Vorbereitungen sind ebenso abgeschlossen. Die politische Seite wird wunschgemäß reagieren.«

»Dann mache ich mich mal wieder rüber, bevor jemand meine Wenigkeit vermisst.« Charlie wandte sich zum Gehen.

»Eine Frage noch«, hielt Viktor ihn zurück. »Diese Oberleutnant Clemens aus Stralsund ist in deiner Gruppe untergekommen? Musstest du sie *vor* der Operation ›Bahnschranke‹ herholen?«

»Zweimal ja. Die Ermittlungsergebnisse der Kollegin klangen besorgniserregend – sie schnüffelte schon sehr nahe an deiner Spur herum.«

»Aber sie gleich in das Team holen?«

»Sollte ich sie beseitigen und weitere Ermittlungen auslösen?« Charlie schüttelte den Kopf. »Uns stehen harte Zeiten bevor, da brauchen wir herausragende Leute, und Liesa entwickelt sich verdammt vielversprechend.«

»Was macht sie heute?«

»Sitzt in der Dienststelle in Grünau und sichert den Besuch von Kotschemassow hier ab.«

Viktor nickte. »Okay. Schauen wir, wie die Clemens einschlägt. Dir wünsche ich alles Gute.«

*

»Holger, komm mal bitte.«

Ich kam gerade von meinem Einsatz auf Rügen zurück, da verlangte auch schon Ingrid nach mir – bestimmt sollte sie mir einen neuen blödsinnigen Auftrag des Chefs übermitteln. Eigentlich hatte ich lediglich kurz an meinem Schreibtisch vorbeischauen und dann gleich Feierabend machen wollen.

»Herr Kollege! Ich warte, es ist vielleicht wichtig«, drängelte die Redaktionssekretärin genervt.

Das Wörtchen *vielleicht* machte mich neugierig. Ich ging zu ihr. »Na, Ingelein, was kann ich für dich tun?«

»Kam heute für dich.« Sie hielt mir einen Briefumschlag entgegen. »Schicken dir deine Informanten jetzt die Post per Einschreiben in die Redaktion?«

Theoretisch wäre das gut möglich, weil Einschreibesendungen und Telegramme von der Redaktionssekretärin nicht geöffnet wurden wie sonst alle anderen Sendungen. Dennoch würde ich mir vertrauliche Informationen niemals hierherkommen lassen. Ich nahm das Kuvert entgegen, drehte es um und ... Der Absender ließ mich innehalten – Wilhelm Pfeiffer aus Saßnitz! Gestern hatte mir Liesa Clemens den Mann als Zeugen im Fall Freese empfohlen, und ich hatte ihn als völlig unergiebige Quelle abgetan. Wegen einer Nichtigkeit schickte der keinen Brief.

»Was Wichtiges?«, fragte Inge in ihrem beiläufigen Ton, mit dem sie stets die Kollegen aushorchte.

Ich zuckte die Achseln: »Muss ich erst sehen. Den Namen Wilhelm Pfeiffer habe ich noch nie gehört.« Nur so würde Ingelein vorerst Ruhe geben.

»Ach so«, ergänzte sie beinahe en passant, »deine Freundin, die Frau Kessler, hatte angerufen und nach dir gefragt.«

»Was wollte sie?«

Ingrid schüttelte kurz den Kopf. »Hat sie nicht gesagt. Ich habe ihr ausgerichtet, du seist gegen drei zurück. Das hat ihr ausgereicht.«

»Mensch, Ingelein«, drängelte ich, »du hörst doch selbst aus dem winzigsten Telefonat noch jede Gefühlsregung heraus.«

»Na ja, ich würde sagen, die Frau hätte dich wohl wirklich gebraucht und schien unter Zeitdruck gestanden zu haben.«

Verdammt, was bedeutete das nun wieder. Aber Inge durfte ich keinesfalls beunruhigen. »Dann muss ich mal sehen.«

Zunächst kümmerte ich mich jedoch um Pfeiffers Brief. Ich ging zu meinem Schreibtisch und riss den Umschlag auf. Er enthielt ein weiteres Kuvert, ohne jegliche Aufschrift, und einen Zettel:

›Sollte ich Ihnen schicken, falls Arthur etwas zustößt. Da er tot ist, erfülle ich ihm diesen Wunsch. Habe den Brief nicht gelesen. Gruß Pfeiffer.‹

Mein Puls schlug schneller, und ich fühlte mich wie in jener Sauna, in die sich unsere Redaktion verwandelt, wenn draußen 30 Grad herrschten. Ich wischte mir den Schweiß von der Stirn und öffnete Freeses Nachricht.

›Sehr geehrter Herr Bräsig, in dem Fall, in dem Sie diesen Brief lesen, ist meine Flucht vorzeitig beendet worden. Nach meiner Überzeugung kann nur Bernd Poschmann dahinterstecken …‹

Der Name jagte mir eine neue Hitzewelle durch den Körper. Ich nahm einen dünnen Hefter vom Schreibtisch, fächelte mir Luft zu und las weiter:

›Ich bin mir sicher, Sie werden die richtigen Schritte einleiten. Damit Sie Nägel mit Köpfen machen können, schildere ich hier die wahre Geschichte des Duos Poschmann/Freese – nehmen Sie es als nachträgliches Geständnis eines Sünders, der vorzeitig von dieser Erde abberufen wurde …‹

Ich überlegte kurz, die Redaktion zu verlassen, blieb aber sitzen und vertiefte mich neuerlich in den Text:

›Als Kapitän und Hochseefischer verdiente ich gutes Geld und leistete mir ein süßes Leben. Der Bau des Hauses in der Seestraße 85 geriet allerdings viel zu teuer und brachte mich in erhebliche Geldnot. In jener Zeit saß mir die Angst im Nacken, ich würde die teuersten Schätze meiner Sammlung verkaufen und die Leidenschaft ganz aufgeben müssen. …‹

Wie war das gewesen? Katja hatte erzählt, Freeses Wohnzimmer habe einem Museum für Fotoapparate und Zubehör geähnelt. Moltner musste mir mal die Inventarliste besorgen. Welche Bekenntnisse lieferte der reuige Sünder noch?

›Während einer Fangreise Anfang 1987 hörte ich eine kleine Geschichte vom Smutje unseres Dampfers: Ein Mann aus der Nachbarschaft sei verstorben und habe ein mittleres Vermögen sowie ein Eigenheim hinterlassen. Da angeblich keine Erben existierten, habe sich Vater Staat das Erbe einverleibt. Solch ein unerwarteter Geldsegen würde mich gerade der gröbsten Kalamitäten entledigen, hatte ich damals gedacht und die Begebenheit schnell wieder vergessen. Bis zu dem Tag, an dem mir Bernd über den Weg lief. …«

Ein Kälteschub löste die Hitzewallungen ab. Ich legte den Hefter auf den Schreibtisch zurück und zog mir die Lederjacke vor der Brust zusammen. Auch wenn ich die Fortsetzung erahnte, las ich den nächsten Abschnitt:

›Im *Trocadero* in Stralsund lernte ich im Herbst '87 einen Rechtsanwalt vom Nachlassgericht kennen – Bernd Poschmann. Als ich meinen Beruf als Fischerei-Kapitän erwähnte, hielt der Sauhund mich für einen Millionär und wollte mich sofort anpumpen. Solch eine Dreistigkeit war mir schon lange nicht mehr begegnet. Anstatt brüsk abzulehnen, wollte ich mal sehen, wie nötig der Kerl die Knete brauchte, und ich deutete meinem neuen Freund möglicherweise ein Entgegenkommen an, vertröstete ihn allerdings. Im Folgenden behielt ich ihn im Auge und erfuhr schnell die Gründe für seine Nöte: Er verdiente nur mäßig, galt als absoluter Autonarr und Lebemann, der regelmäßig Frauen abschleppte und durch teure Geschenke gefügig machte.

Während ich Poschmann beobachtete, fiel mir die Geschichte vom Smutje wieder ein, und darauf kam mir die Idee, wie mein neuer Freund und ich zu Geld kommen und wie wir potenzielle »Kunden« gewinnen konnten: Die Volkssolidarität betreut unzählige alte, einsame Menschen, etliche von ihnen mit einem ordentlichen Vermögen auf der hohen Kante und eigenen Häusern. Und so bot ich mich als singender Seemann für die Klubs der Umgebung an. Über reiche Bekannte brauchte ich danach nicht mehr klagen, und zu Silvester wurden Bernd und ich uns handelseinig: Ich wählte potenzielle Opfer aus, sorgte für deren Ableben und Poschmann brachte das Geld auf Sperrkonten von erfundenen Erben in Sicherheit. Die Beute wollten wir 50/50 teilen. …‹

Der perfekte und perfide Plan eines gerissenen Verbrecherduos, was die folgende Aufstellung bezeugte:

›Otto Zacharias – Ex-Brauereibesitzer – 450.000 D-Mark auf einer Bank in Westdeutschland + 35.000 Mark bei der Handelsbank Stralsund – 10.09.88 erstickt durch ein Kissen – offizielle Todesursache: Herzversagen.

Franz Olbert – Operettensänger – 345.000 Mark bei der Sparkasse Greifswald – 06.02.89 Unfalltod in der Badewanne – offizielle Todesursache: elektrischer Strom.

Prof. Doktor Paul Wastler – Ex-Klinik-Chef – 515.000 Mark bei der Sparkasse Stralsund – 24.06.89 erhängt – offizielle Todesursache: Selbstmord wegen unerträglicher Schmerzen infolge fortgeschrittenen Lungenkrebses. …‹

Katja war auf der richtigen Spur gewesen, hatte bislang nur nicht das Ausmaß der Verbrechensserie erkannt. Das Lesen bereitete mir zunehmend Unbehagen und Kopfschmerzen, doch ich zwang mich durch den restlichen Text:

›Wir hätten noch jahrelang so weitermachen können. Aber dann tauchte diese Schnüfflerin Kessler auf. Erst vorige Woche fand ich heraus, dass Bernd sie über einen Strohmann vom Stralsunder Zentralfriedhof engagiert hat. Ich sollte sie in den Griff bekommen und habe zu ihr Kontakt aufgenommen. Gestern schneite die Kessler wohl unter falschem Namen beim Nachlassgericht rein. Daraufhin flippte Bernd aus, ich müsse die Schnüffeltante beseitigen und anschließend in den Westen verschwinden. Dort warte ein Konto in Höhe von 225.000 D-Mark auf mich. Halte ich die Klappe, sollen noch einmal 225.000 dazukommen. Damit bekam ich das gesamte Westgeld von Zacharias' Erbe. Bernd hat das als großzügige Geste hingestellt, aber vergessen, dass ich von Olberts und Wastlers Nachlässen nur je 20.000 Mark in bar bekommen habe. Mehr hatte Bernd nicht rausgerückt, unser Raubzug werde sonst auffallen. …‹

Deshalb hatten die Kontrollen auf Freeses Konto keine Auffälligkeiten ergeben. Was stand da noch?

›Nach meiner heutigen Einschätzung hat Bernd die Panik nur gespielt, wollte mich loswerden. Ist jetzt auch egal. Nachher um vier kommt die Kessler. Sie wird meine Flucht als Geisel decken. Geht alles gut, kann ich mir auf dem Ruhekissen aus 450 West-Riesen ein neues Leben aufbauen.

Doch offensichtlich ging etwas schief, schließlich lesen Sie diese Zeilen. Nutzen Sie die Informationen, Bräsig. Die Details halten sämtlichen Überprüfungen stand. Jetzt aber Schluss mit der bösen Geschichte, ich muss den Brief zu Wilhelm bringen, bevor die Kessler hier antrabt.‹

Unglaublich! Unter dem Eindruck des Geständnisses überflog ich die drei Seiten ein weiteres Mal. Der letzte Satz machte mich jetzt stutzig: Pfeiffer hatte den Abschiedsbrief seines Freundes an dessen Todestag bekommen. Keine 48 Stunden später musste er die Nachricht über Freeses Tod in der Zeitung gelesen haben. Seither waren elf Tage vergangen. Aus welchem Grund hatte der Mann so zögerlich reagiert? Die Antwort wollte ich sofort erfahren. Pfeiffers Nummer fand ich im Telefonbuch; ich wählte, und am anderen Ende der Leitung nannte eine leise Männerstimme den erhofften Namen.

Ich erklärte, sein Einschreiben gerade erhalten zu haben, und stellte die mich bewegende Frage: »Warum haben Sie den Brief erst so spät weggeschickt?«

»Wegen Poschmann.«

Meine Gedanken überschlugen sich. »Sie kennen den Inhalt von Freeses Nachricht an mich?«

»Nein! Das habe ich doch geschrieben.«

»Was wollte Poschmann?«

»Arthur habe ein Testament hinterlassen, das besagtes Schreiben an mich erwähne. Ich müsse es abliefern.«

»Sie haben das abgelehnt? Hat Poschmann Sie bedroht?«

»Indirekt. Ich könne dann die 50.000 Mark, die mir aus dem Nachlass zugedacht seien, nicht bekommen.«

»Und?«

»Die angebliche Summe weckte meinen Verdacht – Arthur besaß niemals solch ein Vermögen, um mir so viel Geld zu hinterlassen. Sein Hausbau und die Kamerasammlung hatten ihn eine schöne Stange Geld gekostet. Er hatte mich oft genug angepumpt.« Neuerlich verstummte Pfeiffer.

Seine zögerliche Art machte mich rasend. »Der Herr Rechtsanwalt gab sich damit zufrieden?«, fragte ich und bemühte mich eines nachsichtigen Tons.

»Nein, natürlich nicht. Er tobte am Telefon. Da schlug ich eine persönliche Zusammenkunft vor, wollte das Testament sehen. Poschmann stimmte zu, hatte jedoch erst vergangenen Montag Zeit für mich – angeblich sei er auf Dienstreise im Süden der Republik.«

»Das Treffen fand statt?«

»Ja, dauerte aber nur fünf Minuten. Ich habe dem Herrn Rechtsanwalt meine Zweifel offen ins Gesicht gesagt. Da musste er plötzlich weg. Am nächsten Tag brachte ich Arthurs Brief zur Post.«

Der heute ankam, ergänzte ich in Gedanken.

»Bräsig! Wo steckt der Kerl?« Die unverkennbare Stimme des Chefs hallte durch das Großraumbüro. Er hatte wohl auswärts zu tun gehabt und stürmte jetzt, vom Eingang kommend, auf meinen Schreibtisch zu. »Ah, da sind Sie ja.« Sein Gesicht verriet die Aufregung, die ihn zu bewegen schien – die Wangen leuchteten im Rot reifer Äpfel. »Los, ich brauche Sie sofort, Sie fahren nach Berlin.«

»Berlin? Ich denke, unser Revier ist Stralsund und Umgebung?«

»Fragen Sie nicht so blöd, kommen Sie!«

Der Chef stürmte in sein Büro.

Noch immer den Hörer in der Hand, besann ich mich des Gesprächs und verabschiedete mich von Pfeiffer, ich müsse dringend weg, werde mich aber wieder melden. Ich legte auf und trottete notgedrungen dem Alten hinterher. Egal, welchen Auftrag ich bekam, Moltner musste sich um Poschmann kümmern, und ich würde versuchen, Katja zu erreichen.

21 – EINE SCHNAPSIDEE

Donnerstag, der 09.11.1989

Das Anwesen von Max Tauber in Devin hatte Katja schnell gefunden. Ein flaches Wohnhaus im modernen Bungalowstil und eine große Garage mit drei Toren begrenzten einen Hof, der gut und gern als Parkplatz für vier Gelenkbusse dienen konnte. Zur Straße hin wurde das Areal durch eine hüfthohe Backsteinmauer abgegrenzt, der ein Lattenzaun aufgesetzt war. Die rechte Seite und in der Lücke zwischen Haus und Garage trennte eine zwei Meter hohe Buchenhecke das Refugium zu den Nachbarn ab. Ein stattliches Hoftor hätte besagten Gelenkbussen die Einfahrt ermöglicht. Dass in der üppigen Garage eine private Werkstatt beheimatet war, konnte man sich gut vorstellen.

Das Grundstück machte einen verlassenen Eindruck, als sei der Bewohner verreist, oder eben doch verstorben – die Rollos an den Fenstern des Wohnhauses hatte jemand heruntergelassen, und sämtliche Türen und Tore aller Gebäude waren verschlossen – bis auf das lediglich angelehnte Einfahrtstor. Katja nutzte die »Einladung«, betrat den Hof und lief zur Eingangstür auf der Rückseite des Bungalows. Noch ehe sie klingelte, lauschte sie und vernahm die Stimme eines Mannes; also musste jemand im Haus sein. Katja hoffte inständig, Max Tauber würde ihr öffnen und herzhaft mit ihr über den Irrtum vom Nachlassgericht lachen.

Sie betätigte den Klingelknopf und presste gleichzeitig das Ohr an das Türblatt. Eine zuvor hörbare Stimme drinnen verstummte, und waren da Schritte zu hören? Katja trat ein wenig zurück und wartete, auf dass irgendjemand öffnete. Dann ging die Haustür tatsächlich auf, aber dahinter stand niemand. Das Summen eines Öffners hatte sie nicht gehört.

Katja setzte einen Fuß in den Flur. »Herr Tauber?«

Keine Antwort. Sie wagte sich weiter vor und betrat den lang gestreckten Korridor. »Herr Tauber? Sind Sie zu Hause?«

Plötzlich fiel hinter ihr die Tür mit lautem Knall ins Schloss und sie stand im Dämmerlicht des unbeleuchteten Gangs. Erschrocken fuhr sie herum und spürte im selben Augenblick, wie ein Arm sie umschlang und gleichzeitig ein Tuch auf den Mund drückte. In panischer Angst leistete sie Widerstand, schüttelte den Oberkörper, versuchte, dem Angreifer zu entkommen und ihm auf die Füße zu treten. Glücklicherweise blieb ihr die befürchtete Ohnmacht erspart.

»Schluss mit den Mätzchen!«, herrschte sie eine Stimme an, die das »ch« hart wie ein Russe aussprach – Poschmann. »Wenn Sie stillhalten, passiert Ihnen kein Leid«, flüsterte ihr der feige Angreifer ins Ohr.

Katja stellte ihre Gegenwehr ein.

»Und jetzt vorwärts.«

Sie folgte der Anweisung. Poschmann schob sie geradeaus in das Wohnzimmer und drückte sie dort auf einen der Sessel. Seine Hand löste sich von ihrem Mund; gleichzeitig wurden ihr beide Arme nach hinten gezogen.

»Aua, Sie grober Kerl!«, schimpfte Katja lautstark, bekam aber keine Antwort; fühlte stattdessen, wie ihr der Mistkerl die Handgelenke band. Kurz darauf schaltete Poschmann das Radio ein und der Reporter schrie nun mit ohrenbetäubender Lautstärke; den musste sie vorhin draußen gehört haben.

Dann stand der Rechtsanwalt vor Katja. »Leider kommen Sie eine halbe Stunde zu früh, ich muss noch das Obergeschoss durchsuchen. Und schonen Sie Ihre Stimmbänder, die bewegenden Rundfunknachrichten dürften Sie kaum übertönen.«

»Wo steckt Max Tauber?«, fragte Katja so ruhig wie möglich. »Ich wollte ihn in einer dringenden Angelegenheit sprechen.«

»Ach so? Ist leider unmöglich, der Herr schläft.«

»Schläft? Wo?«

Poschmann beugte sich zu Katja herunter. »Darf ich fragen, aus welchem Grund Sie den Hausherrn sprechen wollen?«

Warum sollte sie die Antwort verweigern und ihren Peiniger unnötig reizen? »Ich will ein offensichtliches Missverständnis aufklären. Beim Bestattungsinstitut Ewige Ruh ist eine Bestellung für die Beerdigung von Max Tauber eingegangen, der kurz darauf aber noch lebend gesehen wurde.«

»Ja, ja, ein verdammter Fehler meiner Sekretärin. Diese blöde Kuh hätte zur Strafe tot umfallen sollen.«

»Das heißt, Tauber lebt?«

Poschmann richtete den Oberkörper wieder auf. »Denken Sie, was Sie wollen, ich habe zu tun.«

»Was passiert mit mir?«

»Sie sitzen hier gut verschnürt. Ich packe das Wichtigste ein, verdufte und tauche anschließend im Gewühl der zusammenströmenden Menschen unter.« Poschmann schwieg, drehte den Kopf von ihr weg, schien dem Radiosprecher zuzuhören. Dann sah er sie wieder an. »Demnächst verdiene ich endlich ordentlichen Zaster und muss nicht mehr mit den Hungerlöhnen hier im Osten …« Poschmann verstummte abrupt.

Vom lärmenden Radio beinahe völlig übertönt, vernahm Katja aus dem Flur ein schwaches Klingeln.

»Was soll denn das, verdammt!«, schimpfte der Verbrecher.

Erneut erklang die Klingel.

Poschmann eilte in den Korridor, horchte, lief in ein Nebenzimmer, wechselte wenige Sekunden später in einen Raum auf der gegenüberliegenden Seite des Hauses und kehrte schließlich ins Wohnzimmer zurück. Wortlos zog er das Rollo der Verandatür hoch und öffnete diese. Ein leichter Windzug kam herein. Ohne noch einmal Notiz von der Gefangenen zu nehmen, verschwand der Kerl.

An der Wohnungstür klingelte es bereits zum dritten Mal.

»Hilfe!«, rief Katja. »Hilfe, ich bin hier drinnen gefesselt.« Sie lauschte, aber nichts passierte. »Hilfe!« Ihre Rufe blieben ohne Reaktion. Während sie in die Runde hörte, drang der Radioreporter in ihr Bewusstsein.

»Die Geiselnehmer haben sich im Gebäude der Grenzabfertigung verschanzt. In den letzten Minuten haben sie ihre Forderung konkretisiert: Wenn die Regierung bis 23.59 Uhr eine Regelung für die uneingeschränkte Reisefreiheit der Bevölkerung erlasse, werde man den Botschafter Kotschemassow und seine Begleiter freilassen. Andernfalls sterbe nach Ablauf des Ultimatums jede halbe Stunde eine Geisel.« Der Reporter verstummte kurz, um dann fortzufahren. »Hier am Grenzübergang Bornholmer Straße trat mittlerweile ein Krisenstab zusammen. Ob der Forderung der Geiselnehmer Folge geleistet wird, lässt sich gegenwärtig nicht …«

»Katja!« Holger stand in der Verandatür. »Geht es dir gut?«

»Ja! Mach mich los.« In Windeseile löste er die Fesseln an ihren Händen. »Wir müssen nach Max Tauber suchen«, erklärte sie aufgeregt, »Poschmann hat so komische Andeutungen über ihn gemacht, er soll irgendwo schlafen.«

»Poschmann war hier? Der steckte mit Freese unter einer Decke.«

»Wie bitte?«

»Freese hatte vor seiner Flucht einen Abschiedsbrief verfasst, den ich jetzt bekommen habe. Die beiden Schweinehunde begingen gemeinsam drei Morde.«

Katja glaubte kaum, was sie da hörte. Aber für lange Erklärungen fehlte die Zeit. »Hoffentlich nicht vier! Wir müssen Max Tauber finden.« Sie überlegte blitzschnell. »Du durchsuchst hier die Wohnung und ich sehe mich draußen um.«

Gesagt, getan! Katja rannte durch die noch offen stehende Terrassentür auf den Innenhof. An der Garage blieb sie stehen. Moment mal! Katja ging an das mittlere Garagentor und horchte. Da lief doch ein Motor! Sie langte nach dem Griff in der Mitte und wollte ihn öffnen, leider vergebens; er rührte sich keinen Millimeter. Sie versuchte es links, ebenfalls umsonst. Rechts allerdings, da hatte sie Glück. – Katja entriegelte das Tor und schob es mit Schwung hoch.

Eine stinkende Wolke aus Abgasen waberte ihr entgegen, sie musste husten, und ein Würgereiz überfiel sie. Katja trat drei Schritte zurück auf den freien Platz, atmete tief ein und stürzte dann in die Garage. Glücklicherweise hing der Qualm nur wie ein sanfter Morgennebel im Inneren und behinderte die Sicht kaum. Katja wandte sich dem Wartburg in der Mitte zu und riss die Fahrertür auf. Hinter dem

Lenkrad saß ein älterer Mann, der keine Regung zeigte. Sie langte über ihn hinweg und schaltete mit dem Zündschlüssel den Motor aus. Sie verspürte Atemnot, hielt aber die Luft weiter an, sprang zum mittleren Tor, schob den Hebel für die Verriegelung zur Seite und öffnete es.

Drüben am Wohnhaus sah sie Holger vor die Tür treten.

»Holger! Schnell! Komm hierher.«

Er folgte ihrem Ruf und rannte über den Hof.

»Fass mit an, wir müssen den Wartburg hinausrollen.«

»Na los, vorwärts.«

Holger löste die Handbremse, und dann schoben sie den Wagen rückwärts aus der Garage. Draußen rissen sie alle Türen auf.

»Lebt der Mann noch?«, fragte Katja ängstlich. Sie saß mittlerweile auf dem Beifahrersitz, während Holger an der Fahrertür stand. Er beugte den Oberkörper vor und hielt sein Ohr in unmittelbare Nähe von Mund und Nase des Bewusstlosen. Katja suchte nach dem Puls am rechten Handgelenk.

»Er scheint zu atmen, aber ganz flach«, erklärte Holger.

»Der Pulsschlag ist auch kaum zu spüren. Wir brauchen einen Arzt.«

»Im Haus, das Telefon. Ich laufe rüber. Pass du hier auf.«

»Lassen wir ihn im Auto sitzen?«

»Solange er atmet, bewegen wir ihn lieber nicht. Wenn's ihm schlechter gehen sollte ...«

»Ja, ja, hau ab, ich kümmere mich«, drängte Katja.

Holger spurtete zum Wohnhaus hinüber, während sie den Bewusstlosen im Auge behielt. Vom Alter her und nach der kurzen Beschreibung von Kai Blume musste Max Tauber hier vor ihr sitzen. Hoffentlich würde er durchkommen. Immer wieder kontrollierte sie Puls und Atmung.

Dann kam Holger zurück. »Die beeilen sich, es kann jedoch eine halbe Stunde dauern. Wir sollen ihn nur im Notfall bewegen, ansonsten Herzdruckmassage und Mund-zu-Mund-Beatmung, wenn notwendig. Ich habe auch Moltner alarmiert; den hatte ich ohnehin bereits auf Poschmann angesetzt.«

Verdammt, das werden wohl lange 30 Minuten, befürchtete Katja. Aber vom Sundkrankenhaus hier raus war es schon eine ziemliche Strecke.

Während sie warteten und den Bewusstlosen überwachten, berichtete Katja von den Umständen, die sie hierhergeführt hatten. Holger holte Freeses Brief hervor und gab ihn ihr. Leider bleibe ihm keine Zeit, die Jagd auf Poschmann zu unterstützen, er müsste bereits auf dem Weg nach Berlin sein. Der Chef habe ihn dorthin beordert.

»Berlin?«, fragte Katja neugierig. »Du bist doch Regionalreporter in Stralsund?«

»Der Alte denkt, in Berlin gibt's den großen Umbruch. Ich soll Infos mitbringen, wie sich die Lage auf uns auswirkt. Aber das hat noch Zeit, dein Hilferuf schien mir wichtiger. Peter Schwarz schickte mich zuerst zu deinem Göttergatten und schließlich bin ich hier gelandet.«

»Zum Glück«, bestätigte Katja. »Sonst hätte Max Tauber wohl überhaupt keine Chance mehr gehabt.«

Kurz darauf fuhr der Krankenwagen auf den Hof. Die Türen sprangen auf und drei Männer in wehenden weißen Kitteln rannten auf sie zu. Erleichtert machten Katja und Holger Platz und verfolgten das Treiben mit bangem Hoffen.

Binnen weniger Minuten war der Bewusstlose auf eine Trage gebettet und an ein Gerät für die Fremdbeatmung angeschlossen worden. Während die beiden Sanitäter den Krankenwagen zur Abfahrt rüsteten, kam der Arzt zu ihnen.

»Vielen Dank für Ihren Einsatz. Sie haben alles richtig gemacht. Wir bringen den Patienten ins Sundkrankenhaus, falls Sie sich nach ihm erkundigen wollen.«

Zwischenzeitlich waren eine Polizeistreife und Oberleutnant Moltner eingetroffen. Sie hatten von dem Bewusstlosen Abstand gehalten und den leer stehenden Bungalow gesichert.

»Ich muss jetzt wirklich losfahren«, stöhnte Holger, »für ein Verhör durch die Polizei habe ich keine Zeit mehr.«

»Und ich keine Lust«, ergänzte Katja.

»Ich rede gleich mit Moltner.« Holger machte sich auf den Weg zum Wohnhaus.

Katja blieb allein zurück und sah ihm hinterher. Holger verschwand nach Berlin, und sie? Aber Moment mal! Plötzlich passte das Geschehen der vergangenen zwei Stunden wie die Steine eines Puzzles zusammen, ergaben ein vollständiges Bild: Holger sollte über eine Geiselnahme in der Hauptstadt berichten, und laut Rundfunkreportage hielten Kidnapper am Grenzübergang Bornholmer Straße den Botschafter der Sowjetunion gefangen, forderten absolute Reisefreiheit. Und was hatte Poschmann gesagt? Er werde im Gewimmel der Menschen untertauchen und demnächst richtig Geld verdienen, anstatt von den kargen Hungerlöhnen im Osten leben zu müssen. Das Radio hatte der Mistkerl bewusst angemacht! Während der Gangster das Haus seines Opfers durchsuchte, hatte er das Geschehen in Berlin verfolgt, um auf dem Laufenden zu bleiben. Bei all ihren Sorgen um den verletzten Max Tauber hatten sie nicht mehr an den Verbrecher gedacht. Das sollte sich ändern. Katja rannte hinter Holger her, der gerade um eine der Hausecken verschwand.

»Warte!«, rief sie ihm hinterher.

Er blieb stehen, und sie stürmte zu ihm.

»Wir fahren zusammen nach Berlin«, bekundete sie mit fester Stimme, die keinen Widerspruch duldete.

»Ach so?«

Sie erklärte Holger ihre Überlegungen.

»Glaubst du wirklich, der Schweinehund verduftet in die Hauptstadt zur Bornholmer Straße und wir erwischen ihn da? Eine vage Theorie.«

»Wir können's aber versuchen. Ein Grenzübergang mitten in einer Großstadt ist kein freies Feld. Alle, die rübergehen, müssen durch das Nadelöhr. Und in Stralsund verpassen wir nichts – Moltner und Kollegen suchen hier nach Poschmann.«

»Okay, ich eise dich beim Kommissar auch los. Warte hier.«

»Bitte ihn, die Polizei in Berlin zu alarmieren.«

Holger nickte und verschwand im Haus. Keine drei Minuten später kam er heraus. »Komm, wir hauen ab. Moltner gibt die Fahndung nach Poschmann zwar an seine Kollegen in der Hauptstadt durch, erwartet aber wenig Unterstützung, bei dem, was dort gerade abgeht.«

In Berlin schien die halbe Stadt auf den Beinen zu sein, alles drängte in Richtung Grenzkontrollpunkt Bornholmer Straße. Holger hatte das Auto am Stadtrand abgestellt. Von da ab waren sie mit der S-Bahn bis zum Bahnhof Schönhauser Allee gefahren, der nur eineinhalb Kilometer vom Grenzübergang entfernt sein sollte. Jetzt waren sie aber bereits mehr als 30 Minuten unterwegs und immer noch nicht am Ziel angekommen – unzählige Male waren sie auf undurchdringliche Menschenmengen und Polizeiabsperrungen gestoßen. Katja hatte schon längst bereut, mit nach Berlin gekommen zu sein. Wie hatte sie der Schnapsidee nachhängen können, Poschmann hier zu stellen. Die Nachricht von der Geiselnahme hatte Tausende und Abertausende auf die Straßen getrieben – wohl hoffend, entweder in den Westen zu kommen oder zumindest ein ordentliches Blutbad zu erleben.

Katja hatte ihre Fehleinschätzung zur Jagd auf den flüchtigen Verbrecher revidieren wollen und Holger immer wieder angebettelt umzukehren. Aber der war stur geblieben, hatte einen Plan B, C und D entwickelt, sie stets neuerlich bei der Hand genommen und durch ein Labyrinth aus Häusern geführt, über Seitenstraßen und Hinterhöfe gezerrt. Jetzt trat sie in den Streik! Sie nahm alle Kraft zusammen und blieb stehen, verweigerte den Gehorsam, wie ein Pferd, das vor einem Wassergraben abrupt stoppte. Doch selbst dieser Protest prallte an Holger ab. Er sah sich um, entdeckte wenige Meter die Straße rauf eine Telefonzelle und wies Katja an, hier auf ihn zu warten, er müsse telefonieren.

*

»Herr Bräsig?« Schon an der Stimme erkannte ich den Arzt, der am Nachmittag den Bewusstlosen abgeholt hatte, auch wenn der Doktor am Telefon müde und abgespannt klang. Erstaunlich schnell hatte mich die Zentrale zu ihm durchgestellt.

»Ja, ich bin's. Ich wollte mich erkundigen …«

»Er hat es leider nicht geschafft«, erklärte der Arzt im Tonfall eines Bestatters, dem Trauer und Mitgefühl in die Wiege gelegt worden waren. »Max Tauber hatte zu viel Kohlenmonoxid im Blut, er ist praktisch innerlich erstickt.«

Scheiße! Ich sah hinaus zu Katja, die wenige Meter entfernt von der Telefonzelle auf mich wartete. Ich nickte ihr freundlich zu. Die traurige Wahrheit vom Tod ihres Schützlings durfte ich ihr erst in der Nacht auf dem Weg nach Hause schonend beibringen.

»Hätten wir ihn retten können?«, wollte ich wissen. »Ich meine, bevor Sie ankamen?«

»Nein, garantiert nicht. Machen Sie sich bitte keine Vorwürfe. Selbst aus einer Klinik in der Nähe wäre jede Hilfe zu spät gekommen – Tauber hatte zu viele Abgase eingeatmet.«

»Vielen Dank.« Ich verabschiedete mich von dem Arzt; mich drängte die Eile, ein zweites Telefonat zu führen. Der Tod des Rentners verwandelte Bernd Poschmann, bisher lediglich das Mitglied eines Mörderduos, in einen echten Mörder, und den musste ich erwischen. Die Minimalchance bot sich mir auch nur, wenn ich bis zum Grenzübergang vordrang und meine Zielperson ebenso durch all die Absperrungen schlüpfen würde.

Ich holte mein Notizbuch heraus und wählte die Nummer, die mir Liesa Clemens gegeben hatte.

»Ja?« Unverkennbar ihre Stimme.

»Sie können jetzt Ihre Schuld begleichen«, erklärte ich.

»Herr Bräsig! So schnell wieder von Ihnen zu hören, hätte ich nicht gedacht.« Clemens klang wirklich überrascht.

»Ich stecke fest, zwischen Malmöer und Driesener Straße. Zum Grenzübergang ist kein Durchkommen. Sie müssen mir helfen, die Polizeisperren zu überwinden.«

»Sie sind hier in Berlin?«

»Ja. Welches Zauberwort hilft mir durchzukommen? Oder brauche ich einen Spezialausweis?«

»In der Sperrzone gibt's schon genug Presse.«

»Ich will doch gar nicht berichten. Ich jage hinter einem

Mörder her – Bernd Poschmann hat heute in Stralsund einen Rentner umgebracht. Zusammen mit Arthur Freese gehen drei weitere Menschen auf sein Konto.«

»Verdammt!« Das Wort spiegelte Clemens' Entsetzen wider.

Ich erklärte ihr in aller Kürze die wichtigsten Details. »Ich muss in den Sperrbezirk, sonst verschwindet der Verbrecher auf Nimmerwiedersehen! Wie komme ich durch?«

»Die Parole lautet ›Flächenbrand 89‹.«

»Hm?«

»Wenn Sie das Passwort ›Flächenbrand 89‹ nennen und Ihren Presseausweis zeigen, lassen Sie die Kollegen an jeder Sperre passieren.«

»Überall?«

»Überall! Aber natürlich nicht am Grenzübergang. Da geht um 23.30 Uhr der Schlagbaum für alle auf. Doch passen Sie auf! Wer rübergeht, bleibt erst einmal draußen.«

»Ach so?«

»Die planen eine ›Ventillösung‹. Die größten Querulanten an der Übergangsstelle werden ohne ihr Wissen ausgebürgert. Dazu erhalten sie den Zollstempel auf das Passbild im Ausweis, wodurch der ungültig wird.«

»Pervers.«

»Sie können ja diesseits der Grenze bleiben.«

Da passe ich schon auf. »Zuerst muss ich hinkommen.«

»›Flächenbrand 89‹ und Ihr Presseausweis öffnen jede Polizeisperre.«

»Danke! Falls mich jemand fragen sollte, habe ich vergessen, wer mir die Parole verraten hat.«

»Sehr zuvorkommend.«

»Wie kommen eigentlich die vielen Zivilisten in den Sperrbezirk? Könnte Poschmann darunter sein?«

»Am Jahn-Sportpark gab's für zwei Stunden eine Lücke in der Absperrung – da sind Tausende durch, vielleicht auch Ihr Mörder.«

»Okay!«

»Auch wenn wir jetzt quitt sind, kommen Sie mal vorbei – aber warten Sie, bis in Berlin weniger Trouble abgeht.«

»Mache ich. Dann noch einmal vielen Dank und tschüss!« Ich legte den Hörer in seine Halterung zurück, verließ die Telefonzelle und ging zu Katja.

»Du willst umkehren?«

»Ja.« Ihre Augen leuchteten förmlich auf, als hätte ich ihr ein wundervolles Fünf-Gänge-Menü und eine Übernachtung in einer Suite im Interhotel versprochen. »Komm, lass uns nach Hause fahren.«

»Und Poschmann?«

Katjas Gesicht verfinsterte sich. Sie schaute links und rechts. »War 'ne blöde Idee von mir. Den finden wir nie, in diesem Gewühle.«

»Ich schaffe es.«

»Und wie?«

Ich erklärte meinen Plan: Ich schlug mich zur Grenze durch, und sie kehrte zum Auto zurück, um dort zu warten.

Katjas Missmut ob meines Vorschlags stand ihr ins Gesicht geschrieben. »Das soll funktionieren?«

»Kannst dich darauf verlassen!«

»Wann wirst du zurück sein?«

Ich zuckte die Schultern. »Halb zwölf machen die auf. Bis Poschmann auftaucht, vergehen möglicherweise Stunden.«

»Na gut«, erklärte Katja, jetzt wieder Zuversicht ausstrahlend. »Ich werde warten.« Sie überlegte kurz. »Aber morgen Mittag haue ich ab, Punkt 13 Uhr.«

»Zu der Zeit bin ich längst da.« Ich gab ihr zum Abschied einen Kuss auf die Wange und stürzte mich in das Gewühl.

Wenig später überwand ich den ersten Sperrgürtel der Polizei, ›Flächenbrand 89‹ und mein Presseausweis hatten die gewünschte Wirkung gezeigt. Hier im Innenbereich kam ich ungehindert voran, musste mich aber dennoch zwischen den unzähligen Gruppen an Neugierigen hindurchschlängeln, die in Richtung Grenze zogen. Waren die alle am Jahn-Sportpark durchgeschlüpft? Für solche Recherchen blieb leider keine Zeit, mich drängte es vorwärts.

Von der Malmöer Straße her betrat ich schließlich die Bornholmer, der Grenzübergang musste linker Hand liegen. In dieser Richtung versperrte mir eine undurchdringliche Menschenwand den Weg. Die Leute redeten heftig aufeinander ein, gestikulierten und reckten überall die Köpfe empor. Ich suchte mir eine weniger belebte Stelle, quetschte mich durch die Mauer an Neugierigen. Auf Armlänge voneinander entfernt standen Uniformierte über die gesamte Straßenbreite verteilt. Ich nannte dem nächsten Polizisten am Absperrgitter das Zauberwort und zeigte ihm meinen Ausweis. Auch er kannte die Regularien und ließ mich passieren.

Etwa einen Steinwurf vor dem Schlagbaum war dann endgültig Schluss; mir bot sich ein absonderliches Bild: Links und rechts am Straßenrand reihten sich so an die 100 Wartende auf – bei näherem Hinsehen schienen da Kollegen von Presse und Rundfunk auf das Kommende zu warten; sogar zwei Kamerateams hatten ihre Technik aufgebaut. Frontal zur Übergangsstelle, ungefähr 50 Meter entfernt, standen vielleicht 250 Leute. Viele hielten Transparente in der Hand und skandierten Sprechchöre: »Einmal Kudamm und zurück!«, »Wir kommen wieder!«, »Macht endlich auf!«, war überall zu lesen und zu hören. Ohne die Proteste würde die Szene an den Start eines Straßenlaufs erinnern: die Sportler hinter der Startlinie, beiderseits von der Presse flankiert. Mich wunderte nur, warum die Demonstranten ohne Absperrung den Abstand zum Schlagbaum von 50 Metern einhielten; die beiden Polizisten links und rechts am Straßenrand dienten doch offensichtlich lediglich als Staffage, die eine anstürmende Masse niemals aufhalten könnten.

Ich fragte eine junge Frau neben mir. »Sind die *Demonstranten vom Dienst* da hinten angewachsen, oder was hält sie vom Übergang fern?«

»Ganz einfach: Die Grenzer haben gedroht, von ihren Kalaschnikows Gebrauch zu machen. Außerdem würden die Kidnapper im Falle eines Durchbruchs alle Geiseln töten.«

»Die Leute da«, ich nickte zu den Menschen mit ihren Transparenten, »scheren sich doch wohl kaum um den sowjetischen Botschafter?«

Die junge Frau lachte. »Aber um russische Panzer. Geht hier was schief, soll's wie 1953 zugeh'n.«

»Hat *wer* gesagt?«

»Die Grenzer. Und sie haben die Wartenden gefragt, ob sie die Bilder vom Platz des Himmlischen Friedens kennen.«

»Clever.«

»Ja, die Genossen Kameraden in Steingrau haben die Situation im Griff.«

Ich dankte der Kollegin für die Auskünfte und suchte mir eine günstige Stelle, um der Dinge zu harren, die da kommen würden. Die Uhr zeigte zehn vor elf – sollte Clemens recht behalten, musste in 40 Minuten der Schlagbaum aufgehen und Massen an Menschen in den Westen strömen.

Plötzlich kam Bewegung in die Szene: Zwei Grenzer, die Kalaschnikows auf dem Rücken, traten aus der Baracke am Schlagbaum auf die Straße und gingen zu den Wartenden. Dort schauten sie in die Runde, als suchten sie bestimmte Personen innerhalb der Masse. Hier und da deuteten die beiden Genossen auf jemanden und scharrten so eine Gruppe von genau zehn Menschen um sich. Diese führten sie zur Abfertigungsbaracke zurück. Die Leutchen bildeten brav eine Reihe, traten ans Fenster, redeten auf den Uniformierten dahinter ein und liefen schließlich einzeln in Richtung Westberlin weiter.

Ich erinnerte mich an Clemens' Worte, nach denen die Ausreisewilligen wohl ohne ihr Wissen mit einem Stempel auf das Lichtbild in ihrem Ausweis ausgebürgert wurden.

Während die zehn Auserwählten die Ausreiseformalitäten erduldeten, rückte die Mauer der Wartenden um bestimmt 20 Meter vor. Die Polizisten links und rechts gestikulierten in Richtung der Grenzer am Kontrollpunkt. Kurz darauf waren dumpfe Knackgeräusche zu hören, und zwei schwere Torflügel, die ich zuvor nicht wahrgenommen hatte, schlossen sich vor dem Schlagbaum. In dem Moment stürzte die ausharrende Menschenmenge los, aber um wenige Sekunden zu spät, der Grenzübergang war abgesperrt.

Um mich herum klickten die Fotoapparate, schrien die Kollegen in ihre Mikrofone der Aufzeichnungsgeräte, rasten die Kugelschreiber über die Notizblöcke. Die meisten der Reporter hasteten jedoch auf die Straße und mischten sich unter das anstürmende Volk.

Ich befürchtete eine Panik, zumal auf einmal von hinten ein unübersehbarer Menschenstrom nachrückte. Jetzt stiegen drei Uniformierte auf das Dach der Abfertigungsbaracke, der mittlere mit einem Megafon in der Hand.

»Bürger! Bitte, Bürger, behalten Sie Ruhe!«, rief er.

Seine Worte erzielten die gewünschte Wirkung. Die Menschen verstummten und starrten hoch zu den Grenzern. Alle schienen den Atem anzuhalten, wie in einem Fußballstadion, Sekunden vor dem Strafstoß, wenn der Schütze zum Schuss ausholte.

»Liebe Bürger! Unsere Regierung hat eine Verordnung erlassen, die Ihnen allen die Ausreise nach Westberlin und Westdeutschland erlaubt.«

Der Elfmeterschütze hatte den Ball im Tor versenkt, ein Schrei der Begeisterung stieg in den nächtlichen Himmel.

Der Mann mit dem Megafon schwenkte die Arme, um sich wieder Gehör zu verschaffen. »Bürger! Bitte wahren Sie Disziplin. Wir werden jeden Ausreisewilligen schnellstmöglich abfertigen. Halten Sie Ihre Personalausweise bereit.«

Ein lautes Murmeln setzte ein, überall redeten die Umstehenden miteinander. Die drei Grenzer stiegen vom Dach der Abfertigungsbaracke herunter. Am schmalen Durchgang davor bildete sich eine Menschentraube.

Da musste ich hin. Sollte Poschmann hier irgendwo auf seine Chance zur Flucht warten, würde ich ihn erwischen.

Die Zeit verging, die Formalitäten für die Kudamm-Enthusiasten lief zügig, und ich hatte mir eine formidable Position erkämpft – jetzt brauchte nur noch meine Zielperson aufzutauchen. Während ich geduldig ausharrte, entwarf ich schon einmal meinen Bericht, den der Chef nach meiner Rückkehr bestimmt gleich auf dem Tisch würde haben wollen. Musste halt Katja auf dem Rückweg fahren; so bekam ich die Zeit, etwas auszuarbeiten – gesehen hatte ich ja genug.

Mein Blick wanderte zu den Personen, die zur Abfertigung drängten; unter ihnen erkannte ich einen Hünen mit Glatze – Bernd Poschmann vom Nachlassgericht in Stralsund. Der Verbrecher schob sich inmitten der Menschentraube auf mich zu. Mein Herz begann zu pochen und meine Hände schwitzten, als herrschten mehr als 30 Grad. Jetzt durfte ich nichts vermasseln. Ich kämpfte mich noch zwei Meter vor, und wenig später stand der Mörder neben mir.

»Guten Abend, Herr Rechtsanwalt«, begrüßte ich ihn übertrieben freundlich.

Ein winziges Zucken huschte über das Gesicht des Kerls. Er hatte mich wohl erkannt. Bestimmt wusste er, wer ihm und seinem Freund Freese in die Quere gekommen war. Dennoch schien er sich völlig in der Gewalt zu haben. Beinahe nebenbei wechselte er einen Aktenkoffer auf die von mir abgewandte Seite. Da musste das gestohlene Geld drin sein! Oder verräterische Akten?

»Ja, Sie sehen richtig«, spöttelte ich. »Obwohl Sie vom Anwesen eines Max Tauber heute Nachmittag abgehauen sind, konnte ich Ihnen auf den Fersen bleiben. Sie hätten weniger vor Frau Kessler schwatzen sollen. Ach, übrigens, Sie haben Ihr Ziel erreicht, Max Tauber lebt nicht mehr.«

Der Verbrecher regte keinen Gesichtsmuskel, starrte geradeaus und strebte inmitten der anderen Grenzgänger weiter vorwärts.

»Eh, du Mörder, bleib endlich stehen!«, schrie ich ihn an. »Was schleppst du da mit dir rum?« Ich drängte mich hinter das Schwein und langte nach seinem Koffer.

Plötzlich fuhr Poschmann herum. »Hilfe! Ein Taschendieb! Der nutzt das Gedränge …«

Ein Fausthieb traf mich. Ich taumelte, rang um mein Gleichgewicht. Doch vergebens: Hände aus dem Nirgendwo krallten sich in meine Jacke, zerrten an mir, warfen mich zu Boden. Anstatt den Mörder zu fassen, kämpfte ich jetzt, nicht niedergetrampelt zu werden. Nur mit Mühe wälzte ich mich von der Rückenlage auf den Bauch und stemmte meinen Körper auf alle viere. Wie der sprichwörtlich geprügelte Hund kroch ich zwischen den unzähligen Beinen zur Seite. An der äußersten Ecke eines Absperrzauns ließ ich mich erschöpft nieder. Glücklicherweise beachtete mich niemand, und kein Einziger stellte den »Taschendieb«. Nein, hier und jetzt beherrschte die Meute nur ein Ziel – sie musste rüber in den Westen, rüber zum Kudamm.

Und ich, was sollte ich in dieser Situation machen? Aufgeben kam keinesfalls infrage. Ich rappelte mich hoch, klopfte mir die Klamotten ab und fühlte mich nach möglichen Verletzungen ab; glücklicherweise ohne Befund. Schließlich reihte ich mich in die gen Westberlin strebenden Landsleute ein. Kaum fünf Minuten später stand ich vor dem Grenzer, der die Ausreise regelte.

»Ihren Ausweis bitte!«, forderte er mich auf.

»Wozu?«

»Sie brauchen einen Ausreisestempel.«

»Wie?«

»Da Sie sicherlich kein Visum haben, stempeln wir das Lichtbild in Ihrem Personalausweis.«

Und anschließend muss ich im Westen bleiben. Was wird dann mit Katja? Kann ich Poschmann überhaupt je erwischen? Das würde aber nichts nutzen, wenn weder ich noch der Verbrecher zurück durften. Die Westpolizei glaubte mir doch kein Wort.

»Wie nun?«, nörgelte der Grenzer. »Sie halten hier den Verkehr auf.«

Ich gab mich geschlagen. »Ach, lassen Sie mal die anderen rübermachen, ich bleibe da.«

*

Viktor legte den Hörer wieder auf: Charlie hatte sich von der Bornholmer Straße abgemeldet. Die »Kidnapper« seien unerkannt auf dem vorbestimmten Fluchtweg entkommen. Die Delegation des sowjetischen Botschafters sei unverletzt.

Die Operation »Bahnschranke« war ein voller Erfolg gewesen, stellte Viktor befriedigt fest.

Die Tür zu seinem Aufenthaltsraum ging auf, und Brandstätter kam herein. Als litte er an einer schweren Krankheit, schleppte der Mann sich zu Viktors Schreibtisch und fiel auf den Besucherstuhl davor.

»Zum Glück ist uns ein Blutbad erspart geblieben.« Mit einem vernehmlichen Stöhnen lehnte er den Oberkörper zurück und faltete die Hände auf dem Bauch.

»Ja, ich weiß«, entgegnete Viktor.

»Natürlich weißt du das. Ihr habt den Stunt doch durchgezogen.« Brandstätter schaute aus müden Augen auf seinen Mitarbeiter. »Hast dich den Tag über gut versteckt.«

Um nicht in Teufels Küche zu kommen, war Viktor tagsüber allen Kontaktversuchen des Alten ausgewichen.

»Aber ist auch egal«, Brandstätter winkte resigniert ab, »seit heute untersteht ihr – du und deine Truppe – direkt dem Ministerpräsidenten.«

Diese Nachricht freute Viktor, bedeutete sie erst einmal ein Weiter für seine Mannschaft. Und sie kamen, so hoffte er zumindest, von diesem Relikt aus alten Zeiten weg – der Alte dürfte demnächst zur Gefahr mutieren. Viktor gab sich loyal: »Du wechselst in eine neue Funktion?«

Brandstätter lachte glucksend. »Wenn du so willst! Ich beschäftige mich zukünftig mit häuslichen Aufgaben. Die haben mich geschasst.« Er richtete den Oberkörper auf. »Bitte keine Beileidsbekundungen. Ich werde es überstehen.«

Viktor zog es vor zu schweigen.

Brandstätter rappelte sich von seinem Stuhl hoch und lief zur Tür zurück. »Der Kreml tobt übrigens. Nicht wegen der Geiselnahme ihres Botschafters; nein, den Herren Genossen liegt die offene Grenze quer im Magen. Gorbatschows Plan geht wohl demnächst den Bach runter. Kohl wird ab sofort die armen Brüder und Schwestern im Osten umsorgen.«

Viktor bemühte sein Pokerface, um den inneren Triumph zu verbergen. Operation »Bahnschranke« war tatsächlich ein voller Erfolg gewesen.

FÜNF WOCHEN SPÄTER

22 – »WIE VIEL VERLANGEN SIE?«

Freitag, der 15.12.1989

Der Beerdigung von Max Tauber wohnten neben dem engsten Kreis der ehemaligen Mitarbeiter aus seiner Werkstatt zahlreiche andere Beteiligte bei. Ob ihres mutigen Einsatzes, das Leben des Rentners zu retten, war Katja vom Betriebsleiter ausdrücklich eingeladen worden.

Gerade eben schwebte die Urne ins Grab hinab. Im Anschluss an eine Minute des Schweigens sprach ein alter Freund die Worte des Abschieds. Erneut verhielten die Trauergäste im schweigenden Gedenken und verabschiedeten sich vom teuren Toten. Erst auf ihrer Rückfahrt von Berlin nach Stralsund, damals vor fünf Wochen, hatte Holger ihr Taubers Ableben gestanden. Diese Nachricht hatte Katja mehr getroffen als die erfolglose Jagd auf den Mörder.

Das Musikertrio spielte eine letzte besinnliche Weise und beendete damit die Trauerfeier. Die Gäste verharrten einige Augenblicke am offenen Grab und setzten sich dann in Richtung Ausgang in Bewegung. Katja blieb absichtlich zurück, wollte die Trauergemeinde erst gehen lassen, um eine neuerliche Einladung für das Trauermahl zu vermeiden. Sie hatte Peter und Holger nachher zum Abendessen ins Hotel Baltic eingeladen. Phan Thi Lan hatte am Morgen, nach reiflicher Überlegung und wiederholter Beratung durch Holger, den Beratervertrag unterzeichnet. Ihr und dem Theater stand genau die Hälfte des Erbes zu, da die uneheliche Tochter von Olbert eine Poschmannsche Erfindung gewesen war. Na, jedenfalls dürfte Katja durch die Unterstützung von Frau Lan ihr allerererstes Honorar als Erbenforscherin verdienen; diesen Einstieg in einen neuen Beruf wollte sie mit den beiden Freunden feiern.

»Frau Kessler?« Ein Mann mittleren Alters, in einen eleganten schwarzen Wintermantel gekleidet, stand neben Katja, lupfte den Hut und streckte ihr zur Begrüßung die Hand entgegen.

Sie erwiderte den Gruß. »Ja, bitte?«

»Mein Name ist Doktor Reinhardt Kunze, ich arbeite als Rechtsanwalt am Nachlassgericht.«

Ein Kollege von Poschmann. »Wie kann ich Ihnen helfen?«

»Nach unserer bisherigen Einschätzung besitzt Herr Tauber«, der Anwalt nickte in Richtung Grab, »keine Verwandten. Und ein Testament hat er auch nicht hinterlassen.«

Katja glaubte, das Anliegen des Mannes erraten zu können. Sie plagten Zweifel, ob sie in diesem Fall als Erbenforscherin tätig werden durfte oder ob sie sich dadurch der Gefahr aussetzte, fortan als Leichenfledderin zu gelten.

»Da uns der Gesetzgeber verpflichtet, rechtmäßige Erben zu ermitteln, wir aber gegenwärtig einen personellen Engpass haben …«

Ja, ja, der Mörder Poschmann kehrt wohl kaum von seinem Westausflug zurück.

»… würden wir Sie gern für diese Aufgabe gewinnen.«

Katja war zu einer Entscheidung gekommen: Sie interessierte Max Taubers Umfeld; wenn sie ihn schon nicht hatte retten können, sollten wenigstens potenzielle Erben zu ihrem Recht kommen.

»Auf welche Summe beläuft sich der Nachlass?«, fragte sie möglichst beiläufig.

»632.000 Mark, überwiegend als Barvermögen.«

»Mein Honorar zahlt der Begünstigte?«

»Wie allgemein üblich.«

»Sollte ich niemanden finden und auch kein Testament ausfindig machen, gehe ich leer aus?«

Doktor Kunze druckste herum: »Da wir Sie beauftragen ... kann ich Ihnen für diesen Fall eine Pauschale anbieten ... 5.000 Mark.«

»Bei einem Erbe von 632.000 Mark?«

»Na gut«, erklärte Kunze mit der Miene eines verzweifelnden Buchhalters, »da wir Ihre Dienste benötigen, könnte ich auf vier Prozent des Nachlasses erhöhen, als äußerste Grenze.«

Na, geht doch. Katja freute der Erfolg ihrer Schacherei und nahm den Auftrag an. Rechtsanwalt Kunze war's auch zufrieden; er bat sie, in den nächsten Tagen ins Nachlassgericht zu kommen, um den Vertrag zu unterzeichnen. Dann verabschiedete er sich und Katja blieb allein zurück. Etwas abseits entdeckte sie ihren väterlichen Freund Peter, der mit Kai Blume an einer Reihe von Urnengräbern stand. Sie ging hinüber zu den beiden.

»Ah, Frau Kessler«, begrüßte sie der junge Mann vom Bestattungsinstitut Ewige Ruh. »Der Meister hat mir aufgetragen, Sie einzuladen. Er möchte sich in aller Form entschuldigen.«

»Wie das denn?« Das Ansinnen des griesgrämigen Brummbärs wunderte Katja.

Kai Blumes Chef bedaure, sie praktisch hinausgeworfen zu haben. Er habe damals befürchtet, sie könne den guten Ruf der Firma als diskretes Bestattungsinstitut gefährden. Aber nachdem er erfahren habe, welchem Verbrecher er mit Rechtsanwalt Poschmann aufgesessen war, habe er seine Meinung revidiert. »Und jetzt möchte er bei einer stattlichen Kaffeetafel einen Schlussstrich unter die leidige Affäre setzen. Die Meisterin backt eine exzellente Schokoladencremetorte.«

»Na, dann bleibt mir wohl nichts anderes übrig, als die Einladung anzunehmen.«

»Das freut den Meister bestimmt.« Kai Blume strahlte übers ganze Gesicht. »Damit wäre meine Mission erfüllt. Ich muss leider schon gehen.« Er verabschiedete sich artig und ging in Richtung Ausgang davon.

»Tja, hier hatte alles angefangen.« Peter deutete auf die Grabstätten hinab.

Aus heutiger Sicht lag für Katja jener Tag im Oktober, als Peter sie hierher zu den Urnengräbern geführt hatte, eine Ewigkeit zurück.

»Was ich mich immer wieder frage«, fuhr Peter fort, »hätte ich dich wirklich den Gefahren aussetzen dürfen?«

»Warum *du*?« Katja sah den Freund an. »Ich denke, du hast lediglich Poschmanns Auftrag vermittelt.«

»Das grämt mich am meisten. Der Verbrecher hatte erst mich und anschließend dich benutzt, um seinen Kumpan loszuwerden.«

In dem Moment begann es zu regnen.

»Der Schweinehund war eben gerissen. Heute können wir es nicht mehr ändern. Hoffentlich erhält der Gangster irgendwann seine gerechte Strafe.« Katja hakte Peter unter. »Komm, wir brechen hier die Zelte ab. Du machst Feierabend, duschst und ziehst dich um und wir gehen. Holger wird schon im Baltic auf uns warten.«

Gemeinsam liefen sie zum Verwaltungsgebäude des Friedhofs.

Dort angekommen, hörten sie bereits von draußen das Telefon klingeln.

Peter ging hinein, nahm ab, meldete sich und winkte Katja. »Für dich!«

Sie griff nach dem Hörer. »Kessler?«

»Simon Schmalstieg, Theater Stralsund.«

Der Anruf überraschte Katja jetzt doch. »Hallo, Herr Schmalstieg. Was verschafft mir die Ehre?«

»Die Polizei hat uns informiert, in der Erbsache Olbert gebe es erhebliche Schwierigkeiten.«

»Ja, das stimmt wohl«, entgegnete Katja mit ein wenig Schadenfreude. »Der Mörder von Herrn Olbert ist flüchtig und hat einen Großteil des Nachlasses veruntreut. Wann, wie viel und ob überhaupt etwas an die Erben ausgezahlt wird, weiß zurzeit niemand.«

»Das wurde uns auch gesagt. Wir wollten Sie fragen, ob Sie nicht doch für das Theater tätig werden könnten.«

»Um Ihnen zu Ihrem Anteil zu verhelfen?«

»Genau. Und wir beanspruchen lediglich den Betrag, der uns tatsächlich zusteht. Welches Honorar verlangen Sie?«

Katja überlegte blitzschnell. »Zwölf Prozent.«

»Vormals sprachen Sie von zehn?«

»Ich habe ja jetzt einen größeren Aufwand«, erfand sie eine plausibel klingende Begründung.

»Na gut. Kommen Sie bitte morgen zu mir, den Vertrag unterzeichnen. Ginge das?«

»Natürlich, gern.« Mit einem freundlichen Gruß beendete Katja das Gespräch.

»Was wollte das Theater?«, fragte Peter neugierig.

»Ich soll mich nun doch um deren Erbschaftsanteil kümmern.«

»So lernt man dazu.« Peter grinste. »Jetzt fehlt nur noch das Krankenhaus, dem du das Erbe von Professor Wastler vermitteln sollst.«

»Ich könnte da ja mal nachfragen.«

»Mach das, du kannst jede Mark gebrauchen.«

Katja kam ein Gedanke. In der vergangenen Woche war Doktor Klaus Olbert in Stralsund aufgetaucht, hatte das Grab seines Großonkels besucht und sich anschließend bei ihr für die Hundeattacke entschuldigt. Poschmann hatte dem Neffen des Verstorbenen eine satte Rechnung von 1.445,85 Mark für die Beerdigung geschickt, obwohl der keinen Pfennig erben konnte. Der Name des dreisten Beamten habe auf ihn wie ein rotes Tuch gewirkt. Katja hatte die Entschuldigung dankend akzeptiert und ihn beruhigt, es sei ja nichts passiert.

»Wenn ich jetzt am gesamten Erbe beteiligt bin, würde ich gern Doktor Klaus Olbert die Beerdigungskosten erstatten. Was meinst du?«

»Untersteh dich!«, schimpfte Peter. »Du willst dich selbstständig machen. Auf unser Land kommen unruhige Zeiten zu. Ziehen die Westmärker hier ein, brauchst du jeden Pfennig!«

»War ja nur eine Idee, du alter Polterkopp – ich halte mein Geld zusammen. Apropos Westmärker! Warst du schon drüben und hast dein Begrüßungsgeld abgeholt?«

»Nein, wieso? Eilt doch nicht. Die Grenze ist täglich 24 Stunden geöffnet, und die Knete gibt's noch bis Silvester.«

ENDE

»WER ZU SPÄT KOMMT, ...«

Kontrafaktisches Szenarium der Romanhandlung

»Wer zu spät kommt, den bestraft das Leben!« Diese Worte soll Michael Gorbatschow gegenüber Erich Honecker am 7. Oktober 1989 in Berlin während eines Vieraugengesprächs gebraucht haben. In Wirklichkeit geht das Zitat aber nicht wörtlich auf Gorbatschow zurück; es handelt sich vielmehr um die kurze und prägnante Zusammenfassung der besagten Verhandlung, die Gerassimow auf einer Pressekonferenz gegeben hatte*, um in wenigen Worten das Verhältnis von Moskau gegenüber DDR-Führung und SED-Generalsekretär zum Ausdruck zu bringen.

Die Romanhandlung geht davon aus, dass dieser Satz nicht gefallen und das Gespräch zwischen Gorbatschow und Honecker völlig anders verlaufen war; zur Überraschung der Weltöffentlichkeit waren Ergebnisse erzielt worden, die Gerassimow mit dieser Formel hätte zusammenfassen können: »Liebe deutsche Genossen, wir freuen uns, dass ihr eure Lageeinschätzung korrigiert habt – besser spät als nie!«

Welche Ereignisse könnten eine solche Volte der Historie veranlasst haben?

Der folgende Abschnitt A beschreibt zunächst das Szenario, das der Romanhandlung zugrunde liegt, ohne dessen Ele-

* »Gennadi Iwanowitsch Gerassimow«, aus de.wikipedia.org, aufgerufen am 25.06.2015.

mente hinsichtlich ihrer geschichtlichen Relevanz zu bewerten. Der sich anschließende Abschnitt B überprüft dann die Realitätsnähe des kontrafaktischen Szenarios vor dem Hintergrund der historischen Tatsachen des Jahres 1989.

A – Das kontrafaktische Szenario

Bitte beachten, wenn Sie diese Darstellung vor dem eigentlichen Roman lesen: Der Abschnitt beschreibt den Rahmen, in dem sich der Plot bewegt, und so werden zwangsläufig einige Details der Handlung preisgegeben.

Michael Gorbatschow benutzte seine Popularität in der westlichen Welt, um mögliche Hilfen auszuloten, mit denen er die Schwierigkeiten in seiner Heimat mildern konnte. Besonders die Bundesrepublik zeigte sich aufgeschlossen und stellte Unterstützung in Aussicht – verlangte aber eine Gegenleistung. Die Strategen auf beiden Seiten entwickelten schließlich den Plan, die DDR an die BRD zu »verkaufen«. Es musste nur ein passender Anlass abgewartet werden.

Die vergiftete Saat wurde im April 1989 ausgebracht, als Ungarn beschloss, den Eisernen Vorhang zu öffnen. Zweifellos setzte diese Maßnahme die SED-Führung unter erheblichen Druck. Die innenpolitische Lage verschärfte sich zusätzlich, als im Mai Vorwürfe wegen Wahlfälschung in Verbindung mit der Kommunalwahl auftauchten.

Gorbatschows Besuch in Bonn im Juni 1989 diente schließlich einzig dem Zweck, eine konkrete Vereinbarung zwischen der Sowjetunion und der Bundesrepublik abzuschließen.

Danach dramatisierte eine groß angelegte Flucht von

DDR-Bürgern in den Westen die innenpolitische Situation dermaßen, dass Berlin »Hilfsangebote« aus Moskau annehmen musste. Die sowjetische Führung strebte dabei das Ziel an, die Macht der SED zu brechen und der Bevölkerung eine Perspektive hin zu Freiheit und Demokratie in den Farben der BRD aufzuzeigen. Alle Maßnahmen Moskaus durften aber keinesfalls zu bewaffneten Kämpfen wie am 17. Juni 1953 oder gar zu einem Putsch der Sicherheitskräfte führen. Als Gegenleistung wurden Gorbatschow Kredite in einer Gesamthöhe von 60 Milliarden D-Mark versprochen (über drei Jahre verteilt jeweils 20 Milliarden).

Nachdem die Flüchtlingswelle im August in Gang kam und im September angsterregende Ausmaße erreichte, fand die SED-Führung keine Antworten mehr auf die täglich größer werdenden Schwierigkeiten. Während eines Geheimtreffens Ende September in Moskau setzte Gorbatschow den deutschen Genossen das Messer auf die Brust: Er forderte einschneidende Veränderungen entsprechend eines von ihm entworfenen Sieben-Punkte-Plans. Zusätzlich sollten grundlegende Personalveränderungen die Voraussetzung für einen gesellschaftlichen Veränderungsprozess schaffen. Gegenüber der Öffentlichkeit würde man die überraschend eingeleiteten tiefgreifenden Reformen mit der Hinwendung der SED-Führung zu Glasnost und Perestroika begründen. Lehnten die deutschen Genossen die Vorschläge ab, werde die Sowjetunion sich vor der gesamten Weltöffentlichkeit von der DDR abwenden. Gorbatschow würde in dem Fall bedauern, seinen Besuch in Berlin anlässlich der Feierlichkeiten zum 40. Jahrestag absagen zu müssen.

Moskaus Forderungen lösten wahre Begeisterungsstürme bei den Reformern in der SED-Delegation aus; sie überzeugten die Traditionalisten, man solle die Hilfe und Unterstützung der sowjetischen Freunde annehmen, alles andere sei Selbstmord. Folgerichtig kam es zur Einigung.

Am 7. Oktober, während der Feierlichkeiten zum DDR-Jahrestag, verkündete Gorbatschow den neuen Bund mit den befreundeten Genossen – gemeinsam werde Glasnost und Perestroika auch im ersten Arbeiter- und Bauernstaat auf deutschem Boden umgesetzt. Der Generalsekretär der KPdSU proklamierte am gleichen Tag seinen Sieben-Punkte-Plan. Am Folgetag traten Honecker und die gesamte Regierung zurück. Außerdem gelang es, die Organisatoren der Montagsdemonstrationen in Leipzig zu überzeugen, den Aufmarsch für den 9. Oktober abzusagen.

Um die Situation nicht weiter zu destabilisieren, erkannte die BRD vorübergehend die DDR-Staatsbürgerschaft an. Diese Maßnahme, die Gorbatschow verlangt hatte, war bis zum 31. Dezember 1989 befristet. Wie erwartet, stoppte dieser administrative Akt die Flüchtlingsströme in die Bundesrepublik. Der Verzicht der Kohl-Regierung auf den Alleinvertretungsanspruch gegenüber allen Deutschen änderte den Status der DDR-Bürger bei einer Flucht in den Westen: Sie wurden nicht mehr automatisch Bundesbürger mit den entsprechenden Rechten, stattdessen rutschten sie in die Rolle eines Bittstellers, der auf eine Anerkennung hoffen musste, um bleiben zu dürfen. Parallel zu der Entscheidung in Bonn führte Ungarn wieder ein solches Grenzregime ein, das einen Übertritt von Flüchtlingen nach Österreich verhinderte.

Bis Mitte Oktober wurden weitere Maßnahmen eingeleitet, die den eingeschlagenen Reformprozess bei der Bevölkerung als glaubhaft erscheinen lassen sollte: Die Volkskammer strich den Führungsanspruch der SED aus der Verfassung; Hans Modrow löste Honecker als Generalsekretär der SED ab und das Parlament wählte Günther Maleuda als neuen

Ministerpräsidenten. Wenige Tage später erfolgte die Neubesetzung des Ministerrats. Um alle politischen Kräfte an der Willensbildung im Land zu beteiligen, wurde der Zentrale Runde Tisch in Berlin eingesetzt.

Ein Großteil der Bevölkerung stand den eingeschlagenen Maßnahmen optimistisch gegenüber und versuchte, zu einem geregelten Alltag überzugehen. Mit fortschreitender Zeit zeigten sich aber vereinzelt Proteste: Am 23. Oktober kam es in Leipzig wieder zu einer Montagsdemonstration, an der mehr als 10.000 Menschen teilnahmen. In der Lausitz wurde ein Tagebau besetzt und so die Energieversorgung in der DDR gefährdet. Letztendlich schnitt eine Blockade des Rügendamms die Insel Rügen vom Straßenverkehr ab.

Unentwegt dachten die Politiker in Berlin über zusätzliche Maßnahmen nach, um die Situation im Lande vollends zu beruhigen. Die sowjetischen Genossen zeigten sich aber eher zögerlich, ihren deutschen Freunden weiteren Beistand zu gewähren. Eine Eliteeinheit der DDR-Sicherheitskräfte entdeckte Ende Oktober die Erklärung für dieses Verhalten der Kreml-Führung: Über zwei unabhängige Quellen erhielten die Männer Kenntnis vom Abkommen zwischen Bonn und Moskau über den »Verkauf« der DDR.

Einfach als willenloses Handelsobjekt behandelt zu werden, behagte den Geheimdienstleuten wenig – zumal die Sowjetunion eigene Interessen verfolgte, die keineswegs mit denen der Deutschen übereinstimmten. Um selber in den Veränderungsprozess eingreifen zu können und Gorbatschow die Initiative zu nehmen, musste man einen Weg finden, die Grenze zur Bundesrepublik und zu Westberlin zu öffnen, ohne darüber Moskau zu informieren. Die Männer arbeiteten den Plan für das Kommandounternehmen »Bahnschranke« aus. In dessen Verlauf kidnappten Angehörige der Eliteeinheit den sowjetischen Botschafter in der DDR während eines Besuchs an einem Grenzübergang und verlangten eine uneingeschränkte Reiseregelung für die Bürger. Die Operation »Bahnschranke« verlief erfolgreich, und so fiel die Mauer am Abend des 9. Novembers.

B – Die historische Situation

Wie weit lässt sich das kontrafaktische Szenario auf die tatsächliche historische Situation zurückführen? Im Folgenden werden die wesentlichen Aspekte beleuchtet.

Wirtschaftlich war die DDR in äußerst schwierige Gewässer geraten: Gegenüber dem Fünfjahrplan 1986/1990 verzeichnete der Export 14 Milliarden Valuta Mark Mindereinnahmen, während beim Import 15 Milliarden Valuta Mark mehr ausgegeben wurden. Dadurch wandelte sich der Exportüberschuss, der 1985 noch drei Milliarden Valuta Mark betragen hatte, in einen Importüberschuss von drei Milliarden Valuta Mark* – anstatt die Verschuldung abzubauen, stieg sie. Diese schwierige Situation war der SED-Führung durchaus bekannt, hatte doch ein Bericht zur wirtschaftlichen Lage im Oktober 1989 die Nettoverschuldung mit 49 Milliarden Mark** beziffert. Schienen die ökonomischen Probleme auch erdrückend, war der Staat 1989 keinesfalls zahlungsunfähig und hatte ebenso wenig gegen eine eingeschränkte Kreditfähigkeit anzukämpfen.***

---

*Klaus Steinitz: Wirtschaft Bankrott? Die DDR-Ökonomie Ende der achtziger Jahre. In: Das letzte Jahr der DDR; Karl Dietz Verlag Berlin, 2004; S. 87.

** Ebenda, S. 87.

*** Ebenda, S. 96.

Dennoch kam niemand an der Wahrheit vorbei: »Die DDR konnte 1989 nicht so weitermachen wie bisher und das war ihr Dilemma. Eine Kursänderung war dringend notwendig. Die ausländischen Verbindlichkeiten und der inländisch aufgestaute Investitionsbedarf verlangten unerbittlich nach einer Veränderung der volkswirtschaftlichen Erträge zu Lasten der Konsumtion – und dafür fehlten die politischen Voraussetzungen und die Vertrauensbasis der Bevölkerung.«*

Die gesamtgesellschaftliche Situation in der DDR stellte sich ebenso düster dar: Erste Proteste gegen die Staatsführung und die SED-Herrschaft keimten im Nachgang der Kommunalwahl im Mai 1989 auf – Bürgerrechtler warfen den staatlichen Stellen Wahlfälschung vor. Als Ungarn im April 1989 begann, die Sicherungsanlagen an der Grenze zu Österreich abzubauen, hofften viele DDR-Bürger, über diesen Weg in den Westen fliehen zu können. Als dann im September Reisen nach Ungarn verboten wurden, kam es zu den Besetzungen der BRD-Botschaften in Prag und Warschau. Diese wiederum erzeugten einen massiven Druck auf die Staatsführung in Berlin. Einerseits stand die Frage im Raum, warum die Menschen so zahlreich das Land verließen, worauf es keine plausiblen Erklärungen gab. Andererseits bedrängte die Regierung der ČSSR das Außenministerium, die DDR möge ihre inneren Probleme lösen, damit der Zustrom von Flüchtlingen unterbunden werde.

Anfang Oktober erlaubte die SED-Führung dann die Ausreise der Botschaftsflüchtlinge in die Bundesrepublik. Dabei beging sie aber den Fehler, die Züge mit den Geflohenen über das Territorium des eigenen Landes zu leiten. Entlang der Strecke, besonders in Dresden, entzündeten sich

* Ebenda, S. 99.

massive Proteste, weil mittlerweile auch Reisen von DDR-Bürgern in die ČSSR verboten worden waren.

Die Protestbewegungen fanden am 7. Oktober zum 40. Jahrestag und am 9. Oktober anlässlich der Montagsdemonstration in Leipzig weitere Höhepunkte.

Beginnend bei der Fälschung der Kommunalwahl bis hin zur Sprachlosigkeit in der Phase der Botschaftsbesetzungen verdeutlichen die Ereignisse, die SED-Führung war weder willens noch in der Lage, auf die veränderten Bedingungen zu reagieren.*

Während sich die DDR-Oberen am 7. Oktober mit den Feierlichkeiten anlässlich der 40. Wiederkehr der Staatsgründung betäubten, plagten diese Spitzenpolitiker gleichzeitig erhebliche Sorgen. Und so wäre gut vorstellbar gewesen, dass sie Beistand von den Freunden aus Moskau gern angenommen hätten.

In der Realität hatte Gorbatschow ja jegliche Unterstützung abgelehnt. Im Sommer/Frühherbst 1989 hatte er den deutschen Genossen klargemacht, es werde keine Lösung à la 17. Juni 1953 geben.** Ist es unter diesen Bedingungen überhaupt vorstellbar, dass Gorbatschow der DDR Hilfe angeboten hätte, wie das kontrafaktische Szenario unterstellt?

Die Politik des Generalsekretärs der KPdSU kann man nur aus der Entwicklung der Sowjetunion seit dem Ende des Zweiten Weltkrieges verstehen. In dessen Folge »wurde die UdSSR nach 1945 allmählich zu einer eher klassischen Großmacht mit globalen Ambitionen, die in der Tradition

---

* Stefan Bollinger: Die finale Krise der DDR – Ein Problemaufriß, In: Das letzte Jahr der DDR; Karl Dietz Verlag Berlin, 2004; S. 16.

** Jochen Franzke: Die DDR und die Perestroika: Hoffnung und Syndrom, In: Das letzte Jahr der DDR; Karl Dietz Verlag Berlin, 2004; S. 68.

des zaristischen Russlands stand. [...] Trotz der ungefestigten wirtschaftlichen Basis ließ sich die UdSSR anschließend in einen globalen Zweikampf mit den USA verstricken. [...] Das Ergebnis der Weltmachtambitionen der sowjetischen Führer war ein globales Überengagement, das in keinem Verhältnis mehr zu den ökonomischen Verhältnissen stand. Das Imperium war überdehnt.«* Und genau diesen Zustand wollte Gorbatschow durch seine Umgestaltungspolitik nach dem Amtsantritt 1985 ändern. Mittels eines größtmöglichen Entgegenkommens gegenüber den USA erreichte er die Öffnung der Abrüstungsverhandlungen, um über eine Reduzierung der Rüstungskosten die Überdehnung in einer ersten Richtung zu reduzieren. In einer zweiten Strategierichtung zog er sein Land aus Konflikten in der Dritten Welt heraus. Und schließlich sollten sich die Verbündeten Osteuropas das Vertrauen bei ihren Völkern eigenständig verdienen – ohne sowjetische Truppen.** Entsprechend des letztgenannten Schwerpunktes hatte es Moskau stets abgelehnt, in die Schwierigkeiten der DDR einzugreifen und die SED-Führung vor der eigenen Bevölkerung zu beschützen.

Diesen Gleichmut gegenüber den deutschen Genossen hatten diese weitestgehend auch selbst herausgefordert: Teile der Spitzenpolitiker um Honecker hatten schon früh Gorbatschows Reformen in der Sowjetunion kritisiert.*** Diese Führungskreise versuchten gar, aktiv in die Perestroika einzugreifen und sie scheitern zu lassen, um auf diesem Weg *gesunden* Kräften, in erster Linie dem zweiten Mann der

---

* Erhard Crome: Sowjetunion: Kein Platz für die DDR im Haus Europa? In: Das letzte Jahr der DDR; Karl Dietz Verlag Berlin, 2004; S. 355.

** Ebenda, S. 358.

*** Jochen Franzke: Die DDR und die Perestroika: Hoffnung und Syndrom, In: Das letzte Jahr der DDR; Karl Dietz Verlag Berlin, 2004; S. 65.

KPdSU, Jegor Ligatschow, an die Macht zu verhelfen. Der Widerstand der SED-Führung sollte, nach deren Plänen, sogar internationale Unterstützung finden: Man wandte sich an Rumänien, Bulgarien, Kuba, Vietnam und an die ČSSR. Aber keines der Länder verfügte auch nur annähernd über die Ressourcen, um ein solches Projekt erfolgreich zu gestalten, sodass der Angriff der DDR-Oberen scheiterte.*

Selbst wenn das Sperrfeuer der SED-Führung gegen Gorbatschow erfolglos verrauchte, verspielte er schließlich höchstpersönlich den Lohn seiner Reformen. Glasnost und Perestroika lagen zwei zentrale Prämissen zugrunde: Die eingeleitete Beschränkung des Imperiums (um die Überdehnung zu beseitigen) könne die Parteispitze notfalls an jedem beliebigen Punkt anhalten beziehungsweise begrenzen, und die Sowjetunion werde auf der internationalen Bühne auch nach ihrem Rückzug noch als Supermacht behandelt. Beide Annahmen erwiesen sich im Nachhinein als Illusion.** Vor allem deshalb, weil Gorbatschow seine Prägung in den Wandelgängen stalinistischer Macht erfahren hatte und letztendlich diesem Geist folgte. So musste die Perestroika scheitern – sie führte keine Konsolidierung der UdSSR herbei, leitete stattdessen den Zerfall des Imperiums ein.*** Selbst wenn der Generalsekretär der KPdSU Letzteres 1989 noch nicht ahnen konnte, dürfte er die existenzielle Bedrohung der durch ihn eingeleiteten Reformpläne bereits gespürt haben.

Ökonomisch stand Gorbatschow schon mit Beginn seiner Amtszeit unter erheblichem Druck: 1985 vervierfachte Saudi Arabien die eigene Erdölproduktion; in der Folge sank

* Ebenda, S. 66.
** Erhard Crome: Sowjetunion: Kein Platz für die DDR im Haus Europa? In: Das letzte Jahr der DDR; Karl Dietz Verlag Berlin, 2004; S. 359.
*** Ebenda, S. 357.

der Ölpreis von 76 auf 20 Dollar pro Barrel. Die Sowjetunion verlor dadurch 20 Milliarden Dollar dringend benötigter Devisen.*

Gorbatschows Politik der Perestroika zielte hauptsächlich auf Veränderungen in der Wirtschaft ab – das starre Korsett der zentralen Lenkung und Kontrolle sollte aufgebrochen werden. Mitte 1987 wurden gesetzliche Voraussetzungen geschaffen, damit die Betriebe ihre Produktion selbstbestimmt organisierten und diese an dem tatsächlichen Bedarf ausrichteten. Dieselben Verordnungen übertrugen den Firmen die Eigenverantwortung für ihre Finanzen, sodass die Einnahmen die Ausgaben decken mussten. Die Unternehmen erhielten gleichzeitig die Erlaubnis, mit ihren Zulieferern die Preise frei zu vereinbaren.** Auch im Außenhandel verfolgte Gorbatschow verwegene Pläne: Er beseitigte das Monopol des Außenhandelsministeriums für den grenzüberschreitenden Warenstrom und erlaubte allen industriellen und landwirtschaftlichen Ministerien sowie regionalen Organisationen, selbstständig Erzeugnisse und Dienstleistungen zu exportieren beziehungsweise zu importieren.

Die bedeutendste Reform bestand jedoch in der Öffnung der UdSSR für ausländische Investoren, die anfangs nur einen Anteil von maximal 49 Prozent an sowjetischen Unternehmen erlangen konnten. Diese Beschränkung wurde später aber fallengelassen und Ausländern auch erlaubt, die Kontrolle in einem Joint Venture zu übernehmen.***

Der Veränderungsprozess zeigte im Jahr 1989 verheerende Wirkungen: Die Versorgung der Bevölkerung verschlechterte sich dramatisch – die Regale in den Geschäften

* Harald Weiss: »Die 10 größten Staatspleiten – 01: Sowjetunion, 1991«; Aus: www.zehn.de, 2010, aufgerufen am 26.06.2015.

** Perestroika, Aus: de.wikipedia.org, aufgerufen am 26.06.2015.

*** Ebenda.

waren leer, allerorten standen lange Schlangen vor den Läden, es gab Hamsterkäufe, und Konsumgüter mussten rationiert und über Zuteilungen unter die Menschen gebracht werden.[*] Die monetären Ungleichgewichte eskalierten: Die weiter aufklaffende Schere zwischen Angebot und Nachfrage führte zu einer merklichen Inflation (die Verbraucherpreise stiegen 1990/91 um 140 Prozent[**]). Der Staatshaushalt war von einem wachsenden Defizit gekennzeichnet (1989 120 Milliarden Rubel, was 13 Prozent des Bruttosozialprodukts ausmachte). Letztendlich wuchs die Verschuldung im Ausland auf ungefähr 25 Milliarden US-Dollar (1984, im Jahr vor Gorbatschows Machtantritt, waren es nur fünf Milliarden).[***]

Am schwersten wog aber die Verschärfung der sozialen Probleme, weil deren Folgen die Bürger direkt erlebten. 20 Prozent der Bevölkerung sollen 1989 um die oder gar unter der Armutsgrenze von monatlich 75 Rubel gelebt haben. Des Weiteren nahm die Arbeitslosigkeit zu – die Menschen hatten die Erscheinung vorher überhaupt nicht gekannt[****] (1991 besaßen offiziell 13 Millionen keine Anstellung[*****]).

Um die Not zu mildern, die seine Reformen verursacht hatten, wäre Gorbatschow auf ausländische Hilfe angewiesen gewesen. Als natürliche Verbündete kamen zuerst die Bruderländer in Frage, mit denen eine Zusammenarbeit im Rat für gegenseitige Wirtschaftshilfe (RGW) bestand. Hier

---

* Hans-Hermann Höhmann: Wirtschaftskrise und ökonomische Reformperspektiven in der Sowjetunion, In: Gewerkschaftliche Monatshefte, 40. Jahrgang, Dezember 1989; S. 792.

** Perestroika, Aus: de.wikipedia.org, aufgerufen am 26.06.2015.

*** Hans-Hermann Höhmann: Wirtschaftskrise und ökonomische Reformperspektiven in der Sowjetunion, In: Gewerkschaftliche Monatshefte, 40. Jahrgang, Dezember 1989; S. 792.

**** Ebenda.

***** Ein Fass ohne Boden, In: Der Spiegel, Heft 29/91.

zeigten sich aber gerade in der zweiten Hälfte der 80er-Jahre aufkommende Hemmnisse. Der Übergang zu einer engen Verschmelzung der Wirtschaften innerhalb des RGW scheiterte hauptsächlich an den unterschiedlichen Konzeptionen für die Planwirtschaften.*

Besondere Schwierigkeiten kennzeichneten die Beziehungen mit der DDR als wichtigstem Handelspartner der UdSSR. Berlin stand der Reformpolitik von Gorbatschow feindlich gegenüber, und man war auch nicht mehr gewillt, die teilweise überspannten Wirtschaftsforderungen aus Moskau zu erfüllen; die SED-Führung wollte und musste ihre hochwertigen Konsumgüter auf dem Westmarkt gegen harte Devisen verkaufen.** Hinzu kamen Probleme in der Preispolitik, die Schwierigkeiten innerhalb des Verrechnungssystems mittels Transfer-Rubel offenbarten: »Die Preise für Fertigprodukte aus der DDR waren bei Lieferungen in die UdSSR in ihrer absoluten Mehrheit um ein Vielfaches höher als beim Export entsprechender oder ähnlicher Produkte in den Westen oder sogar in Entwicklungsländer. So subventionierte die UdSSR die Wirtschaft der DDR jährlich mit einer Summe in Größenordnungen um 3,3 bis 4 Milliarden Dollar.«***

Unter diesen Bedingungen und angesichts all der Schwierigkeiten, denen sich der Kreml 1989 ausgesetzt sah – galoppierende Wirtschaftskrise, Sezessionsbestrebungen im Baltikum, nationale Konflikte im Kaukasus – suchte Gorbatschow nach Hilfe im Westen, zumal er dort große Wertschätzung genoss. Besonders die Bundesrepublik Deutsch-

* Erhard Crome: Sowjetunion: Kein Platz für die DDR im Haus Europa? In: Das letzte Jahr der DDR; Karl Dietz Verlag Berlin, 2004; S. 353.

** Stefan Bollinger: Die finale Krise der DDR – Ein Problemaufriß, In: Das letzte Jahr der DDR; Karl Dietz Verlag Berlin, 2004; S. 42.

*** Zedilin, Leonid I. ; Bundesinstitut für ostwissenschaftliche und internationale Studien (Ed.): Sowjetunion, DDR und RGW in der Ära Gorbatschow. Köln, 1995 (Berichte / BIOst 34-1995).

land trat der sowjetischen Staatsführung aufgeschlossen und geberfreundlich gegenüber. So entstand eine Partnerschaft zwischen Moskau und Bonn, deren Beginn spätestens auf den Besuch von Gorbatschow am Rhein im Juni 1989 datiert werden muss.* Damit ergab sich ein zusätzliches Spannungsfeld mit Honecker. Aber der Kreml hatte Berlin längst fallen gelassen und verfolgte seine eigenen Interessen. Die DDR verlor immer mehr die Unterstützung der UdSSR und geriet so zunehmend in eine außenpolitische Isolation, die überdeutlich in der diplomatischen Niederlage der DDR während der Wiener KSZE-Konferenz im Januar 1989 zu Tage trat**, bei der die SED-Führung das Bekenntnis zur Reisefreiheit verhindern wollte.

Aber auch aus dem Westen schauten die Verantwortlichen im Sommer 1989 voller Sorge auf die Vorgänge im zweiten deutschen Staat. Die Bundesregierung musste unter allen Umständen eine Explosion wie 1953 vermeiden. Andererseits ließ sie jedoch keine Gelegenheit ungenutzt, um möglichst viele DDR-Bürger in ihre Obhut zu bekommen und die sich daraus ergebenden Optionen für eine weiterführende Destabilisierung des verhassten Nachbarn zu nutzen.***

Gleichzeitig registrierte die Administration in Washington voller Sorge die Vorgänge in Zentraleuropa. Die USA vermieden allerdings jegliche direkte Einmischung, stattdessen erfolgte eine enge Abstimmung mit der Bundesrepublik. Die Regierungskreise folgten der Überzeugung, Bonn besitze die größten politischen und wirtschaftlichen Ein-

* Stefan Bollinger: Die finale Krise der DDR – Ein Problemaufriß, In: Das letzte Jahr der DDR; Karl Dietz Verlag Berlin, 2004; S. 41.

** Jochen Franzke: Die DDR und die Perestroika: Hoffnung und Syndrom, In: Das letzte Jahr der DDR; Karl Dietz Verlag Berlin, 2004; S. 65.

*** Stefan Bollinger: Die finale Krise der DDR – Ein Problemaufriß, In: Das letzte Jahr der DDR; Karl Dietz Verlag Berlin, 2004; S. 44.

flussmöglichkeiten, um ein Chaos zu verhindern und »Reformen«zu einer maximalen Wirkung zu bringen.* Um nicht völlig tatenlos dem Treiben zuzusehen, versuchten die USA, ihren Einfluss in Gesprächen gegenüber der Sowjetunion geltend zu machen. Dabei versicherte Moskau, dem Problem der Flüchtlinge mit einer überaus hohen Toleranzschwelle zu begegnen, obwohl es auf propagandistischer Ebene Warnungen an die Bonner Adresse gegeben hatte.** Offensichtlich war Gorbatschow tatsächlich zu einschneidenden Maßnahmen bereit, um seine Idee vom gesamteuropäischen Haus zu verwirklichen, wenn man Honecker Glauben schenken darf: Rückblickend erinnerte sich dieser 1992: »1987 erhielten wir Informationen aus Washington, dass die DDR der ›Preis‹ für das Haus Europa sein würde.«***

Welche Bedeutung USA und BRD den Veränderungsprozessen im Ostblock zumaßen, zeigte die Bereitschaft, für *Reformen* im Sinne des Westens finanzielle Hilfen zu zahlen, wie das Beispiel Ungarn bewies. Im Gegenzug für die Öffnung des Eisernen Vorhangs gewährte die Bundesregierung dem Land einen zusätzlichen Kredit über 500 Millionen DM und versprach die Aufhebung des Visazwangs sowie politische Unterstützung beim angestrebten EG-Beitritt.****

Bleibt am Schluss noch die Frage zu klären: Bestand im Sommer und Herbst 1989 wirklich die Gefahr einer gewaltsamen Eskalation in der DDR? Die eindeutige Antwort lau-

* Claus Montag: Die USA und die internationale Abwicklung der DDR im Vereinigungsprozess, In: Das letzte Jahr der DDR; Karl Dietz Verlag Berlin, 2004; S. 372.

** Ebenda, S. 369.

*** Jochen Franzke: Die DDR und die Perestroika: Hoffnung und Syndrom, In: Das letzte Jahr der DDR; Karl Dietz Verlag Berlin, 2004; S. 61.

**** Hans-Hermann Hertle: Chronik des Mauerfalls; Christoph Links Verlag, 11. erw. Auflage, S. 69.

tet: JA! Die SED-Führung war willens, das Land gegen die Angriffe des Westens zu verteidigen. In diesem Zusammenhang sei daran erinnert, die Volkskammer zeigte am 8. Juni 1989 in einer Erklärung* ihr volles Verständnis für die Niederschlagung der Studentenproteste in Peking mittels Waffengewalt.

Ausgelöst von den Demonstrationen rund um die Durchfahrt der Züge mit den Botschaftsflüchtlingen war der südliche Militärbezirk in Alarmbereitschaft versetzt und ein militärischer Einsatzstab eingesetzt worden. Aus verschiedenen Einheiten der Armee wurden Hundertschaften für den Einsatz zur Aufrechterhaltung der inneren Ordnung gebildet. Zwischen dem 4. Oktober und dem 11. November existierten zeitweise bis zu 183 solcher Verbände.**

In einem Befehl vom 27. September ordnete der Verteidigungsminister die Sicherheitsmaßnahmen zum 40. Jahrestag an. Neben den jährlich üblichen Festlegungen enthielt der Befehl aber auch zusätzliche geheime Anweisungen für die Aufstellung von Reserven aus den Beständen der Armee; diese sollten ein motorisiertes Schützenbataillon, eine Fallschirmjägerkompanie, eine Hubschrauberstaffel sowie Einsatzkommandos der Wachregimenter umfassen.*** Die Staats- und Parteiführung setzte alles daran, die Männer in Uniform für ihren Kampfeinsatz zu motivieren. »In der ›Leipziger Volkszeitung‹ drohte ein Kampfgruppen-Kommandeur, man werde die ›konterrevolutionären Aktionen endgültig und

---

* Erklärung der DDR-Volkskammer zu den aktuellen Ereignissen in der Volksrepublik China, veröffentlicht im *Neuen Deutschland* vom 8. Juni 1989.

** Paul Heider: Nationale Volksarmee – Ultima ratio zum Erhalt der SED-Herrschaft? In: Das letzte Jahr der DDR; Karl Dietz Verlag Berlin, 2004; S. 101.

*** Ebenda, S. 104.

wirksam‹ unterbinden. ›Wenn es sein muss, mit der Waffe in der Hand.‹«*

Der Einsatz der militärischen Kräfte wurde verhindert, weil Hans Modrow als Chef der Bezirkseinsatzleitung Dresden den Konfrontationskurs der SED-Spitze durchbrach und sich konsequent für eine politische Lösung einsetzte.**

C – Resümee

Die Analyse zeigt deutlich, das kontrafaktische Szenario beruht auf den tatsächlichen historischen Bedingungen: In der DDR gab es Anfang Oktober 1989 eine kritische Situation, bei der die SED-Führung zum Einsatz militärischer Kräfte bereit war. Moskau erklärte Berlin gegenüber, die deutschen Genossen müssten die innenpolitische Krise selbst lösen. Gorbatschows Politik von Glasnost und Perestroika drohte zu scheitern und hatte 1989 zu einer drastischen Verschärfung der wirtschaftlichen Lage in der Sowjetunion geführt. Da der Kreml-Chef durch die Bruderländer keine Unterstützung zur Lösung der Probleme erwarten durfte, wandte er sich an den Westen. Insbesondere die Regierung der Bundesrepublik und die Administration der USA standen bereit, Hilfe zu leisten, auch in Form von finanziellen Zuwendungen. Bonn und Washington hatten ein großes Interesse, die Situation in der DDR zu destabilisieren, ohne jedoch eine Explosion wie am 17. Juni 1953 auszulösen. Diese hatte Moskau mit seinem Einfluss auf Berlin zu verhindern.

---

* Ebenda, S. 105.
** Ebenda, S. 105.

Das Neueste aus der Gmeiner-Bibliothek

Unser Lesermagazin

Bestellen Sie das kostenlose Krimi-Journal in Ihrer Buchhandlung oder unter www.gmeiner-verlag.de

Informieren Sie sich …

www … auf unserer Homepage: www.gmeiner-verlag.de

@ … über unseren Newsletter: Melden Sie sich für unseren Newsletter an unter www.gmeiner-verlag.de/newsletter

f … werden Sie Fan auf Facebook: www.facebook.com/gmeiner.verlag

Mitmachen und gewinnen!

Schicken Sie uns Ihre Meinung zu unseren Büchern per Mail an gewinnspiel@gmeiner-verlag.de und nehmen Sie automatisch an unserem Jahresgewinnspiel mit »mörderisch guten« Preisen teil!

GMEINER SPANNUNG